BRAVE
NEW
WORLD
美麗
新世界
Aldous Huxley
阿道斯・赫胥黎 著
王寶翔 譯

目次
CONTENTS

譯者按

本書引據來源繁多，譯者盡力考證，唯時間物力有限，缺失之處還請指正賜教。

本譯文根據的版本是Vintage Classics版（ISBN: 0099518473, 2007），但本版顯然針對一九三二年原版做了少許編修。若譯者決定保留原版內容，會再補充說明。

對於赫胥黎引用的人物姓名、地點、文化、莎士比亞作品，譯者參考自Shmoop線上教育網站、維基百科條目及其他線上資源。赫胥黎大量借用當代名人姓名，然而與人物本質關聯不大，這部分便一併整理在書末。至於本書引用之莎士比亞譯文，除非特別註明，否則皆借自遠東圖書公司的梁實秋譯版，並視需要調整。

一般資料較少提及的是，赫胥黎在倫敦圖書館找到了美國人類學家與民族學者法蘭克・漢彌頓・庫辛（Frank Hamilton Cushing, 1857-1900）的重要著作《祖尼民俗故事》（Zuñi Folk Tales, 1901），將之視爲珍寶，並大量引用其內容；譯者在這方面亦參考了德州科技大學英語教授大衛・里昂・海格頓（David Leon Higdon）的論著《晃進美麗新世界》（Wandering Into Brave New World, 2013）的線上預覽。本書的祖尼語皆取自庫辛的書，然而用意卻與實際意義有出入。據《晃進美麗新世界》的說法，赫胥黎將這種引用當成私人玩笑，只是有意看看陌生語言對讀者的效果，因爲實際上沒有讀者會懂祖尼語。是故書中祖尼語不會翻譯，實際解釋則同樣放於書末。

烏托邦似乎比我們過去以為的更容易實現了。
如今我們發現自己面臨另一個緊張的問題：我們要如何阻止烏托邦成真？
……烏托邦是會存在的。生命傾向組成烏托邦。也許將來會有個新的世紀誕生，那個世紀的知識分子與特權者會想盡辦法消滅烏托邦，讓我們回歸非烏托邦的社會，那個社會雖然沒烏托邦那麼「完美」，但卻較為自由。

尼古拉・別爾佳耶夫①

Chapter 1

第一章

這是一棟矮胖、只有三十四層樓高的灰色建築，主入口上面寫著：中倫敦孵育所暨制約訓練中心。而在一面盾徽裡則是世界國的座右銘：合群、一致、穩定。

一樓的大房間正對北方，與室內有如熱帶地區的高溫相比，窗外的夏季反而涼爽許多，一道稀薄刺眼陽光透過窗子射進來，飢渴地尋找幾位披著袍子的小人物、一些蒼白的呆頭鵝學究身軀，但只照到一間實驗室裡的玻璃、鎳跟陰鬱發亮的瓷器。與此冷淡相呼應：工人們的連身衣是白色的，手上戴著蒼白屍體般顏色的橡膠手套，燈光也死寂如鬼魂。這兒只有借用顯微鏡的黃色鏡頭才能看見一些豐富又有生命的物質，躺在擦得發亮的試管裡如奶油一般，以賞心悅目的方式在工作桌上排成一長列延伸出去。

「而這裡，」主任打開門說。「則是授精室。」

三百名授精員彎腰靠近他們的儀器，全神貫注投入工作，而孵育場暨制約訓練中心主任走進房間，踏進幾乎無人呼吸的沉默，也有人心不在焉自言自語、吹口哨或沉浸在專注中。一群新來的、帶著稚氣臉部泛紅的學生有點卑微的緊張兮兮跟在主任身後，每人都帶著一本筆記本，每當大人物開口說話時，學生們就會拼命抄寫。聽到權威人士開金口耶，眞是難得的殊榮。這位中倫敦孵育暨制約中心主任總是堅持親自帶學生參觀各個部門。

「只是要讓你們對中心整體有個概念。」他會對學生們解釋。畢竟他們若要能聰明地做事，當然得對整體有個概念——其實他們若要當社會最良好最快樂的成員，對整體知道得越少越好。畢竟人人都曉得這樣才能帶來美德與快樂；整體的概念是智力上的必要之惡。社會的骨幹不是由哲學家，而是浮雕工人跟集郵家組成的。

「明天，」他補充，用略帶威脅性的和藹對他們微笑。「你們就會開始正式工作。不會再有時間碰整體的知識。同時……」

同時，這是天大的殊榮，聽權威人士開金口。男孩們瘋狂抄寫筆記。

高大、有點瘦但身子挺直的主任走進房間，他有狹長的下巴和有點突出的牙齒，沒說話時牙齒剛好能被那雙完整、圓弧得俗氣的嘴唇蓋住。他年紀是老是少呢？三十歲？五十歲？五十五歲？很難講。反正這個問題沒有人提；在福特紀元六三二年②的這個穩定世界裡，你不會想到要問這種事情。

「我就從頭開始說吧，」孵育暨制約中心主任說，更多熱心的學生把主任的意圖寫進筆記本：從頭開始。「這些，」他揮手。「是孵育槽。」他打開一扇隔熱門，給他們看一排排有編號的試管。「這星期使用的卵子，」他解釋。「溫度保持在血液的溫度，至於男性的精子，」他打開另一扇門。「則必須保持在攝氏三十五度，而不是三十七度。跟血液溫度完全相同會使它們失效。」公羊處在跟身體一樣熱的地方中是生不出小羊的。

他繼續靠在孵育槽上，趁學生們拿鉛筆在紙上匆匆寫下難以辨認的字時，簡短描述現代的授孕過程：第一個提到的當然是動手術的序曲——「人們爲了社會福祉而志願接受手術，更別提這能帶來六個月的薪水獎金」；接著他稍微帶過如何保存割下來的卵巢和主動採卵的技術；講到保存卵巢的最佳溫度、鹽分與黏度；提及用來放成熟且分離的卵子的溶劑；然後他率領學生們走到工作桌旁，實際給他們看這種溶劑如何從試管抽取出來，又是如何讓它一滴滴落到特別加溫過的顯微鏡載玻片上；載玻片上的卵子如何檢查出有無異常，算數量和轉到一個透氣的儲藏容器裡；這個容器怎麼泡在溫暖的濃縮汁液裡（他現在正帶他們看這項作業），液體中含有自由游動的精蟲——他強調密度最少有每立方公分十萬隻；最後是怎樣在十分鐘後從容器取出液體，重新用顯微鏡檢查其內容；如果有任何卵子未受精，該如何將它們泡回液體，有必要的話做第三次；然後受精的卵怎麼送回孵育槽；阿爾發與貝塔族會留在那裡，直到確實裝進瓶子裡爲止，至於伽馬、戴爾他、艾普西隆族③則會重新拿出來，只過三十六個小時就拿去做波康諾夫斯基處理過程。

「波康諾夫斯基處理程序。」主任重複，學生們也在他們的小筆記本裡給這些字畫上底線。

正常狀況下，一顆卵只會變成一個胚胎、一個成人。但是做過波康諾夫斯基程序的卵會出芽④、增生和分裂，從八個變成九十六個芽，每個芽則會長成完整的胚胎，每個胚胎則會長成全尺寸的成人。以前只能長一個人的空間，現在能造出九十六名人類。這便是進步。

「基本上，」孵育暨制約中心主任總結。「波康諾夫斯基處理程序包括一連串對正常發展的遏止。我們阻止正常的成長，而矛盾的是卵出現了出芽反應。」

出現出芽反應。鉛筆寫個不停。

主任用手指著；一排移動得非常慢的輸送帶上整個架子的試管，正在進入一個大金屬箱，而另一個裝滿的架子也正好冒出來。機器發出微微嗡響。他告訴他們，試管得花八分鐘通過——照射強烈X光八分鐘是卵子能承受的最大劑量。少數幾個會死去，至於其他的，最容易受影響的會一分爲二，大多數會增生成四個芽，有些是八個；這些全都會送回孵育槽，讓芽開始發育。接著兩天後，它們會被突然冷卻去遏止生長，原本的芽則變成兩個、四個、八個；然後出芽的卵會在酒精裡泡到幾乎死亡；出芽反應再度發生，並且芽生芽、再生芽——此時若再遏止生長會要了它們的命，因此會被放著正常發育。到了這時，原本正常的卵很有可能會變成介於八到九十六個胚胎——你一定會同意這是對付大自然的巨大進步。一模一樣的孿生者——但不是舊日胎生的那種微不足道的雙胞胎或三胞胎，那時卵有時會意外分裂；現在實際上是一次出現數打、數十個孿生者。

「數十個，」主任重複這句並揮出手，彷彿在慷慨發送大禮。「數十個。」

不過有個學生卻蠢得開口問，這樣的好處究竟在哪。

「我的好孩子！」主任猛地轉身面對他。「你不懂嗎？你看不出來嗎？」他舉起一隻手，表情嚴肅。「波康諾夫斯基處理程序可是社會穩定的主要手段！」

社會穩定的主要手段。

標準化的男女，在一批批同樣的卵裡長出來。整間小工廠的職員都來自單一一顆經過波康諾夫斯基程序的卵。

「九十六名相同的孿生者，操作九十六台相同的機器！」主任的嗓音幾乎是熱情得如雷貫耳。「有史以來第一次，你會曉得你眞正的地位在哪。」他引述全球的座右銘：「合群，一致，穩定。」偉大的字眼。「要是我們能把一顆卵永無止境波康諾夫斯基化，整個問題就解決了。」

由標準化的伽馬族、不變的戴爾他族、一致的艾普西隆族解決，由好幾百萬如出一轍的孿生者擺平問題。量產原則終於應用到了生物學上。

「不過可惜呀，」主任搖搖頭。「我們沒辦法無限制的波康諾夫斯基化下去。」

九十六似乎是極限；良好的平均值是七十二。同一個卵巢跟同一男子的精子能生產的卵就這麼多——他們最好的結果（可惜只是第二好的結果）就是如此。而且即使要做到這樣也很困難。

「畢竟正常而言，兩百個卵得花三十年才能成熟。但我們的任務是在此時此地穩定人口。花二十五年將孿生者慢慢加進人口——這有什麼用處呢？」

顯然毫無用處。但是波多耐斯普技術大幅加速了成熟速度，他們能確保卵巢在兩年內產出至少一百五十個成熟的卵。這些卵受孕及波康諾夫斯基化——換言之乘上七十二，你在一百五十批相同的孿生者裡就會得到將近一萬一千名同齡兄弟姐妹，全部在兩年內長到同樣年紀。

「因此在最好的特別狀況下，我們能讓一個卵巢替我們產出超過一萬五千個成人。」

主任對一位一頭秀髮、臉色紅潤、恰好在這時經過的年輕人招手。「佛斯特先生，」他喊。臉色紅潤的年輕人靠過來。「你能告訴我們單一一個卵巢的最高紀錄嗎，佛斯特先生？」

「在這中心的紀錄是一萬六千零一十二，」佛斯特先生毫不猶豫說。他話說得很快，有雙活潑的藍眼，而且顯然很樂於引述數字。「產出一萬六千零一十二人，包括一百八十九批孿生兒。不過當然啦，」他喋喋不休接下去。「有些熱帶地區中心的表現更佳。新加坡經常能產出超過一萬六千五百人；肯亞的蒙巴薩則確實達到一萬七千人之譜。但他們有特殊的優勢。你們應該看看黑人卵巢對腦垂體的反應！要是你們已經習慣處理歐洲人品種，就會覺得那相當驚人。」他補充，大笑一聲（但是眼裡浮現了戰鬥火光，並挑戰地抬起下巴）。「不過嘛，我們若有能力就要超越他們。我正在處理一個美妙的戴爾他負族卵巢，才十八個月大而已，已經產出超過一萬兩千七百個孩子了，不管是脫瓶⑤的還是成爲胚胎的。而且那個卵巢至今仍很強健。我們會打敗他們的。」

「這就是我欣賞的精神！」主任大喊，拍拍佛斯特先生的肩膀。「跟我們來吧，用你的專業知識教育一下這些男孩子。」

佛斯特先生謙虛微笑。「樂意之至。」他們繼續前進。

脫瓶室裡全是和諧的忙碌聲跟井然有序的活動。一片片新鮮、已經裁切成合適大小的母豬腹膜從地下二樓的器官儲存室搭小電梯飛快送上來，咻然後喀啦一聲後，電梯門迅速打開；排瓶員只消伸出一隻手接過腹膜，趁列隊的瓶子在無盡頭的輸送帶上走得太遠之前將腹膜插進瓶裡，然後咻和喀啦！又一片腹膜從地底竄上來，準備滑進另一個瓶子，排在輸送帶上一整排無止盡緩慢移動的瓶子之後。

排瓶員旁邊站著安置員。大玻璃瓶列隊前進；卵一個個從試管被轉到較大的容器裡；腹膜上靈巧地開了條縫，那些早期胚胎定位後倒進鹽分溶液……這時瓶子已經穿過安置員面前，輪到貼標籤員負責。遺傳血統、授孕日期、隸屬的波康諾夫斯基群體——這些細節會從試管轉移到瓶子上，瓶子不再默默無名，而是有了名字跟身分，而參觀隊伍也緩緩前進；他們穿過一個通道，慢慢踏進社會地位預定室。

「八十八立方英尺的索引卡。」他們進去時，佛斯特津津有味地說。

「包含了所有相關資訊。」主任補充。

「每天早上更新。」

「每天下午也會分類。」

「他們根據這些資訊做計算。」

「哪些哪些的個體，有這種那種的特性。」佛斯特先生說。

「然後用這些和那些數量分配。」

「在任何時候都能達到最佳脫瓶速率。」

「未預料的浪費及時補正。」

「及時，」佛斯特先生重複。「但願你們知道上回日本地震以後，我加了多少時間的班才補正完呢！」他好脾氣地大笑並搖搖頭。

「社會地位預定員會把他們的數字傳給授孕員。」

「授孕員把前者要求的胚胎傳給他們。」

「接著瓶子就帶著詳細資訊送到這裡來。」

「它們之後會被送到樓下的胚胎儲存室。」

「也就是我們現在要去的地方。」

佛斯特先生打開一扇門，帶路走樓梯到地下室。

溫度仍然酷熱無比，他們在逐漸黯淡的微光中往前走去，兩扇門與一條拐兩次彎的走廊確保地窖不會受到任何日光的可能滲透。

「胚胎就像照片底片，」佛斯特先生推開第二道門時幽默地說。「它們只能忍受紅光。」

確實，學生們現在跟著他進入的悶熱黑暗世界是人眼看得見東西的，籠罩著赤紅光線，就像在夏日午後閉上眼睛的黑暗。他們身旁是一層層延伸到遠處的成排凸瓶，閃耀著數不清的紅寶石，這些寶石中間有男女的黯淡紅色鬼魂在游移，看似長著紫色瞳孔跟狼瘡的一切病徵。機器的嗡聲與震動微微抖動空氣。

「給他們幾個數字吧，佛斯特先生。」主任說，他已經厭倦了開口。

佛斯特先生非常樂意拋幾個數字給學生們聽。

房間長兩百二十英尺、寬兩百英尺、高十英尺。他往上指；學生們像喝水的雞般抬高眼睛看向遙遠的天花板。

一共有三層架子：地板層、第二層和第三層。

鋼製的兩層人行走道像蜘蛛網往四面八方延伸，消失在黑暗中。他們附近有三個紅色鬼魂，正忙著從一道電扶梯搬大玻璃瓶下來。

電扶梯來自社會地位地位預定室。

每個瓶子可以放在十五道架子的其中一個裡面，雖看不見每道架子內部，實際上它們是輸送帶，以每小時三十三又三分之一公分的速率移動，每天走八英尺，共走兩百六十七天，總長兩千一百三十六英尺。輸送帶在地窖地板層會繞一圈，在第二層繞一圈，第三層則繞半圈，然後在第兩百六十七個早晨就會在脫瓶室見到陽光。之後——所謂的獨立生命就誕生了。

「但在這段期間，」佛斯特先生總結。「我們已經在他們身上下了許多功夫。喔，可多著了呢。」他的大笑有股心照不宣感、充滿了勝利。

「這就是我欣賞的精神，」主任又說一次。「我們四處走走吧。告訴他們所有事情，佛斯特先生。」

佛斯特先生聽話地告訴他們了。

他告訴他們胚胎如何在腹膜床上生長，逼它們嚐他們餵食的豐富人造血；他解釋胚胎爲何得用胎盤素和甲狀腺素刺激，告訴他們黃體激素的抽取；他給他們看那些從第零英尺到第二〇四〇英尺每隔十二英尺就會自動注射的噴嘴，講到輸送帶最後九十六英尺會逐漸增加劑量施打的腦垂體激素，描述第一一二英尺會裝入每個瓶子的人工孕母循環管線，離心力幫浦會讓液體繼續流過胎盤、穿過人造肺與廢物過濾器。他提及胚胎經常有貧血的毛病，因此必須提供大量的豬肚萃取物跟初生馬的肝臟。

他讓他們看那個簡單機制，在每隔八英尺的最後兩英尺處同時把所有胚胎用熟悉的方式搖動；他暗示所謂「脫瓶創傷」的重力效果，並列舉他們對脫瓶胚胎時會進行的預防措施，透過適當訓練盡量減少危險的衝擊。他告訴他們性別測試會在第兩百英尺前後進行，並解釋標籤系統——寫個T代表男性，一個圈代表女性，至於預定要當不孕女的則標個問號，白紙黑字標示。

「不過當然啦，」佛斯特先生說。「就大多數的人而言，生育能力是多餘的。一千兩百人裡面只要有一人具備生殖力，就足夠完成我們的目的了。但我們希望能有較好的選擇，當然也得保留大量的安全餘地。所以我們允許多達三成的女性胚胎正常發展，其他的則在剩下的輸送帶路線上每隔二十四英尺注射一次男性荷爾蒙。結果是：她們會在脫瓶後成爲不孕女——生理結構上十分正常（「只不過，」他得補充。「她們確實會有長出鬍子的些微症狀」），不過不具生育能力。保證不孕。於是，」佛斯特先生繼續說。「這終於將我們從單純盲從模仿自然的國度進入到更有趣的人類發明世界。」

他搓揉雙手。因爲當然，他們並不只滿足於單純孵化胚胎，這種事任何母牛都做得到。

「我們也會給他們預定社會地位和做制約訓練。我們把我們的嬰兒脫瓶成合群的人類，比如阿爾發族或艾普西隆族，他們會成爲未來的下水道工人或是未來的……」他正想說，「未來的世界管理者」，但糾正自己，改說，「未來的孵育中心主任」。

孵育暨制約中心主任用個微笑回應這句恭維。

他們經過十一號架子的第三百二十英尺處。一位年輕的貝塔負族技工正忙著拿一把螺絲起子跟扳手處理一個經過的瓶子的人造血幫浦。那人轉動螺絲時，電動馬達的嗡聲加深了點，變低、再變低。他最後一扭，看一眼循環量表，然後就大功告成了。他沿著生產線走兩步，開始對下一個幫浦做同樣的過程。

「把每分鐘的循環次數減少，」佛斯特先生解釋。「人造血會循環得更慢；因此經過肺的間隔就更長，讓胚胎得到的氧氣變少。缺氧是最能夠讓胚胎達不到正常人標準的辦法。」他再度搓揉雙手。

「可是爲什麼要讓胚胎達不到正常人標準呢？」那位天眞無邪的學生問道。

「你這笨蛋！」主任說，打破一段長長的沉默。「你難道沒想到，艾普西隆族的胚胎不只得擁有艾普西隆族的遺傳血統，也必須得到艾普西隆族的成長環境嗎？」

學生顯然沒想到，臉色浮現困惑。

「階級越低，」佛斯特先生說。「缺氧程度就越高。」最先受影響的器官是大腦，接著是骨骼。供應正常氧氣量的七成，你就會得到侏儒；少於七成便會得到沒眼睛的怪物。

「沒長眼的怪物就完全沒用了。」佛斯特先生作結論。

因此（他的聲音變得自信和熱情），若他們能找到一個技術縮短人們成熟的時間，那麼就會是一大勝利，對社會的益處多大呀！

「試想一匹馬。」

學生們想著馬。

馬六歲成熟；大象是十歲。人類到十三歲卻尚未性成熟，且到二十歲才發育完畢。接著，晚一步發展的東西——人類智力，才會開花結果。

「但是對艾普西隆族而言，」佛斯特先生非常公正地說。「我們不需要他們的智力。」

艾普西隆族不需要人類智力，也不會得到。不過儘管艾普西隆族的腦袋十歲就成熟，身體得等到十八歲才適合工作，中間會度過多年過剩與浪費的未成熟時期。假如身體發育能加速到跟母牛一樣快，對社會將能帶來多大的節省啊！

「多大的節省！」學生們喃喃說。佛斯特先生的熱情很有感染性。

佛斯特先生開始講起相當技術性的東西，談著不正常的內分泌調整會使人們成長得很慢；他假定肇因是胚種突變。胚種突變的影響能復原嗎？個別的艾普西隆胚胎能用合適的技術恢復原狀，回到像狗或母牛一樣的正常程度嗎？這就是問題所在了，這點也還沒解決。

肯亞蒙巴薩的皮爾金頓製造出四歲就性成熟、六歲半便長成的個人，是科學的一大勝利，可惜對社會沒有用處。六歲成人男女笨得連艾普西隆族的工作都做不來，而且那種過程不是成功就是失敗；你若不是完全沒改造到胚胎，就是要讓它產生徹底的改造。他們仍在試著尋找二十歲與六歲成人中間的理想折衷點，目前還沒有斬獲。佛斯特先生嘆口氣，搖搖頭。

他們晃過赤紅色的微光，來到第九排的第一百七十英尺處。第九排從這裡開始封閉，瓶子剩下的旅程會通過某種隧道，隧道各處都有兩三英尺寬的開口。

「溫度制約訓練。」佛斯特先生說。

冷熱隧道交替出現。低溫結合強烈X光帶來的不舒服感，讓胚胎到脫瓶時，會對寒冷感到極度厭惡恐懼。這些胚胎注定要到熱帶地區當礦工、醋酸纖維紡織工跟煉鋼工人，它們的心智稍後也會被訓練成認同他們身體的感受。「我們制約他們在高溫中興旺，」佛斯特先生作結論說。「樓上的同事會教他們愛上這種工作。」

「而這個，」主任簡潔地說。「就是快樂和熱愛自己長處的祕訣了——喜歡你們應做的事。所有制約訓練的目標都是：讓人們喜歡上他們無從逃避的社會責任宿命。」

一位護士站在兩條隧道之間的縫隙裡，小心地拿細細的長針筒戳進經過瓶子的凝膠內容物。學生們與他們的嚮導沉默地觀看她工作了好幾分鐘。

「列寧娜。」等她終於抽回針筒挺直身子時，佛斯特先生說。

女孩嚇了一跳轉過身。旁人看得出來，她儘管看似有狼瘡的皮膚跟紫色瞳孔，卻是難得一見的大美人。

「亨利！」她立刻對他微笑——露出兩排珊瑚色的牙齒。

「眞迷人啊，眞迷人。」主任喃喃說，輕輕拍了女孩兩三下，得到女孩一個相當恭敬的微笑。

「你在給它們注射什麼呢？」佛斯特先生問，把嗓音維持在非常專業的口氣。

「喔，就是普通的傷寒跟腦炎疫苗嘛。」

「熱帶工人從第一百五十英尺開始接受預防接種，」佛斯特先生對學生解釋。「這些胚胎仍然有鰓。我們讓這些小魚對未來人類的疾病免疫。」接著他轉回去面對列寧娜：「今天下午四點五十分在頂樓等我，」他說。「跟平常一樣。」

「眞迷人啊。」主任又說一次，拍了護士最後一下，然後就跟著其他人走開了。

十號架上的下一代化學工人正在接受對鉛、氫氧化鈉、瀝的容忍力訓練。爲數兩百五十的火箭飛機工程師胚胎的第一批這時剛剛通過三號架的第一千一百英尺刻度；一個特別的機械裝置讓它們的容器不斷轉動。「這是要增進他們的平衡感，」佛斯特先生解釋。「在半空中到火箭外面維修可是很棘手的工作。我們在瓶子轉正時減少血液循環率，讓他們半挨餓，然後在瓶子上下顛倒時把人造血量加倍。他們便會學會把顛倒跟舒適聯想在一起；事實上，他們只有倒立的時候才會眞正快樂呢。

「至於現在，」佛斯特先生繼續說。「我想讓你們看一個非常有意思的阿爾發正族知識分子制約訓練。我們在五號架有一大批這些胚胎。不是那邊，是第二走道層！」他對兩個開始沿地板層走去的男孩喊道。

「它們正要過大約第九百英尺處，」他解釋。「你們得等到這些胎兒的尾巴消失才能對他們做任何有用的智力制約訓練。跟我來。」

不過主任看了手錶。「還有十分鐘就三點了，」他說。「恐怕沒時間看知識分子胚胎了。我們必須趁孩子們睡完午覺前到樓上的育幼室去。」

佛斯特先生一臉失望。「起碼讓他們看一眼脫瓶室嘛。」他懇求。

「好吧。」主任放縱地微笑。「就看一眼。」

譯註：

①尼古拉・別爾佳耶夫：**Nikolai Berdyaev**（1874-1948），俄國宗教與哲學家，在一九二二年跟許多知識分子被布爾什維克政府驅逐出俄國，一九二三年移居巴黎。這段文字出自《新中世紀》（The New Middle Ages，一九二四），赫胥黎引用的是法文翻譯，此處中譯參考自**Shmoop**教學網站提供的英譯版。不過，根據俄文原作的簡單翻譯看來，這段有一些原始內容被省略：原文似乎是在批判布爾什維克人如何用最簡單的實務方式打造烏托邦。

②福特紀元六三二年：出版於一九三二年的《美麗新世界》設定在「福特紀元六三二年的這個穩定世界」——也就是美國汽車大王亨利・福特（1837-1947）誕生後的六百三十二年，福特因其汽車生產運用組裝生產線方法與專業分工，被視為本書世界國的主神。

③世界國的人從出生起由上而下分成阿爾發（Alpha，α）、貝塔（Beta，β）、伽馬（Gamma，γ）、戴爾他（Delta，δ）和艾普西隆（Epsilon，ε）五族，對應英文的ＡＢＣＤＥ，每族還有正負之分。

④出芽：**budding**，出芽生殖，一種透過細胞分裂的無性生殖方式。雖然這裡指的可能是虛構性的分裂方式。

⑤脱瓶 **decant**，將孩子從瓶裡取出的過程（世界國版本的誕生）。

第二章

佛斯特先生留在脫瓶室裡。孵育暨制約中心主任跟學生們走進最近的電梯，被載到五樓去。

告示板上標示著這裡是**嬰兒育幼室、新巴甫洛夫制約訓練室**。

主任打開一扇門。他們走進一個空曠的大房間，室內明亮、陽光充足，畢竟整面南邊牆就是一扇大窗戶。半打護士——穿著長褲跟規定的白色人造麻纖維制服外套，頭髮為了保持無菌而藏在白帽底下——正忙著在地板上擺出一長排裝碗玫瑰，這些大碗緊緊塞滿了盛開的花，數千片成熟綻放且柔軟如絲的花瓣，就跟那些數不清的小天使孩童的臉頰一樣，只不過明亮陽光中的這些無邪小孩並非只有白人跟亞利安人，也有顯眼的中國人、墨西哥人，亦有的嬰孩因為天使太用力吹天國的號角而膚色發白，還有的蒼白如死屍、如大理石的死白。

孵育暨制約中心主任進來時，護士們僵硬地立正站好。

「把書擺出來。」他簡短地說。

護士們在沉默中服從指令。她們聽話地把書本擺在玫瑰碗之間——一排育幼室的四開本書籍，都翻開到一些生動誘人的蟲魚鳥獸彩色圖片。

「現在把孩子們帶出來。」

護士們匆匆離開房間，一兩分鐘後回來，各自推著一個像是高大升降台的東西，上頭四個鐵網架載著八名一個月大的嬰兒，全部長得一模一樣（看得出來屬於同一個波康諾夫斯基群體），而且全都穿著土黃色（畢竟他們的階級是戴爾他族）。

「把他們放到地板上。」

嬰兒們被放下來。

「現在給他們轉身，讓他們能看到花跟書本。」

這些寶寶們轉身之後立刻安靜下來，然後開始爬向成群的優美色彩，那些形體在白紙上好鮮豔明亮。他們靠過去時，太陽短暫被雲遮住，玫瑰便彷彿體內竄出熱情似地熊熊燃燒；書的閃亮紙頁也似乎浮現了嶄新深刻的意義。成排的爬行嬰兒發出興奮的小小尖叫、口水聲跟愉快的唧唧喳喳。

主任搓著雙手。「太棒了！」他說。「看起來幾乎像是刻意的。」

爬最快的嬰兒已經抵達目的地了，小手不確定地伸出去摸、抓扯下美化的玫瑰，揉縐書本的發亮書頁。主任等到所有孩子都快樂地忙得不可開交，然後說：「仔細看好。」接著他舉起手給了信號。

護士長已經站在房間另一端的一個配電盤旁邊，這時壓下一個小把手。

房間裡傳來劇烈爆炸聲，一個汽笛用越來越尖銳的聲音尖叫，警鈴瘋狂大作。

孩子們嚇著了，放聲尖叫，他們的臉嚇得扭曲。

「現在，」主任大吼（因爲噪音震耳欲聾）。「現在我們施加輕微的電極，讓他們永生難忘教訓。」

他再度揮手，護士長也壓下第二個把手。嬰兒們的尖叫音調突然改變；他們此刻發出的是股絕望、近乎瘋狂、劇烈痙攣的叫喊，小小的軀體抽搐且僵住，四肢抖動著揮舞，彷彿是被看不見的金屬絲扯著。

「我們能給整片地板通電，」主任用吼的解釋。「不過這樣就夠了。」他對護士示意。

爆炸聲止息，警鈴消失，汽笛的尖叫慢慢褪去終至無聲。嬰兒們僵硬抖動的身軀放鬆，而嬰兒發狂的啜泣與叫喊聲再次擴大成普通的驚恐。

「再給他們一次花跟書本。」

護士們照辦；然而嬰兒們一看見玫瑰靠近，僅僅瞥見色彩鮮豔的小貓咪、喔喔啼的公雞跟咩咩叫的黑綿羊圖片，就嚇得往後退開、哭吼音量突然增大。

「好好看著，」主任勝利地說。「觀察。」

書本與噪音、花朵與電擊——嬰兒的腦袋已經妥協地將這些東西連繫起來；相同或類似的教訓重複執行兩百次後，就會牢不可破地灌進腦袋。以人類手段使他們學到的東西，大自然已經無力改變了。

「他們長大後會對書本跟花懷有心理學家所謂的『本能』厭惡。反射動作被堅定不移地制約了。他們終其一生都不會受到書跟花卉的危害。」主任轉向他的護士們。「再把他們帶走。」

穿著土黃色的嬰兒們仍在大叫，被裝上升降台推走，留下一股酸奶味跟耳根一淨的安靜。

其中一位學生舉起手；他雖然能清楚理解，爲何不讓低層人民浪費社會的時間讀書的原因，因爲讀書總是有風險，他們讀的東西有可能會使他們脫離其中一種制約反應，只是……唔，他不懂幹嘛要禁止碰花。爲什麼要大費周章讓戴爾他族在心理上不喜歡花？

孵育暨制約中心主任有耐心地解釋：孩子們被制約成看到玫瑰就會尖叫，那是出於高經濟性的考量。不太久之前（約一世紀左右之前），伽馬族、戴爾他族甚至艾普西隆族被制約成喜歡花——特別是一般的野花。這種用意是讓他們在一有機會就想跑到鄉下，藉此強迫他們消費交通工具。

「結果他們沒有消費交通工具嗎？」那名學生問。

「消費很多，」孵育暨制約中心主任回答。「可是不會消費其他東西。」

他指出，櫻草花跟自然風景有一大缺陷：它們是免費的。對於自然的愛好不能讓工廠保持忙碌，因此他們決定廢除對自然的喜愛，至少對較低階級的人需要這樣；他們想廢止對自然的熱愛，但不要去掉消費運輸工具的習性，因爲即使他們討厭自然，讓他們跑去鄉下仍然至關重要——問題在於找個經濟上更站得住腳的理由讓他們消費交通工具，而不是單純喜歡櫻草花跟景色。而他們也確實找到了。

「我們制約人們痛恨鄉下，」主任總結。「但同時制約他們熱愛所有的鄉間運動。另一方面，我們確保所有鄉間運動都必須有精密裝置做裝備用品，如此一來他們不只會消費交通工具，也會消費運動用品。所以才使用了電擊。」

「我懂了。」學生說，沉默下來、沉浸在欽佩中。

四下沉默了一會兒；接著主任清清喉嚨。「從前，」主任開口。「吾父福特①還活在這世上的時候，有個名叫魯賓・拉賓諾維契的小男孩，他是說波蘭語家長的孩子。」主任頓了一下。「我想你們曉得波蘭語是什麼吧？」

「一種已經廢棄的語言。」

「跟法語跟德語一樣。」另一個學生說，過分熱心地炫耀他學到的東西。

「那『家長』呢？」孵育暨制約中心主任問。

學生們陷入不自在的沉默。幾個男孩臉紅了；他們還沒學會在淫穢跟純粹科學之間畫下重要但非常明確的界線。最後有一位學生鼓起勇氣舉手。

「人類，」他猶豫著，臉頰泛紅。「唔，人類以前是胎生的。」

「非常正確。」主任讚賞地點頭。

「然後寶寶們被脫瓶時……」

「是『出生』。」對方糾正。

「唔，然後他們就會變成家長——我是說，當然不是寶寶變成家長；是其他人。」這可憐的男孩腦筋快打結了。

「簡單地說，」主任道出結論。「家長就是父親和母親。」這些實爲科學的淫穢思想，猛然闖進男孩們迴避目光的沉默裡。「母親，」主任大聲重複，刻意挑戰科學。接著他在自己的椅子上往後靠：「這些東西，」他嚴肅地說。「是讓人不愉快的事實；我很清楚。但話說回來，大多數歷史事實都很討人厭。」

他把話題拉回到小魯賓的故事——小魯賓有天晚上待在自己的房間裡，而他父親與母親（碰、碰！眞可怕的字眼！）出於疏忽，碰巧讓收音機開著。

（「你們必須知道，在那個使用粗俗胎生來繁殖的年代，孩童總是由他們的家長帶大，而不是國家制約中心。」）

當這孩子睡著時，倫敦的一個廣播節目突然開始播放；接著第二天早上，令他的「碰」和「碰」（最大膽的男孩們相視而笑）大感意外，小魯賓醒來時居然複誦著一位有趣的老作家蕭伯納（「他是少數幾位其作品被允許傳承給我們的人」）的一段漫長演說，而根據相當可信的慣例說法，演講內容是關於蕭伯納自己的天才事蹟。對於只會眨眼和竊笑的小魯賓來說，自然不可能聽得懂這段演說，而兩人以爲自己的孩子突然發瘋，便找了醫生過來。幸好這位醫生懂英文，認得蕭伯納前一天傍晚廣播過的演講，於是發了封信到醫療報刊討論此事。

「於是睡眠學習的原理被發現了。」孵育暨制約中心主任令人印象深刻地停頓。

睡眠學習的原理雖然被找到，但是過了好幾年、好多年以後才得以應用。

「小魯賓的案例在吾父福特的第一台T型車上市僅僅二十三年後就發生。」（主任說到這裡，在肚子上畫個T字，學生也虔誠地照著做。）「然而……」

學生瘋狂塗寫筆記。「睡眠學習，於福特紀元二一四年首次正式使用。爲何之前沒有？有兩點原因。（一）……」

「那些早期的實驗，」孵育暨制約中心主任說。「都走錯了方向。他們以爲睡眠學習能當成知識分子教育的手段。」

（主任的故事描述一位小男孩側身睡著，右手臂伸出來，右手掌癱軟掛在床緣。一個箱子側面的圓柵欄有個嗓音正在輕柔說話。

「尼羅河是非洲最長的河流，也是全球第二長的河流。儘管短於密西西比—密蘇里河，尼羅河全程卻是各種河流的源頭，幅度達緯度三十五度之廣……」

隔天早上吃早餐時，「湯米，」有人說。「你知道非洲最長的河流是哪條嗎？」男孩搖頭。「難道你不記得這樣開頭的話：尼羅河是……」

「尼羅河——是——非洲——最長——的——河流，也是——全球——第二長——的——河流……」話語從湯米口中湧出。「儘管——短於……」

「好，那非洲最長的河是哪條？」

男孩兩眼呆滯。「我不知道。」

「尼羅河呢，湯米。」

「尼羅河——是——非洲——最長——的——河流，也是——全球——第二長……」

「那非洲哪條河最長，湯米？」

湯米痛哭流涕。「我不知道！」他哭喊。）

主任清楚表明，那聲哭喊讓最早的研究者打了退堂鼓，實驗也被放棄，再也沒有人嘗試在孩童睡眠時教導他們尼羅河的長度了。這樣相當對；除非你能懂內容，否則你根本沒辦法學會科學。

「反之，要是他們從道德教育開始就好了，」主任說，帶路往門走去。學生們跟上，拼命邊走邊塗寫，搭電梯一路上樓。「道德教育在任何狀況下都絕對不會用到理性的。」

「安靜，安靜，」他們踏進十四樓時，一個擴音器這樣說。然後：「安靜，安靜，」喇叭嘴在每條走廊每隔一段距離不屈不饒重複著。學生們——甚至主任本人——都自動踮起腳尖。他們是阿爾發族，但就連阿爾發族也受過制約訓練。「安靜，安靜。」整棟十四樓的空氣中都響著明確的命令。

他們躡手躡腳走了五十碼遠後來到一扇門前，主任小心翼翼打開。他們跨過門檻，踏進拉上窗簾的幽暗宿舍。牆邊有八十張兒童搖床排成一排；輕輕的呼吸聲規律可聞，而且有非常微弱的嗓音在遠方低語。

他們進去時，一位護士站起來、在主任面前立正站定。

「今天下午的課程是什麼？」主任問。

「頭四十分鐘上基礎性教育，」護士回答。「不過現在已經播放到基礎階級意識課。」

主任慢慢沿著那一長排搖床走。八十名小男孩與小女孩在睡夢中臉蛋紅通通的又放鬆，躺在那兒輕輕呼吸。每個枕頭底下都傳來呢喃聲。孵育暨制約中心主任停下來，彎腰靠近其中一張小床專心聽了聽。

「你說是基礎階級意識？我們就用擴音器大聲一點聽它重複吧。」

房間遠端牆上伸出一個擴音喇叭。主任走過去按下一個開關。

「……全部穿著綠色，」輕柔但非常清楚的嗓音從一個句子中間說。「戴爾他族的孩子則穿土黃色。喔，不，我才不想跟戴爾他族的小孩玩，艾普西隆族則更糟。他們太笨了，不會讀寫，何況他們穿黑色，眞是野蠻的顏色。我眞高興我是貝塔族。」

一陣停頓；接著嗓音從頭開始講。

「阿爾發族孩子穿灰色，他們工作得比我們努力許多，因爲他們聰明得好可怕。我好高興我是貝塔族，因爲我不用這麼努力工作。然後我們又比伽馬族、戴爾他族好太多，伽馬族很笨，他們全部穿著綠色，戴爾他族的孩子則穿土黃色。喔，不，我才不想跟戴爾他族的小孩玩，艾普西隆族則更糟。他們太笨了，不會……」

主任扳回開關，嗓音歸於沉寂。只剩八十個枕頭底下有微弱的鬼魂繼續呢喃。

「他們醒來之前得重聽四十或五十遍；然後星期四再聽一次，星期六再聽一次。每次一百二十遍，一週三次，維持三十個月。接著他們會換到更進階的課程。」

就像玫瑰與電擊的關聯，戴爾他族的土黃色跟一點點阿魏香草的辛辣味，在孩子能開口說話之前就會天衣無縫地結合在一起。但沒有用到語言的制約訓練既粗糙又全面，無法做到更細的區別，不能反覆灌輸出更複雜的行爲。因此他們必須使用語言，但不是理智的話語。簡單地說，就是睡眠學習。

「這是史上最有效的教化和社會化力量。」

學生們把這句出自權威人士金口的話寫進小筆記本裡。

主任再度碰開關。

「……聰明得可怕，」輕柔、暗示、毫不鬆懈的聲音說。「我好高興我是貝塔族，因爲……」

這些話不太像水滴，儘管水確實能滴穿最堅硬的花崗岩；這些話反倒像液態封蠟，這些液體有黏性、在岩石外頭形成硬殼，在其掉落的地方與岩石結爲一體，直到岩石化爲一整團紅球。

「直到孩子們的腦袋等於這些暗示，暗示的結果也等於孩子們的腦袋。而且不只是孩童的心智；連大人也一樣——終其一生都是。那個做判斷、有欲望和做決策的大腦就是用這些暗示構成的。不過這些暗示可是我們給的暗示！」主任幾乎是勝利地大吼。「來自國家的暗示。」他用力敲著最近的桌子。「它因此是在追隨……」

一個聲音讓他轉過身去。

「喔，福特啊！②」他換了個語氣說話。「我恍神吵醒了孩子們。」

譯註：

①亨利・福特是本書世界裡的神，吾父福特（Our Ford）取代了吾主（Our Lord）等用法。

②福特啊取代了原本的神啊、上帝啊、老天啊等用法。

第三章

外頭花園裡是遊戲時間，六七百名光溜溜的男孩與女孩沐浴在溫暖的六月陽光中，尖銳叫喊著在草坪上奔跑、玩球或沉默地三三兩兩蹲在開花的樹叢中。玫瑰正盛開，兩隻夜鶯在灌木叢裡自言自語，一隻杜鵑的歌聲在椴樹林間走了調。空氣中充滿蜜蜂與直升機的嗡嗡聲，很有催眠效果。

主任與他的學生們站了一段短時間，看孩子們玩一局離心彈跳球。二十名孩童在一座鍍鉻的鋼塔周圍站成一圈，一顆球被扔上去落在塔頂的平台、滾下塔內並掉到一個急速旋轉的碟子上，使它從圓柱體外殼眾多開孔的其中一個飛出去，然後球必須被接住。

「眞奇怪，」他們轉身走開時，主任打趣地說。「想想在吾父福特的年代，大多數運動使用的設備不超過一兩顆球、外加幾根棍子，也許再用點網子，這樣眞是奇怪啊……想想看讓人們玩複雜的運動，卻絲毫沒做任何事增加消費的這種愚行。實在太瘋狂了。如今管理者不會准許任何新遊戲，除非能證明它需要的器械起碼跟現存最複雜的運動一樣多。」他打住自己的話。

「那邊有個迷人的小團體。」他指著說。

在高大歐石楠花叢之間的小片草地間隔裡，有兩個孩子正在玩耍，一個是年約七歲的小男孩，另一個也許比男孩大一歲的小女孩，兩人宛如科學家忙碌著尋找新發現似的，非常嚴肅且全神貫注地玩著初步的性遊戲。

「太迷人了，眞迷人！」孵育暨制約中心主任深情地重複。

「眞迷人。」男孩們禮貌地同意，不過他們的微笑反而帶著優越感。他們不久前才從這樣的幼稚娛樂中畢業，不免有些輕蔑地觀看這對孩子遊戲。眞的很迷人嗎？不過是一對孩子在胡搞瞎搞罷了，他們只是孩子。

「我總是在想……」主任用同樣頗爲感傷的語氣繼續說，結果被一聲女人的大呼小叫打斷。附近樹叢冒出來一位護士，用手牽著一位小男孩，那男孩邊走邊嚎啕大哭。一名模樣焦急的小女孩小跑步跟在護士腿邊。

「這是怎麼回事？」主任問。

護士聳肩。「沒什麼，」她回答。「只是這個小男孩似乎不太願意加入正常的性遊戲。我之前注意到一兩次。然後今天又發生了。他剛剛開始大哭……」

「老實說，」面容著急的小女孩插嘴。「我沒有想要傷害他什麼的。眞的。」

「你當然沒有要傷害他啦，親愛的，」護士安撫地說。「所以，」她繼續說，轉回來面對主任。「我要帶他去見心理部副部長，看看有沒有地方不正常。」

「說得很對，」主任說。「帶他進去吧。你留在這裡，小女孩，」護士帶著仍在大哭的照顧對象離開時，他補上最後那句。「你叫什麼名字？」

「波莉・托洛斯基。」

「名字還眞不錯呢，」主任說。「現在跑去看看能不能找到另一個小男孩跟你玩。」

那孩子蹦蹦跳跳跑進樹叢，消失在視線外。

「多可愛的小生物！」主任說，隨著女孩的背影望去。然後他轉過去對學生說：「我現在要告訴你們的東西，」他說。「也許聽來會讓人不敢置信。但是話說回來，你們還不習慣接觸歷史，而過去大多數事實的確都會讓人很難相信。」

他道出了那個驚人眞相。在吾父福特的時代的很久以前，甚至在那時代往後幾個世代，孩童之間的性遊戲是被視爲不正常的（男孩們哄堂大笑）；而且豈止不正常，根本是不道德（他們喊：不是吧！）因此那些遊戲都被嚴厲地禁止了。

主任的聽眾臉上浮現不可置信的震驚表情。可憐的小孩們不能娛樂自己？他們實在無法相信這種事。

「就連青少年，」孵育暨制約中心主任說。「連像你們一樣的青少年也是……」

「不可能！」

「除了一點偷偷摸摸的自慰以及同性戀——完全沒有其他活動。」

「完全沒有？」

「大多數案例是這樣，直到他們超過二十歲。」

「二十歲?」學生們不可置信地齊聲吼道。

「沒錯,二十歲,」主任重複。「我說過了,你們會覺得難以置信。」

「那會發生什麼事?」他們問。「結果如何?」

「結果很可怕。」一個深沉、有磁性的嗓音竄出來,令人嚇一跳地闖入對話。

他們回頭看。這一小群人邊緣站著一個陌生人——一名中等身高、黑髮、有鷹勾鼻、紅脣豐滿、目光非常炯炯有神且陰沉的男人。「很可怕。」他重複。

孵育暨制約中心主任這時坐在其中一張鋼膠混製凳子上,這些凳子方便地散布在花園內;主任一瞧見陌生人,立刻跳起身衝過去,伸長雙手過度熱情地咧嘴笑著。

「管理者!真是莫大的榮幸!男孩們,你們還在發呆什麼?這位可是管理者啊;穆斯塔法・蒙德福特閣下①。」

在孵育暨制約中心的四千個房間裡,四千面電動鐘同時指向四點。擴音喇叭傳來無形的嗓音:

「日班下班。夜班接手。日班下班……」

亨利・佛斯特和社會地位預定室副室長正在搭電梯上樓到更衣間,刻意轉身背對心理部的伯納德・馬克思:他們想迴避那人討人厭的壞名聲。

胚胎儲存室的赤紅空氣裡仍有微弱嗡響跟機械的噠噠聲。也許換班的人會來來去去,有狼瘡顏色的臉龐會換成另一張臉，但輸送帶會莊嚴且永恆地載著未來的男女緩緩前進。

列寧娜・克勞恩往門口走去。

穆斯塔法・蒙德福特閣下！行禮學生們的眼睛都快從頭上蹦出來了。穆斯塔法・蒙德！西歐洲現任管理者！十位世界管理者其中之一，十大統治者的其中一人……居然跟孵育暨制約中心主任同坐在其中一張長凳上。他想留下來，沒錯，他想待著且真的要跟他們聊天……聽權貴人物開口。就像直接聽到吾父福特說話。

兩位蝦棕色的孩子從附近的樹叢冒出來，從一段距離外用張大、驚訝的眼睛瞪他們，然後回到樹葉間玩自己的遊戲。

「你們都記得，」管理者用強而有力的深沉嗓音說。「我想你們應該記得，吾父福特那句美麗又打動人心的話：歷史是廢話。歷史，」他緩緩重複。「是廢話。②」

他揮手；手上彷彿有把隱形羽毛撢子似的，將一些小塵埃掃掉，而這些塵埃就是哈拉帕③以及迦勒底的吾珥④；他掃掉了些蜘蛛網，它們是底比斯、巴比倫、克諾索斯與邁錫尼；咻，咻——這下奧德修斯、約伯、朱比特、釋迦牟尼和耶穌到哪去了？咻——稱爲雅典、羅馬、耶路撒冷和中國的古老泥土便消失了。咻——昔日的義大利空了。咻，大教堂毀了；咻，咻，《李爾王》和帕斯卡的《思想錄》；咻，耶穌受難；咻，安魂彌撒；咻，交響樂；咻……

「今天傍晚要去看有感電影嗎，亨利？」社會地位預定室副室長室問。

「我聽說阿蘭布拉劇院⑤的那部新電影很好。裡面有段愛情戲是在熊皮地毯上；他們說感覺棒透了，熊身上的每根毛都重現出來。非常驚人的觸感效果。」

「這就是為什麼你們沒被教導歷史，」管理者說。「但是現在時候到了……」

孵育暨制約中心主任緊張地看對方。外界有些奇怪的謠傳，說管理者書房的保險箱裡藏有老舊的禁書。聖經、詩集——只有吾父福特才曉得有哪些東西。

穆斯塔法・蒙德瞧見主任焦急的目光，紅脣嘴角諷刺地扭動。

「沒關係的，主任，」他用微微嘲弄的語氣說。「我不會腐化他們。」

孵育暨制約中心主任一臉茫然。

那些受唾棄的人，也很擅長擺出鄙視他人的模樣。現在伯納德・馬克思臉上就露出輕蔑無比的笑容。哈，確實很了不起哪，熊身上的每根毛！

「我該走了。」他聽見亨利・佛斯特說。

穆斯塔法・蒙德往後靠，對學生們搖一根手指。「只要試著理解，」他說，嗓音讓他們的橫膈膜上產生詭異又興奮的抖動。「試著理解有個胎生母親是什麼樣子。」

又是那個猥褻的字眼。不過他們這回完全沒想到要笑。

「試著想像『跟家人生活』是什麼意思。」

他們試著想；但很顯然他們連最小的程度也想不出來。

「你們知道什麼是『家』嗎？」

他們搖頭。

列寧娜・克勞恩從她暗紅色的地窖搭電梯上到十七樓，右轉踏出電梯，沿著一條長走廊前進，然後打開一扇標著女性更衣間的門，一頭栽進震耳欲聾的吵雜與手臂、乳房跟內衣當中。奔流般的熱水在一百間淋浴室湧進、流出，八十台眞空震動式按摩機同時揉捏和吸吮著八種優越女性品種的結實日曬肌膚。每個人都在用自己的最大音量說話；一台合成音樂機正唱著超級小號的獨奏。

「哈囉，芬妮。」列寧娜對一位年輕女人說，她們的掛衣夾與置物櫃是鄰居。

芬妮在脫瓶室工作，姓氏也是克勞恩，這星球上的二十億人口只有一萬個姓，這種巧合並不怎麼讓人訝異。

列寧娜拉開外套拉鍊，往下用雙手拉開褲子的兩條拉鍊，接著再往下解開內衣。仍穿著鞋子和絲襪就往浴室走去。

家啊，所謂的家——少數幾個小房間，令人窒息地由一位男人、一位定期產子的女人、一大群各種年紀的男孩跟女孩居住。沒有新鮮空氣、沒有廣大空間；那兒嚴然是未消毒的監獄，充滿黑暗、疾病與臭味。

（管理者喚出的畫面實在太逼眞，其中一位比其他人敏感的男孩光是聽到描述就臉色發白、當場想吐。）

列寧娜踏出淋浴間，將自己擦乾，抓住插在牆上的其中一根彈性長管子，讓管口指著她雙乳；她彷彿打算自殺似地按下板機，一股強烈熱風便用最細微的滑石粉將她身上刷乾淨。洗臉台上排列的小水龍頭供應八種不同的香水跟古龍水。她轉開左邊數來第三個，拿西普香水擦拭自己，接著用手提著鞋子跟絲襪走出去，看看有沒有眞空震動按摩機是空著的。

而家在心理上跟生理上一樣骯髒。心理上它是個兔子窩、堆肥場，被極度擁擠的生活摩擦弄得焦躁，散發出情緒的惡臭。家人團體成員之間的親密關係教人窒息，他們的關係是多麼危險、瘋狂又淫穢！母親會發狂地擔憂她的孩子（對，她的孩子）……就像貓擔憂自己的小貓那樣；可是母親就像會講話的貓，會一遍又一遍講著「我的寶寶，我的寶寶」；「我的寶寶啊，喔，喔，他就趴在我胸前，看看那雙小手跟他的飢餓，難以言喻地痛苦的愉悅啊！直到最後我的寶寶睡去，我的寶寶沉睡時嘴角留著白牛奶的泡沫。我的小寶寶在睡覺……」

「沒錯，」穆斯塔法・蒙德點點頭說。「你們應該要為此感到戰慄。」

「你今晚要跟誰出去？」列寧娜問，她已經用完眞空震動按摩機回來，整個人彷彿體內有珍珠般發亮、散發出紅潤氣色。

「沒有人。」

列寧娜驚訝地揚起眉毛。

「我最近感覺有點不太愉快，」芬妮解釋。「威爾斯醫師建議我吃顆懷孕替代劑。」

「可是親愛的，你才十九歲耶。一直到二十一歲才得強制吃第一次懷孕替代劑。」

「我知道啦，親愛的，但是有些人早點嘗試的話會比較好過。威爾斯醫師跟我說，像我這樣有大骨盆的黑髮女性應該在十七歲首次服用懷孕替代劑，所以我其實已經晚兩年了，不是早兩年。」她打開自己的置物櫃門，指出上層架子的一排盒子和有標籤的藥瓶。

「黃體素糖漿，」列寧娜大聲讀出藥名。「卵巢素，保證新鮮：不得於福特紀元六三二年八月一日後使用。乳腺萃取物：每日三餐前配少量水服用。胎盤素：每三天靜脈注射五ＣＣ。噁！」

列寧娜發抖。「我眞討厭靜脈注射，你呢？」

「我也是，除了當它能幫我的時候……」芬妮是個格外明智的女孩。

吾父福特——或者吾父佛洛伊德⑥，他每回談到心理學議題時，就會出於某種莫測高深的理由這樣稱呼自己——吾父佛洛伊德是最先揭露家庭生活之駭人危險的人。這世界滿是父親，因此充滿了悲慘；世上滿是母親，所以充斥著從性虐癖到禁慾的各種墮落；世間滿是兄弟姊妹、叔伯姨嬸，是故塞滿了發狂與自戕。

「然而，在新幾內亞岸邊某座島上的薩摩亞野蠻人當中……」

在那兒，熱帶陽光如溫暖的蜂蜜灑在孩子們的裸體上，他們漫無目的地在朱槿花叢裡打滾。他們所謂的家就是二十座用棕櫚樹葉覆蓋的房屋的其中一座。在特羅布里恩群島上，人們認爲受孕是祖先靈魂的傑作；沒有半個人聽過什麼是父親。

「極端的兩個世界，」管理者說。「在此相遇。它們注定就是要走到一起的的。」

「威爾斯醫師說現在吃三個月的懷孕替代劑，就能讓我接下來三四年保持健康。」

「唔，我希望他沒說錯，」列寧娜說。「可是芬妮，這樣你接下來的三個月不就都不能……」

「喔，不，親愛的。我只會吃一兩星期的藥。今晚要去俱樂部玩音樂橋牌打發時間。我想你也會出門囉？」
列寧娜點頭。
「跟誰？」
「亨利・佛斯特。」
「又跟他？」芬妮親切、頗像月亮的臉蛋換上不協調的表情，是種痛苦、不贊同的驚訝。「你難道是說你還在跟亨利・佛斯特約會？」

母親和父親、兄弟跟姊妹，但是也有丈夫、妻子與情人。此外還有一夫一妻制及戀愛。
「雖然你們大概不曉得這些是什麼東西。」穆斯塔法・蒙德說。
學生們搖頭。
家庭、一夫一妻、談情說愛。到處都有排外性，把衝動與精力限制在狹隘的渠道裡。
「可是人人皆屬於其他所有人。」管理者作結，引述透過睡眠學習學來的諺語。
學生們點頭同意這句陳述，這句話在黑暗中對他們反覆播放了至少六千兩百遍，使他們不僅接受這是事實，更將之視爲公理、不證自明、毫無爭論餘地。

「不過話說回來，」列寧娜抗議。「我跟亨利也才四個月而已。」

「才四個月！我欣賞你的藉口。而且還不只這樣，」芬妮繼續說，用個控訴的指頭比著她。「你這整段時間除了亨利，根本沒有找過別人對吧？」

列寧娜的臉羞得通紅；但她的雙眼和口氣依舊大膽反抗。「對，沒有其他人，」她幾乎好鬥地說。「而且我根本看不出來幹嘛要有別的對象。」

「喔，她根本看不出來幹嘛要有別的對象，」芬妮重複，彷彿在跟列寧娜左肩背後的隱形聽眾說話。接著芬妮突然轉換口氣：「可是說眞的，」她說。「我眞的認爲你應該小心點。像這樣一直只跟一位男人出去，可是可怕的事哪。在四十歲或三十五歲做這種事還不會這麼糟，但是看看你年紀多輕，列寧娜！不，這樣實在不成。你也知道孵育暨制約中心主任多麼強烈反對投入任何熱情或長期性的交往。跟亨利．佛斯特約會四個月，卻沒有過別的男人——天哪，他若曉得一定會氣炸的……」

「想想看管子裡承受壓力的水。」他們想了。「我刺一下管子，」管理者說。「看噴出來的水有多大！」

他刺了想像的水管二十下，化爲二十道微不足道的小噴泉。

「我的寶寶，我的寶寶……！」

「母親！」錯亂感傳染開來。

「我的愛，我唯一的心肝寶貝，我的寶貝、寶貝……」

母親、一夫一妻、愛情。情慾的噴泉噴得老高，失控的水柱既激烈又水花四濺。這種衝動只有一個發洩出口。我的愛，我的寶貝。難怪那些可憐的古代人會發瘋、變壞和悲慘兮兮的了，因爲他們的世界不允許他們輕易取得事物，不准許他們神智正常、正直和快樂。事事要考慮到母親與愛人、還有那些沒被制約過但卻得服從的禁令、誘惑以及孤獨的悔恨、所有疾病跟無窮的孤獨之痛、不確定感和貧窮——難怪他們會產生強烈的情感了。而有了強烈情感後（而且不只這樣，還是在孤獨、絕望的個人隔離中得到的強烈情感），他們還怎麼能保持情緒穩定呢？

「你當然沒必要放棄他啦，只是偶爾換個不同的人嘛。他也有別的女孩，對嗎？」

列寧娜承認有。

「他當然有囉。請相信亨利・佛斯特是完美無缺的紳士——他永遠是對的。而且還得考慮到主任。你也知道他是多麼錙銖必較的人……」

對方點頭。「他今天下午拍了我的背後。」列寧娜說。

「你看吧！」芬妮得意洋洋。「完全表現出了他這個人，一個最循規蹈矩的人。⑦」

「穩定性，」管理者說。「穩定。沒有文明能不靠社會穩定就存在。沒有社會穩定能不靠個人穩定就存在。」他的嗓門宛如擴音喇叭。學生們聽著，感覺自己變大了、身子變暖了。

機器轉呀轉，而且必須永遠轉下去——停止不動就是死路一條。一開始有十億人在地球表面上亂爬，然後文明的輪子開始轉動；一百五十年後就變成二十億人。這時停住所有輪子，一百五十周後又只剩十億人；一千乘一千乘一千名男女活活餓死了。

輪子必須持續轉動，卻不能在無人看管下自個兒轉。必須有人看管它們，這些人得穩定得跟裝在軸上的輪子一樣，是精神正常、服從、知足得穩定的人。

想想那些哭喊聲：寶寶！母親！我唯一的愛！還有呻吟聲：我的罪啊！我可怕的上帝；那些痛苦地尖叫、發高燒地嘟噥、對老年與貧窮感到悲悼——這些人怎麼有能力照顧輪子呢？如果他們管不住輪子……一千乘一千乘一千名男女的屍體可是很難埋起來或火化的。

「而且畢竟，」芬妮好聲好氣哄著。「在亨利以外擁有一兩個男人又不會少塊肉或討人厭。你只要了解這點，你就應該多雜交一點……」

「穩定性，」管理者堅持。「穩定。這是最主要和最終極的需求。穩定。因此我們才有了這一切。」

他用手一揮，比著花園、龐大的制約中心建築，還有在樹叢裡鬼鬼祟祟鑽或跑過草坪的裸體孩童。

列寧娜搖頭。「不知道爲什麼，」她打趣地說。「我最近不是很想雜交。有的時候人就是不想。你不會也這樣覺得嗎，芬妮？」

芬妮同情、理解地點頭。「但是，」她簡潔地說。「一個人得努力合群。人們得玩這種遊戲。畢竟人人皆屬於其他所有人。」

「對，人人皆屬於其他所有人，」列寧娜緩緩重複，嘆了口氣、沉默一會兒。接著她握住芬妮的手輕輕捏了一下。「你說的一向很對，芬妮，我會努力的。」

被遏止的衝動會潰堤，沖下來的洪水是情感、是激情，甚至是瘋狂；這取決於洪水的力道，還有屏障的高度與強度。未攔阻的水流則平順流進被指定的渠道，化爲平靜的幸福健康。胚胎餓了；人造血幫浦日復一日永無休止地每分鐘循環八百次。脫瓶的嬰兒哇哇哭喊；護士立刻帶著一瓶外部分泌物出現。情感就在欲望與滿足間被平息，然後逐漸縮短這種欲望的間隔，這樣就能將昔日老舊且不必要的阻礙消滅。

「你們這些幸運的男孩！」管理者說。「再也沒有痛苦會讓你們過著情感脆弱的人生——讓你們盡可能免於感受情緒！」

「福特坐在車上，」孵育暨制約中心主任喃喃說。「世間一切安康。⑧」

「列寧娜・克勞恩？」亨利・佛斯特說，拉起拉鍊，重複社會地位預定室副室長的問題。「喔，她是很棒的女孩，氣感⑨得神奇。我眞訝異你還沒約過她。」

「我搞不懂我怎麼會還沒約過她，」社會地位預定室副室長說。「我絕對會。一有機會就去。」

伯納德・馬克思在更衣間走廊對面聽著兩人的對話，臉色變得蒼白。

「而且老實說，」列寧娜說。「每天只跟亨利出去，我開始覺得有一點點無聊了。」她拉上左腿絲襪。「你認識伯納德・馬克思嗎？」她說，口氣裡的漠不關心明顯是裝出來的。

芬妮一臉很訝異。「你難道不會是要說……？」

「有何不可？伯納德是阿爾發正族啊。何況，他問過我要不要跟他去其中一個野蠻人保留區。」

「可是他的名聲呢？」

「我幹嘛在乎他的名聲？」

「他們說他不喜歡打障礙高爾夫。」

「他們說，都是他們說。」列寧娜嘲笑。
「而且他大多數時間還是一個人——獨處欸。」芬妮的聲音裡浮現驚恐。
「唔，他跟我在一起時就不會獨處啦。而且反正，人們幹嘛對他這麼惡劣？我覺得他蠻可愛的啊。」她對自己微笑；那個男人眞是害羞得荒謬哪！驚慌得好像——好像她是世界管理者本人，他則是個伽馬負族機器操作員似的。

「請想想你們自己的生命，」穆斯塔法・蒙德說。「你們有任何人曾遭遇過無法克服的障礙嗎？」
這問題得到的答案是一片否定的沉默。
「你們這輩子可曾覺得時間很難熬——欲望的實現經過很長的時間？」
「唔。」一位男孩說，然後猶豫了。
「說出來啊，」孵育暨制約中心主任說。「別讓福特閣下等。」
「我有一次等了將近四個星期，然後我想要的女孩才願意讓我擁有她。」
「你事後有感受到強烈的情緒嗎？」
「很糟糕？」
「很糟糕；正是，」管理者說。「我們的祖先太笨太短視，當第一批改革者出現、提議將他們從這些糟糕情緒解放出來時，他們卻完全不願意跟這些人交涉。」

「這樣談論她，好像她是一塊肉！」伯納德咬牙。「在這邊擁有她，在那邊得到她。像羊肉一樣。把她降格成一大堆羊肉。她說她會考慮；她說這星期就會給我回覆。喔，吾父福特哪，福特、福特。」他好想走到他們面前揍他們的臉——一遍又一遍用力地揍。

「對，我眞的建議你試試看找她。」亨利．佛斯特正在說。

「拿體外生殖來說吧。普菲茨納與河口這兩人已經把整個技術研究出來了，可是政府有正視它嗎？沒有。還有個東西叫做基督教，當時的女人被迫繼續使用胎生。」

「他好醜欸！」芬妮說。

「可是我蠻喜歡他的長相。」

「而且個子太矮了。」芬妮皺臉；矮個子通常是屬於低階級的可怕特徵。

「我倒覺得那樣很可愛，」列寧娜說。「讓人會想要寵他。你知道的，像寵愛一隻貓一樣。」

芬妮大感震驚。「他們說他還在瓶子裡時，有人犯了錯——以爲他是伽馬族，結果在他的人造血裡倒了酒精。所以他才會這麼矮。」

「胡說八道！」列寧娜很憤慨。

「那時睡眠學習在英國其實被禁止了。當時有個叫自由主義的東西。國會——假如你們曉得那是什麼——通過法律禁止這樣做。那條記錄保留了下來。紀錄裡有人演說提到人民的自由，讓他們用缺乏效率的方式做事和悲慘度日的自由，用圓棍的身分插進方洞的自由。」

「親愛的傢伙，我向你保證，我很歡迎你去找她。你隨時能這樣。」亨利．佛斯特拍拍社會地位預定室副室長的肩膀。「畢竟人人皆屬於其他所有人。」

身為睡眠學習的專家伯納德．馬克思心想，四年來每個星期有三天各重複這句話一百次。重複六萬兩千四百次就能製造出一句眞理。這些白癡！

「還有階級制度。它不斷被提出，也不斷被否決。當時還有個叫民主的東西，說得好像人不僅僅只在生理跟化學層面上平等似的。」

「嗯，我只想說我準備接受他的邀請了。」

伯納德討厭他們、痛恨他們。可是他們有兩個人，而且身材高大、非常強壯。

「九年戰爭始於福特紀元一四一年。」

「就算他的人造血裡眞的有酒精，你也要接受？」

「使用了光氣、氯化苦、碘代乙酸乙酯、二苯氯胂、雙光氣、芥子毒氣，還有氫氰酸。⑩」

「我單純就是不相信這種傳聞。」列寧娜下結論。

「可以聽見一萬四千架飛機井然有序逼近的噪音。但是在柏林的選帝侯大街和巴黎第八區，炭疽熱炸彈的爆炸聲卻不比打破灌氣紙袋更響亮。」

「因爲我的確想去看看一個野蠻人保留區。」

$CH_3C_6H_2(NO_2)_3$ 加上 $Hg(CNO)_2$⑪，嗯，這等於什麼呢？等於地上一個大洞、一疊建築石塊、一點人肉跟黏液，以及仍穿著鞋子的一隻腳，飛過空中並落地、翻滾、掉在天竺葵的正中央——鮮紅色的那種花；那年夏天的表演眞精彩哪！

「你眞是無可救藥，列寧娜。我不管你了。」

「而俄國人對水源下毒的技術格外精良。」

芬妮與列寧娜背對背，繼續沉默地更衣。

「九年戰爭，以及經濟大崩潰。當時人們的選擇只有世界全面控制或毀滅，也就是穩定或……」

「芬妮．克勞恩也是不錯的女孩。」社會地位預定室副室長說。

育幼室裡的基礎階級意識課已經結束，枕頭下的嗓音轉到對未來工業供給的未來需求：「我的確很愛飛行，」它們低語。「我的確很愛飛行，我確實愛買新衣服，我的確愛……」

「當然，自由主義被炭疽熱殺死了，不過還是一樣，你不能用武力逼迫人們做事。」

「只是根本沒有列寧娜那麼氣感。喔，差遠了。」

「舊衣服很討人厭，」枕頭下毫不疲倦的呢喃聲繼續說。「我們總是會丟掉舊衣服。丟棄總比修補好，丟棄總比修補好，丟棄總比……」

「政府該做的事是開會協商，不是揍人。你統治人們的腦袋跟屁股，絕不要動用拳頭。比如強迫消費這件事。」

「好啦，我準備好了，」列寧娜說，然而芬妮仍然不發一語迴避著她。「我們和好吧，芬妮親愛的。」

「爲了工業的利益，所有男性、女性和孩童都被強迫在一年內消費這麼多東西。唯一的結果是……」

「丟棄總比修補好。越補越窮，越補越……」

「總有一天，」芬妮無力地強調。「你會惹上麻煩的。」

「引發了極大規模的認真抗議。人們要求什麼都好，就是不要消費。回歸自然。」

「我的確愛飛行。我的確愛飛行。」

「回歸自然。對，他們眞的要求回歸自然。你如果整天坐著不動看書，是消費不了多少東西的。」

「我看起來還可以吧？」列寧娜問。她的外套是用酒瓶綠的醋酸纖維布料製的，外加袖口跟領口則有綠色人造絲毛皮。

「八百名『單純生活主義』成員在倫敦的郭德綠地區被機關槍射倒。」

「丟棄總比修補好，丟棄總比修補好。」

綠色燈芯絨短褲與白色人造絲羊毛絲襪被拉到膝蓋下面。

「接著發生了著名的大英博物館大屠殺。兩千名文化迷被灌了芥子毒氣。」

一頂綠與白色的騎士帽蓋住列寧娜的眼睛上方；她的鞋子是鮮綠色，擦得光可鑑人。

「到頭來，」穆斯塔法・蒙德說。「管理者們明白動武毫無益處。而效果比較慢但絕對可靠得多的體外生殖辦法、新巴甫洛夫制約訓練以及睡眠學習……」

她在腰間則穿了條表面鍍銀的綠色仿摩洛哥羊皮彈藥腰帶，裝滿了規定的備用避孕用具（畢竟列寧娜不是不孕女）。

「普菲茨納與河口的發現終於受到運用。當時展開密集的宣傳活動反對胎生生殖……」

「太完美了！」芬妮熱情地大叫，她永遠沒辦法抵抗列寧娜的魅力太久。「這條馬爾薩斯腰帶⑫多完美又漂亮哪！」

「外加反對舊日的宣傳運動：關閉博物館、炸毀歷史紀念碑（幸好多數已經毀在九年戰爭裡了）、查禁所有在福特紀元一百五十年前出版的書籍。」

「我一定也得弄條一樣的來。」芬妮說。

「比如，以前有叫做金字塔的東西。」

「我那條舊的黑色漆革子彈腰帶……」

「還有一位名叫莎士比亞的人。你們自然從來沒有聽過他。」

「那條子彈腰帶眞是丟臉極了。」

「這便是眞正科學化的教育的好處。」

「越補越窮、越補越窮……」

「吾父福特第一台T型車的問世……」

「這腰帶我擁有將近三個月了。」

「被選爲新時代的第一天。」

「丟棄總比修補好，丟棄總比修補好……」

「那時有個東西，如我稍早提過的，叫做基督教。」

「丟棄總比修補好。」

「消費不足的道德觀與哲學……」

「我愛新衣服，我愛新衣服，我愛……」

「這種道德觀跟哲學在生產不足的時候是有必要的；然而在機器與固氮的時代——這絕對是對社會的犯罪。」

「是亨利．佛斯特送我的。」

「所有十字架頂上都被砍掉變成T字。當時也有個東西稱爲上帝。」

「是眞的仿麈洛哥羊皮。」

「如今我們有世界國了，還有福特日慶祝，以及社群唱詩會跟團結儀式。」

「福特啊，我眞恨他們！」伯納德・馬克思心裡想。

「那時有個東西叫做天堂；但是人們照樣飲用大量的酒精。」

「說得像塊肉一樣，像一大團肉。」

「那時有個東西叫靈魂，還有個東西叫長生不老。」

「幫我問亨利他是在哪邊買到的。」

「可是他們從前也會打嗎啡跟古柯鹼。」

「落井下石的是，她也認爲自己是塊肉。」

「福特紀元一七八年，兩千名藥理學家與生物化學家得到了補助。」

「他看起來的確悶悶不樂。」社會地位預定室副室長說，比劃著伯納德・馬克思。

「六年後，它便正式量產了；完美的藥物。」

「我們去誘他上鉤。」

「讓人興奮、有麻醉性、有愉快的幻覺。」

「你這陰沉的傢伙，馬克思，眞悶悶不樂啊。」拍在他肩膀上的手讓他嚇一跳抬頭看。是那個畜生亨利・佛斯特。「你需要的是一公克索麻⑬。」

「藥物擁有基督教與酒精的一切優點；但毫無它們的缺點。」

「福特啊，我眞想宰了他！」但他嘴上只說：「不，謝謝。」然後推開對方遞給他的藥片瓶。

「隨心所欲吃藥放個假脫離現實，然後再回來，不會留下頭痛或神話之類的東西。」

「拿去，」亨利・佛斯特堅持。「拿去。」

「穩定性在實務上得到了保證。」

「一立方公克索麻能治好十次陰沉憂傷！」社會地位預定室副室長說，引述一句透過睡眠學習來的家常箴言。

「於是唯一剩下的挑戰便是征服老年。」

「去你們的，你們都去死！」伯納德・馬克思大吼。

「少裝腔作勢了。」

「施打性腺荷爾蒙、輸入年輕血液、在飲食添加鎂鹽……」

「而且請記住，一公克索麻永遠好過一句咒罵！」他們哈哈大笑著走出去。

「所有生理上的老年恥辱全被廢除。當然，連帶的還有……」

「別忘了問他馬爾薩斯腰帶的事。」芬妮說。

「連帶的還有老人的心理怪癖。人們終其一生都能維持同樣的人格。」

「……要在天黑前打兩場障礙高爾夫球。我得搭機走了。」

「工作，玩耍——我們六十歲時的能力與品味仍會跟十七歲時一樣。而舊日糟糕的老人就會放棄職位、退休、投身宗教、花時間閱讀跟思考——思考！」

「那些白癡，豬玀！」伯納德・馬克思自言自語，沿著走廊走向電梯。

「如今——這就是進步——老人們會工作、交媾，老人會無暇從樂趣中撥出時間或分神，沒有絲毫時間坐下來思索——萬一你要是出於某種不巧的巧合，在這些充足的消遣中碰上了讓人你無聊的時間裂縫，那麼你永遠有索麻能用，美味的索麻；吃半公克等於放半天假，一公克等於一個周末，兩公克便是到動人的東方旅行，三公克則是飛到月球的黑暗永恆；他們回來以後便會發現自己站在裂縫的另一邊，安安穩穩站在每日的勞動與娛樂地面，蹦蹦跳跳看一場接一場有感電影、找上一個個氣感的女孩、從電磁高爾夫球道玩到……」

「走開，小女孩，」孵育暨制約中心主任憤怒喊著。「走開，小男孩！你們看不出來福特閣下在忙嗎？去別的地方玩你們的性遊戲。」

「讓他們繼續玩吧。」管理者說。

輸送帶緩慢莊嚴、帶著微弱機器嗡響地前進，每小時走三十三又三分之一公分。紅色黑暗中閃耀著數不盡的紅寶石。

譯註：

①作者將英國對貴族的尊稱「爵爺、閣下（Lordship）」改為「福特閣下（Fordship）」。

②亨利・福特一九一六年接受《芝加哥論壇報》訪問時說：「歷史或多或少是廢話，它是傳統。我們不要傳統。唯一有價值的歷史是我們今日打造的歷史。」

③哈拉帕（Harappa），公元前第三至第二千紀印度河流域的城市文明。

④吾珥（Ur），美索不達米亞古城，也譯為烏爾，聖經說是先知亞伯拉罕的出生地。

⑤阿蘭布拉劇院（Alhambra Theatre），倫敦西區著名劇院，開幕於一八五四年，建築於一九三六年拆毀。

⑥世界國的人們認為福特（1863-1947）和心理分析學家佛洛伊德（1856-1939）是同一人，此外 Ford 和 Freud 發音有些近似。

⑦在新世界裡，男女雜交是義務，固定性伴侶則被禁止，因此中心主任對列寧娜性暗示的行為是最循規蹈矩的。

⑧「福特坐在車上，世間一切安康。」（Ford's in his flivver, all's well with the world.）這句話修改自英國詩人羅勃特・白朗寧（Robert Browning, 1812-1889）出版於一八四一年的韻文劇《Pippa Passes》內容：「上帝置身天堂，世間一切如常。」（God's in His heaven—all's right with the world!）

⑨氣感（pneumatic），字面意思是有空氣的，在本書裡的意思是指女性身材豐滿、充滿曲線美，特別是指胸部。在維多利亞時代及更早時期，豐滿的女性被認為是比較美的。但由於豐滿的意思除了本書以外並不常用，譯者便沿用舊譯法。

⑩以上提到的化學物質都是一次大戰用過的化學毒氣。這裡盡量使用它們的俗名。

⑪前者是黃色炸藥（TNT）；後者是雷酸汞，以前用來當雷管。

⑫這裡的馬爾薩斯腰帶名字源於英國人口與政治經濟學家托馬斯・馬爾薩斯，本書許多東西都以馬爾薩斯為名，主要是因為其人口限制理論符合世界國的政策，此處便是因為腰帶主要是攜帶避孕工具而得名。

⑬索麻：soma，來自拉丁文 somnus（睡眠）、somnium（夢），在本書中是一種保證立即帶來快樂、卻毫無副作用的藥物。

Chapter 4

第四章

一

電梯擠滿了從阿爾發族更衣間過來的男人，列寧娜進去時得到許多友善的點頭與微笑。她是很搶手的女孩，且跟這邊幾乎每個人在不同的時間過夜過。

她回應他們的問候，心想他們都是可愛的男孩，眞迷人的男孩！不過，她還是希望喬治・愛德佐的耳朵沒有那麼大就好了（也許他在輸送帶的第三百二十八英尺被注射的副甲狀腺太多了點？）。還有看看貝尼托・胡佛，她忍不住想起來他脫掉衣服時，體毛看起來有點太多。

她轉身，眼神因回想起貝尼托的黑色捲毛而有些難過，這時眼角瞧見一個瘦小的身軀，還有伯納德・馬克思那張憂愁的臉。

「伯納德！」她靠近他。「我正在找你呢。」她的嗓音在上升的電梯嗡嗡聲中清楚可聞。其他人好奇地轉頭看。「我想跟你談談我們去新墨西哥的計畫。」她餘光能看見貝尼托・胡佛震驚地倒抽口氣。那聲喘息讓她覺得煩躁。「很訝異我沒有又懇求跟他出遊是吧！」她暗地對自己說。然後她以更加親切的口氣大聲說：「我眞的很樂意在七月撥一個星期跟你出去，」她繼續說。（反正，她是在公開證明她對亨利的不忠；芬妮一定會很高興的，即使對象是伯納德。）「前提是，」列寧娜賞伯納德她最美、最顯眼的微笑。「如果你還願意找我的話。」

伯納德的蒼白臉龐泛紅。「這是怎麼啦？」她驚訝地心想，但又被這種對她的魅力獻上的致意感到動心。

「我們去其他地方談這件事好嗎？」他結結巴巴說，看起來不自在得要命。

「我還以爲我說了什麼嚇人的話呢，」列寧娜心想。「他看起來難受得好像我跟他開了一個不雅笑話一樣——好比問他母親是誰之類的。」

「我是說，旁邊有這麼多人……」他困惑不已。

列寧娜大笑，坦率又毫無惡意。「你眞好笑！」她說；她也眞的覺得他很好玩。「你至少會提早一個星期通知我吧？」她換上另一個語氣。「我想我們會搭太平洋藍色火箭囉？它是從查令T字塔①起飛的吧？還是從漢普斯敦？」

伯納德還來不及回答，電梯就停了。

「屋頂！」一個嘎嘰叫的聲音說。

電梯操作員是個人猿般的矮小生物，穿著艾普西隆負族半白癡的黑色上衣。

「屋頂！」

操作員打開柵門，午後的溫暖燦爛陽光使他嚇一跳、眨眨眼。「喔，屋頂！」他用狂喜的聲音重複，彷彿突然又欣喜地自黑暗、毀滅人的麻木中甦醒過來。「屋頂！」

他用有點像狗的期盼愛慕表情對乘客的臉微笑。乘客們一塊交談、大笑著踏進陽光中，電梯操作員望著他們的背影。

「屋頂？」他用詢問的口氣重複一次。

接著一個鈴響了，電梯屋頂有個擴音器開始非常小聲、但非常威嚴的口氣下命令。

「下樓，」擴音器說。「下樓，十八樓。下樓，下樓。十八樓。下樓，下……」

電梯操作員用力關上柵門，按一個鈕，於是立刻掉回電梯井裡嗡嗡響的朦朧世界，重返他平常待著的幽暗麻木國度。

屋頂上又暖又明亮，夏季午後充滿了路過直升機的慵懶嗡聲；此外可聞更低沉的火箭飛機加速聲，它們看不見，在頭上五六英里處像對柔軟空氣愛撫般劃過明亮天際。伯納德・馬克思深吸一口氣，抬頭看天空、望一圈藍色地平線，最後目光終於落在列寧娜臉上。

「這不是很美嗎？」他的嗓音有點顫抖。

她用滿是同情的表情對他微笑。「這天氣拿來打障礙高爾夫球最適合了，」她興高采烈地說。「現在我得搭飛機走了，伯納德。要是我讓亨利等我，他會生氣的。早點通知我約會的時間。」她揮揮手，跑過寬敞的平坦屋頂去飛機庫。伯納德站在原地看那雙閃爍的白色絲襪遠去、曬棕的膝蓋活潑地彎曲再打直，還有酒瓶綠色外套下面合身的燈芯絨短褲緩緩上下挪動。他一臉心痛。

「我得說啊，她眞的很漂亮。」他背後一個響亮、快活的聲音說。

伯納德嚇一跳回頭。貝尼托・胡佛圓胖的紅潤臉龐正低頭對他眉開眼笑——笑容中散發著誠摯。貝尼托的好脾氣是惡名遠播的，人們說他可以活上一輩子都完全不必碰索麻；其他人必須服藥放假來逃避的怨恨與壞脾氣從來不會影響到他。對貝尼托而言，現實世界永遠很愉快。

「而且也很氣感。你是怎麼辦到的啊！」接著他換個語氣：「不過我得說，」他繼續說。「你看起來的確悶悶不樂！你需要的是一公克索麻……」貝尼托從右手邊的褲子口袋掏出一管藥瓶。「一立方公克索麻能治好十次陰沉憂傷……我說呀！」

伯納德突然轉過身匆匆走開。

貝尼托瞪著他的背影。「那傢伙是怎麼回事？」他心想，然後搖搖頭，認定那可憐傢伙的人造血裡加了酒精的故事想必是眞的。「我想酒精影響了他的腦袋吧。」

他收起索麻瓶，掏出一包性荷爾蒙口香糖，拿一顆塞進臉頰、邊嚼邊慢慢走向飛機庫。

亨利・佛斯特已經把他的直升機從上鎖庫房裡解開，而列寧娜抵達的時候，他就已經坐在駕駛艙裡面等了。

她爬上來坐到他身邊時，他唯一的評論是：「我們已經晚了四分鐘。」他發動引擎，將直升機螺旋槳切入排檔。機器垂直竄進空中。亨利加大油門；旋翼的嗡聲從胡蜂變成黃蜂，再從黃蜂變成蚊子；速度表顯示他們正以每分鐘近兩英里的速度爬升。倫敦在他們腳下縮小，龐大且平坦如桌的建築幾秒後就消失了，接著一群幾何學形狀的蘑菇從綠色的公園與花園冒出來。這群東西當中有株細莖、更高更纖細的真菌——查令T字塔閃耀的混凝土碟子探向蒼穹。

龐大、宛如人體的雲朵就像曼妙運動員的模糊軀體，懶洋洋倚在他們頭上的藍天空氣中。其中一朵雲突然掉出一隻小小的鮮紅色昆蟲，邊墜落邊嗡嗡叫。

「那是紅色火箭，」亨利說。「剛從紐約過來。」他看手錶。「晚了七分鐘抵達。」他補充，搖搖頭。「這些大西洋航班——他們不準時的程度是出了名的可恥。」

他把腳從油門上挪開。頭上螺旋槳的嗡聲降低了一點五個八度，一路回到黃蜂、胡蜂和大黃蜂，再回到金龜子與鍬形蟲。機器的上升衝刺減緩了；一會兒後他們便靜止不動懸在半空中。亨利推一個把手，發出喀的一聲。他們面前的螺旋槳起先緩緩轉動，接著越轉越快，直到眼前化為圓形的朦朧景象。水平的風甚至比逆風飛行時還呼嘯得更加尖銳。亨利眼睛盯著轉速表；等指針碰到一千二時，他就放開直升機螺旋槳的排檔。機器現在有了夠多前進動量，可以只靠機翼飛行②。

列寧娜低頭，越過他們腳下的地板窗看。他們正在飛越六英里長的公園地，這塊區域隔開了中倫敦區和周圍第一圈衛星郊區。綠地上像蛆一般塞滿了看似縮小的生命，成群離心彈跳球塔在樹林間閃閃發亮；牧羊人林附近有兩千名貝塔負族，組成男女混雙玩黎曼曲面網球③；諾丁丘到衛斯頓的大道兩邊排列著雙排電扶梯壁球場，而伊靈郊區體育館正在舉行一場戴爾他族體操發表會跟一個社群唱詩會。

「土黃色眞是可怕。」列寧娜說，道出她的階級得到的睡眠學習偏見。

豪恩斯洛的有感電影片廠建築占地七點五公頃，附近有支黑色與土黃色衣服的勞工大軍正忙著將西向大道的路面重新玻璃化。其中一座龐大的移動式坩堝被翻倒時打開了蓋口，融化的石頭以一陣冒煙的目眩白熱灑到路上，石綿滾筒壓過來又壓過去；而在一台絕熱灑水車的背後，蒸氣則化爲白霧冒出來。

他們飛過賓福特，「電視機公司」在那邊的工廠像一座小鎭。

「他們一定正在換班。」列寧娜說。

草綠色的伽馬族女孩以及黑色的半白癡們湧過公司大門，或者排隊等著搭單軌列車。桑椹色的貝塔負族沿著人群來來去去。主建築的屋頂滿是直升機的忙碌起降。

「我說啊，」列寧娜說。「我眞高興我不是伽馬族的！」

十分鐘後他們就抵達史托克·波吉斯村，開始打他們的第一輪障礙高爾夫球。

二

伯納德匆匆走過屋頂，眼睛大多盯著地上，偶爾迎上同伴的眼光時便立刻偷偷摸摸轉開。他像個被追逐的人，追他的敵人是他不希望看見的對象，更遑論他們似乎比他想像中的敵意更強，他也感到更有罪惡感、甚至無助地覺得孤獨。

「那個討厭的貝尼托．胡佛！」雖然那個男人的本意其實很好，但某方面而言，那樣只是讓事情更糟；那些本意好的人的行爲跟本意壞的人沒有兩樣。就連列寧娜也讓他受盡折磨；他記得那幾個星期的羞怯與猶豫不決，他滿心期盼，又因爲沒勇氣約她而感到絕望。他有膽量面對被輕蔑回絕的恥辱嗎？但要是她答應，就會讓人喜出望外！好吧，現在她說願意了，他卻依然飽受煎熬——因爲她居然認爲今天下午非常適合打障礙高爾夫，覺得她應該小跑步去加入亨利．佛斯特，還覺得他不想在公開場合談論最私密的事很好笑。一言以蔽之：他心如刀割，是因爲她表現得跟任何健康高尚的英國女孩應有的舉止一樣，而不是其他反常、奇特的樣子。

他打開自己的上鎖機庫門，叫兩位閒晃的戴爾他負族服務員過來，幫他把他的直升機推到屋頂上。所有飛機庫由單一一個波康諾夫斯基群體的成員負責，這兩人是孿生兒，模樣一樣矮小、膚色深醜陋。伯納德用尖銳、頗爲高傲、甚至侮辱性的口氣下命令，會用這種口氣的人對於自己的優越地位不太有自信。對伯納德而言，跟較低階級的人打交道一向是最令人痛苦的經驗；畢竟不管是什麼原因（此外人們現在謠傳說他的人造血裡有酒精，這也非常有可能是眞的——畢竟意外總會發生），伯納德的體型幾乎不比普通的伽馬族高到哪去。他的身高比正常的阿爾發族矮了八公分，身材比例也比較纖瘦。跟較低階層的人互動總會痛苦地提醒他自己的身材缺陷。「我是我，我也希望我不是我」；他的自我意識感既痛苦又煩惱。他每回發現自己水平望著一張戴爾他族的臉，而不是低頭俯瞰時，就會覺得很丟臉。這些生物會拿他的階級應得的尊敬對待他嗎？這問題一直糾纏他不休。雖然這疑問也不是沒有理由，因爲就伽馬族、戴爾他族和艾普西隆族而言，他們在某程度上被制約成將身體體積跟社會優越性聯想在一起。的確，所有人都擁有一點睡眠學習賦與的偏見，讓他們偏愛身材較高大的人，因此女人們嘲笑他的追求，他的社會同類對他惡作劇，這些嘲弄使他感覺像個外人；既然自己被當成外人，他的行爲也就像個外人，這更加深了人們對他的偏見，加強了別人因他的身體缺陷產生的輕蔑與敵意，他的孤獨感也隨之更嚴重。既然時時恐懼被人藐視，他便採取迴避同類，並且在面對低階級人士時有意識地裝出尊嚴。他多麼羨慕亨利．佛斯特和貝尼托．胡佛這樣的人啊！這些人永遠不必對一位艾普西隆族的人大吼大叫就能讓他們聽話；這些人將他們的地位視爲理所當然，像條魚在水中游一樣在階級系統裡活動——他們是如此如魚得水，絲毫沒意識到他們自己或者身處的有益與舒適元素。

他感覺那兩位服務員懈怠、不情願地將他的直升機推到屋頂上。

「快點！」伯納德不耐煩地說。其中一人瞪他。那雙空泛的灰眼裡是否有著嘲弄？「快點！」他更大聲吼叫，嗓音浮現醜陋的嘶啞。

他爬進飛機，幾分鐘後便往南朝河飛去。

各個宣傳部與情緒工程學院位於艦隊街的一棟六十層樓建築裡，其地下室跟較低樓層是倫敦三大報社的印刷廠與辦公室。《整點廣播報》是給較高階級看的報紙；淡綠色的《伽馬公報》；以及印在土黃色紙上、專門使用單一音節字的《戴爾他鏡報》。接著是電視宣傳部、有感電影宣傳部、合成嗓音宣傳部和音樂宣傳部，共占了二十二層樓。它們樓上是研究實驗室，以及音軌錄音作家與合成作曲家進行精密作業的附襯墊隔音房間。最頂上十八層樓由情緒工程學院使用。

伯納德降落在宣傳部大樓的屋頂，走下直升機。

「撥電話給樓下的赫姆霍茲・華生先生，」他對伽馬正族門房命令。「告訴他說伯納德・馬克思先生在頂樓等他。」

他坐下來點了根香菸。

訊息傳下去時，赫姆霍茲・華生正在寫作。

「跟他說我馬上上去。」他說，掛上話筒。接著他轉向他的祕書：「收拾我的東西。」他用同樣正式冷淡的語氣說；然後他忽略她燦爛的微笑，起身快步走向門口。

他是個壯碩的男人，胸膛結實、肩膀寬闊、身子高大，然而動作很快、有力又靈活，有力的圓頸子支撐著形狀漂亮的腦袋。他頭髮又黑又捲，五官輪廓很深，以一種格外引人注目的方式而言很英俊，而且正如他的祕書永遠不會講到煩的，他身上每一公分都是阿爾發正族的典範。他的職業是情緒工程學院的講師（寫作系），而他在教育課程之間的時間則是當情緒工程師。他定期替《整點廣播報》寫稿，譜寫有感電影劇本，而且在撰寫口號跟睡眠學習韻文方面還有最令人滿意的本事。

「能幹，」這是他上級的評語。「也許……」（他們這時會搖搖頭，刻意壓低音量。）「有點太能幹了。」

對，有點太能幹；他們說得沒錯。赫姆霍茲・華生身上被多賦與了些智力，非常類似伯納德・馬克思得到體型缺陷的方式那樣。伯納德只因得到的骨骼跟肌肉太少就和同類產生隔閡，而赫姆霍茲額外的智力在現行標準下，卻跟其他人產生了更大的區隔。這讓赫姆霍茲非常難受地意識到當自己和獨自擁有這麼多才華所帶來的差異。這兩位男人都曉得自己是獨行俠；可是當伯納德出於身體缺陷、終其一生承受著疏離的感受時，赫姆霍茲・華生卻直到最近才察覺到自己額外的智力，並注意到他跟周遭人們的差別。這位電扶梯壁球冠軍、不知疲倦的情人（據說他在四年內就有過六百四十個不同的女孩）、令人欽佩的委員會成員、最佳的社交者突然發現，運動、女人與社區活動就他看來都只是次等重要的事。老實說，他打從心底對其他事感興趣，是什麼呢？對什麼感興趣？這就是伯納德要過來跟他討論的事——或者應該說，讓伯納德再傾聽一次他朋友的話，畢竟通常總是赫姆霍茲在說話。

合成嗓音宣傳部的三名迷人女孩在他踏出電梯時攔截他。

「喔，赫姆霍茲親愛的，拜託跟我們去埃克斯穆爾國家公園野餐嘛。」她們哀求地纏著他。

他搖頭，從她們當中推開一條路。「不，不行。」

「我們不會邀請其他男人哦。」

但赫姆霍茲對這種愉快的保證仍然沒動搖。「不行，」他重複。「我很忙。」他也堅決維持行進路線。女孩們跟著他，一直追到他爬進伯納德的飛機、用力摔上門時才放棄，而且滿嘴責備。

「這些女人！」機器飛上空中時，他說。「這些女人！」然後他搖搖頭、皺眉。「實在太糟糕了，」伯納德用睡眠學習的內容同意，但講出這些話時又暗地希望，要是他能像赫姆霍茲一樣約到那麼多女孩，而且還能一樣不費吹灰之力就好了。他突然有股想吹噓的衝動。「我要帶列寧娜．克勞恩跟我去新墨西哥。」他盡可能用尋常的口氣說。

「是嗎？」赫姆霍茲說，完全不感興趣。接著停頓一會兒後說：「過去一兩個星期，」他繼續說。「我都在迴避我所有的委員會跟女孩。你可以想像她們在學院裡會製造出多大的激烈抨擊。不過，我想這樣是值得的。這麼做的效果……」他猶豫。「嗯，它們很奇怪，非常奇怪。」

身體缺陷能造就出某種心智優越，這種過程似乎也能反向推導；心智優越本身能造就出刻意獨處帶來的自願盲目、耳聾以及禁慾主義式的人爲陽痿。

短程飛行剩下的時間都在沉默中渡過。等他們抵達目的地、舒舒服服在伯納德房間的充氣沙發上伸展身子時，赫姆霍茲才重新開口。

他說話說得很慢：「你有沒有感覺過，」他問。「你心裡好像有什麼東西，只是在等你給它機會浮上檯面？某種你沒使用的額外能力——你知道的，就像讓水流下瀑布，而不是灌進發電機渦輪？」他用詢問的表情看伯納德。

「你是說，如果狀況不同時，一個人可能會有的感覺？」

赫姆霍茲搖頭。「不太算。我正在想我有時候會有的怪感受，感覺我有什麼重要的事情想說，也有能力說出口——只是我不曉得是什麼，我也沒辦法使用這種能力。假如有不同的辦法能寫下東西……或是寫別的東西……」他沉默下來；接著又說：「你瞧，」他最後說。「我非常擅長發明慣用語——你知道的，那種能讓你突然跳起來的字句，幾乎就好像你坐在大頭針上一樣，它們似乎好新穎、好讓人興奮，儘管它們的內容跟睡眠學習的東西一樣淺白。可是那樣感覺似乎還不夠。光是寫出好的慣用語還不夠；你運用它們的方式也得很好才行。」

「可是你的創作都很棒呀，赫姆霍茲。」

「喔，只有在它們的使用範圍裡是這樣。」赫姆霍茲聳聳肩。「但是它們被運用的程度好小。它們不知如何沒有那麼重要。我感覺我能做些重要得多的事。對，更強烈、更激烈的創作。可是是什麼呢？還有什麼更重要的事情應該說出口？人們被期盼寫的東西又怎麼能變得激烈？字句就像X光，假如你正確使用——它們便能穿透一切。你讀了那些字，就會被它們射穿。這是我試著教給我學生的其中一件事——怎麼寫出穿透人心的東西。可是被一篇談論唱詩會或氣味風琴最新發展的文章穿透有什麼用？何況，當你寫這類型的東西時，你真的能讓字句能穿透人心嗎——你知道的，就像最強烈的X光？你可以談論不存在的事情嗎？我的煩惱總歸就是如此。我試了又試……」

「安靜！」伯納德突然說，舉起一根警告的手指；兩人仔細聽。「我相信門口有人。」他低聲說。

人。

赫姆霍茲站起來，躡手躡腳穿過房間，然後用劇烈的動作一舉打開門。想當然，門外沒有半個人。

「抱歉，」伯納德說，感覺跟表情都愚蠢得難受。「我想我是被事情搞得有點神經緊張吧。人們懷疑你時，你就會開始懷疑他們。」

他用手抹過眼前，嘆口氣、嗓音變得哀愁。他替自己辯護：「但願你曉得我最近受了什麼罪就好了，」他說，快要哭了——他的自憐就像突然打開的噴泉湧上來。「希望你懂就好了！」

赫姆霍茲・華生傾聽著，感覺不太自在。「可憐的小伯納德！」他對自己心想。但他又替他的朋友感到丟臉；他很希望伯納德能稍微多表現一點自尊出來。

譯註：

①影射倫敦的查令十字舊址和附近的查令十字路車站。

②西班牙工程師 Juan de la Cierva 在一九二一年提出自轉旋翼機的設計，這種直升機配有水平螺旋槳推動飛機，而一些早期機種也的確裝有固定式機翼，雖然飛行時還是得靠垂直旋翼。

③以德國數學家波恩哈德・黎曼（Bernhard Riemann, 1826-1866）命名。

Chapter 5

第五章

一

晚上八點，天色暗了下來，史托克・波吉斯村俱樂部高塔上的擴音器開始用高過人類男高音的音調宣布高爾夫球道即將關閉。列寧娜與亨利停止玩球，走回俱樂部。內外部分泌物聯合企業的地盤上傳來兩千頭牛的叫聲，它們的荷爾蒙、牛奶和原料會供應給法恩漢皇家村的大工廠使用。暮光空氣中充滿了持續不斷的直升機嗡嗡聲。每隔兩分半鐘，一道鈴聲跟一個尖叫的汽笛聲就宣告了一列輕單軌列車的啓程，這些火車會載著較低階級的高爾夫球玩家從各自的球道返回大都會。

列寧娜和亨利爬進他們自己的機器，升空飛走。亨利在八百英英呎處放慢直升機螺旋槳，他們在光線褪去的地景上方盤旋了一兩分鐘。布恩罕山毛櫸林像一座漆黑大水池，朝西側天空的明亮盡頭延伸；最後一抹夕陽在地平線泛著火紅，開始褪成橘色、然後轉淡成黃色和蒼白的淡綠色。北方的樹林外頭跟上空，內外部分泌物工廠那二十層樓的每一扇窗都閃耀著刺眼的燦爛電燈燈火，它們下方便躺著高爾夫俱樂部建築群——是較低階級族的龐大營房，至於分隔牆另一邊則是留給阿爾發與貝塔族成員的較小房舍。通往單軌列車站的入口黑壓壓的擠滿了螞蟻般的較低階級者的活動，一座玻璃拱頂底下有列點著燈的火車竄進開闊地帶；機上兩人的眼睛若跟著列車朝東南越過黑暗平原的路線看去，就會看見斯勞火化場的雄偉建築。建築的四根高大煙囪爲了保障夜間飛行飛機的安全，裝有成排探照燈，頂上也有鮮紅色警告信號燈。這建築是個顯眼地標。

「爲什麼煙囪周圍有像是陽台的東西？」列寧娜問。

「磷質回收，」亨利像電報一樣簡潔解釋。「氣體往上經過煙囪時會通過四段不同的處理。以前他們火化某個人時，五氧化二磷①會直接從通風系統排出去；現在他們可以回收超過百分之九十八的磷。每具成人屍體能回收超過一公斤半的磷，這使得光是在英格蘭，每年就能收回將近四百噸磷。」亨利帶著驕傲感愉悅的說，對這種成就滿心歡喜，好像是他自己辦到的一樣。「想到我們就算死了也能對社會有益，眞是好事一件。磷能幫助植物生長。」

列寧娜這時則轉開眼睛，直直往下看單軌列車站。「是很好，」她同意。「可是眞奇怪呀，阿爾發族和貝塔族能幫忙生長的植物，居然不會比下面那些討厭的伽馬族、戴爾他族跟艾普西隆族更多。」

「所有人在生理化學上都是平等的，」亨利簡潔地說。「何況，就連艾普西隆族也負責了不可或缺的服務。」

「就連艾普西隆族也……」列寧娜突然想起一次場合，她當時還是學校裡的小女孩，有天大半夜醒來、頭一次注意到那個在她所有睡夢中繚繞不去的呢喃聲。她藉著月光光束看見一排小小的白床；她再次聽見那個輕柔、溫柔的嗓音說（連夜重複那麼多次以後，已經牢牢記在腦海無法忘懷）：「人人皆替其他所有人工作。我們不能缺少任何成員。就連艾普西隆族也很有用。我們不能沒有艾普西隆族。人人皆替其他所有人工作。我們不能缺少任何成員……」列寧娜記得她起先感受到的恐懼與驚訝衝擊；她醒著半個小時思索是怎麼回事，然後在永無止盡的重複話語影響下，她的心靈逐漸受安撫、得到了撫慰與鎮靜，睡意無形地悄悄襲來……

「我想艾普西隆族不會真的在意當艾普西隆族吧。」她大聲說。

「他們當然不會啦，怎麼會呢？他們根本不曉得當其他東西是什麼感受。我們就當然會介意。不過話說回來，我們受的制約訓練不一樣；何況我們一出生就是不同的層級。」

「我真高興我不是艾普西隆族的。」列寧娜堅定地說。

「假如你是艾普西隆族，」亨利說。「你受的制約訓練就會讓你一樣很感激，感謝你不是貝塔族或阿爾發族。」他將前方螺旋槳切入排檔，駕著機器飛向倫敦。在他們背後的西方，赤色與橘色夕陽幾乎褪去了；一道陰暗的雲悄悄湧進天頂。他們飛過火化場時，飛機往上鑽過煙囪冒上來的熱空氣，接著同樣迅速地陡降、鑽入煙背後下降的冷空氣。

「真棒的雲霄飛車！」列寧娜愉快地大笑。

但是亨利的口氣有一會兒幾乎帶著憂愁。「你知道那個雲霄飛車意味著什麼嗎？」他說。「就是幾位人類確實、完全地消失，化爲一陣熱氣噴掉。假如能曉得氣體的主人是誰，一定會很有意思——是男還是女，是阿爾發族或艾普西隆族……」他嘆息。接著他換上堅決更愉快的口氣：「反正，」他總結。「有一件事是我們能確定的；不管被火化的是誰，他活著的時候都很快樂。如今人人都很快樂。」

「對，人人都很快樂。」列寧娜重複。他們在十二年內的每天晚上都會聽這句話重複一百五十遍。

他們降落在亨利那間倫敦西敏自治市四十五層樓公寓建築的屋頂，然後直接前往餐廳。他們在吵鬧又愉快的客人陪伴下吃了一頓絕佳的晚餐；索麻則配著咖啡端上來。列寧娜吃了兩顆半公克藥片，亨利則吃三顆。九點二十分，他們穿過街道走去新開幕的西敏寺歌舞夜總會。今夜幾乎無雲，沒有月亮且星光燦爛；但是列寧娜和亨利很幸運，沒注意到這整個令人沮喪的事實，因爲電子霓虹燈天際招牌將外界的黑暗驅離了。「**喀爾文．斯特普與他的十六位薩克斯風手**。」新西敏寺建築正面的巨大字體動人地閃耀。「**倫敦第一流的氣味與色彩風琴②表演。最新合成音樂一應俱全**。」

他們走進去。空氣很悶熱，而且在龍涎香與檀香木的氣味下更讓人呼吸困難。色彩風琴此時在大廳圓拱屋頂上漆出熱帶夕陽，而十六位薩克斯風手樂團則在演奏一首受歡迎的老歌：〈世上的胚胎瓶比不上我的親愛小瓶〉。四百對男女在擦亮的地板上跳著五步舞，列寧娜和亨利很快便成爲第四百零一對舞者。薩克斯風有如月亮下歌聲動聽的貓兒，以女低音和男高音悲嘆、彷彿有性高潮降臨似的。在豐沛的和聲中，顫抖的合唱登上頂點、越來越響亮——直到最後指揮手一揮，釋放出音樂的最後一個震響音符，讓十六位吹奏者的聲音消失在降A大調的雷鳴中。接著在全然寂靜與黑暗當中，出現了一道平緩的漸弱音，慢慢下降、以四分之一音下滑，減弱到一個微弱呢喃的主和弦，繼續延續（四分之五拍的節奏仍在底下脈動），替陷入黑暗的幾秒鐘時間注入了強烈的期盼。最後期望得到了滿足——音樂頓然併發出爆炸性的日出，十六把薩克斯風轟然齊聲歌唱：

「我的胚胎瓶，我永遠想要你！
我的胚胎瓶，我爲何被脫瓶？
你的世界天天是藍天
天氣永遠是晴朗無邊；
因爲，
世上所有的胚胎瓶，
比不上我的親愛小瓶。」

列寧娜與亨利雖是跟著西敏寺夜總會的其他四百對舞者跳著一圈圈的五步舞，但同時也是在另外的世界裡翩翩起舞——那是個溫暖、顏色鮮艷、無盡友善的索麻假期國度。大家看起來多麼俊美、有趣得多讓人愉快哪！「我的胚胎瓶，我永遠想要你……」然而列寧娜跟亨利已經有了他們想要的東西——此時此地躲在室內，安安穩穩身在宜人的天氣裡，置身這永恆的藍天底下。接著表演累了的十六位薩克斯風手放下他們的樂器，合成音樂機用緩慢的馬爾薩斯藍調唱出最新的曲子時，列寧娜和亨利便簡直像孿生胚胎般抱在一起，乘著脫瓶人造血的波浪輕輕搖晃。

「晚安，親愛的朋友們。晚安，親愛的朋友們，」擴音器用親切和樂音般的禮貌掩飾命令。「晚安，親愛的朋友們……」

列寧娜、亨利與其他人聽話地離開建築。教人沮喪的星辰已經在天上挪動好一段距離；但儘管原本隔開夜空的霓光燈天空招牌已經消失，這兩位年輕人仍然快快樂樂地，對已深的夜色視而不見。

他們在夜總會打烊前半小時服用的第二劑索麻，已經在他們的腦袋跟眞實宇宙之間築起無法穿透的高牆。他們情緒亢奮地穿過街道、搭電梯到亨利在二十八樓的房間。然而列寧娜雖然興高采烈、也受到第二公克索麻的效力影響，但仍沒忘記照規定使用所有的避孕器具。十二歲到十七歲之間的多年密集睡眠學習、一週三次的馬爾薩斯訓練已經使這些預防措施的實施跟眨眼反應一樣無可避免。

「哦，這倒提醒了我，」等她走回臥室時，她說。「芬妮．克勞恩想知道，你送我的那條漂亮的綠色仿摩洛哥羊皮彈藥腰帶，是在哪邊買到的。」

二

每隔兩個星期的星期四是伯納德的團結儀式日。他在阿芙羅黛蒂俱樂部③早早吃過晚餐（赫姆霍茲最近才在第二條款下被選爲委員）後跟朋友道別，然後在屋頂招輛計程直升機、叫駕駛飛到福特森社群唱詩堂④。機器上升了兩百英尺，接著轉往東，而飛機轉彎時伯納德眼前便浮現巨大得美麗的唱詩堂。這座建築高三百二十英尺、用成排探照燈打光，其仿義大利卡拉拉大理石的表面在路門丘上散發出雪白的白熱亮光；它四個角落的直升機起降坪各有一座龐大的T字架，在夜色中閃耀著赤紅，而塔上二十四支巨大的金色擴音喇叭正轟隆奏著嚴肅的合成音樂。

「該死，我遲到了。」伯納德瞧見唱詩鐘「大福鐘⑤」後自言自語了一句。的確，當他付錢給計程機時，大福鐘正好在報時。「福特！」所有金色擴音器唱出響亮無比的男低音。「福特，福特，福特……」一共九次。伯納德衝向電梯。

建築底層是福特日慶祝跟其他大型社群唱詩會使用的大禮堂。上面每層樓各有一百個房間，總共七千個房間，讓各個「團結會」做兩星期一次的儀式。伯納德搭電梯下去到三十三樓，匆匆穿過走廊，猶豫地在三二一〇號房門外站了一會兒，接著鼓起勇氣打開門走進去。

感謝福特！他不是最晚到的。圓桌周圍排放的十二張椅子還有三張是空的。他盡可能不引人注意地溜進最近的空位，然後準備對更晚到的人皺眉裝出不悅——不管他們什麼時候出現。

他左邊的女孩轉向他。「你今天下午玩了什麼？」她問。「障礙還是電磁高爾夫球？」

伯納德認出她（福特啊！居然是摩根娜．羅特希爾德），不得不臉脹紅地承認他兩者都沒玩。摩根娜驚訝地瞪著他。現場陷入尷尬的沉默。

她接著特意轉開身子，對她左邊更愛運動的男人發問。

「以這種方式開始團結儀式，還眞是棒啊。」伯納德悲慘地心想，預見到自己又會贖罪失敗了。但願他沒有匆促找最近的椅子坐下，而是有先看看四周就好了！他大可坐在菲菲．布萊德魯和喬安娜．狄塞爾中間，結果他卻選擇盲目地把自己塞到摩根娜身旁。摩根娜欸！福特哪！她那兩條黑眉毛——或者應該說只有一條眉，因爲它們在鼻子上面連成一條線。福特啊，太可怕了！此外他右邊是克萊拉．德特丁。的確，克萊拉是沒有一字眉，可是她的身材實在是氣感過頭了。菲菲與喬安娜就穠纖合度，豐滿、金髮、身軀不會過大……現在卻是那個粗人湯姆．河口坐進她們中間。

最後抵達的人是莎拉金妮．恩格斯。

「你遲到了，」團結會的主席嚴厲地說。「下次不准再這樣。」

莎拉金妮致歉，溜進她在吉姆．波康諾夫斯基和赫伯特．巴枯寧中間的位置。現在團體全員到齊了，團結圈歸於完整且毫無缺口，以男、女、男的方式繞著桌邊永無止境交替。這十二人準備好結而爲一，等著一同昇華、融合、讓十二個個別人格融入更偉大的個體當中。

主席站起來，劃了個T字的手勢，然後打開合成音樂，放出溫和而堅持不懈的鼓聲與樂器的合唱，是仿管樂器跟超級弦樂器——響亮地一再重複第一團結讚美詩那短促但免不了繚繞人心的旋律。重複，再重複——聽見脈動節奏的不是耳朵，是橫膈膜；循環和聲的哭號與鏗鏘響占據的不是他們的腦袋，而是受到感染的內臟。

主席劃了另一個T字坐下。儀式開始了。專用的索麻藥片放在桌子正中央，而裝著草莓冰淇淋口味索麻的雙柄杯則在桌邊依次傳遞，飲時要說一句：「我爲虛無而飲。」杯子被大口痛飲十二次。接著他們配著第一團結讚美詩的合成管弦樂音唱道：

「福特，讓我們十二人合爲一體；
有如匯流於社會河川裡的水滴，
喔，讓我們在一起，
像您的閃亮汽車一樣跑得又快又疾。」

他們唱了十二個小節的詩，接著雙柄杯被眾人傳遞第二圈。這時要念的是「我爲崇高之人⑥而飲。」永不疲倦的音樂繼續播放，鼓聲敲擊著，悲嘆和鏗鏘響的和聲讓人柔腸寸斷。第二團結讚美詩開始唱：

「歸來吧，崇高之人；
虛無的十二人化爲一人！
我們盼望死亡，因爲當我們離世，
才是我們更崇高生命的成眞之時。」

接著又唱了十二小節，這時索麻開始發揮藥效。他們兩眼發亮、雙頰緋紅，內心一視同仁的善意之光在臉上綻放成快樂、友善的微笑。就連伯納德也感覺自己有些融化了。當摩根娜・羅特希爾德轉身對他眉開眼笑時，他盡可能報以微笑，只是那條黑眉、那條一字眉仍在原地；他實在沒法視而不見，怎麼試也無法忽略，他內心的融化程度還不夠。也許要是他坐在菲菲和喬安娜中間就會夠吧……雙柄杯第三度在桌邊傳遞：「我爲他的再臨⑦而飲。」摩根娜・羅特希爾德說，正好輪到她開始圓圈儀式。她嗓門太大、太雀躍了。她喝下藥，然後把杯子遞給伯納德。「我爲他的再臨而飲。」伯納德重複，眞心試著感受再臨即將到來，可是那條眉毛繼續糾纏著他，而就他所知福特的降臨仍然遠在天邊。他喝藥，把杯子傳給克萊拉・德特丁。「這回又會失敗了，」他對自己想。「我知道一定會。」但他盡可能繼續眉開眼笑。

雙柄杯繞完一圈。主席舉起手打信號；眾人唱起第三團結讚美詩。

「感受崇高之人如何再臨！
歡慶啊，歡慶至命終！
在音樂的鼓聲中融走，
因為我即你，你即我，眾人皆同。」

詩一節節唱下去，眾人的嗓音也帶了更強烈的興奮感。福特降臨的迫切感宛若空氣中通了電。主席關掉音樂，而末段詩的最後音符唱完後便陷入絕對的寂靜——這是屬於拖長之期盼的靜默，有個通電似的生命引發了顫慄與毛骨悚然感。主席伸出他的手；突然間有個嗓音，一個深沉有力的嗓音，比任何區區凡人的聲音更悅耳、更有磁性、更為溫和、更有愛和渴望與同情的活力，一個美妙、神祕、超自然的嗓音在他們頭上開口說話。它非常慢地說：「喔，福特，福特，福特。」它的聲音逐漸消失、音調下滑。對那些聽見的人而言，一股溫暖、朝四面八方散發的興奮感從太陽穴擴散到身體的每個末梢；他們雙眼流淚，而心臟、腸子似乎都隨之挪動，彷彿自行產生了生命。「福特！」他們融化了。「福特！」他們解體、溶解了。接著另一個嗓音讓人嚇一跳地突然說：「聽！」聲音吼叫。「聽著！」他們聽了。一陣停頓後，聲響落回低語，可是這種呢喃不知如何比最響亮的呼喊更能穿透耳膜。「這是崇高之人的腳步聲，」它繼續說，並且重複：「崇高之人的腳步聲。」低語聲幾乎聽不見。「崇高之人的腳步聲踩在樓梯上。」再次地四周陷入沉默；而一度放鬆的期盼感重新拉緊，繃得更緊、更用力，幾乎瀕臨斷裂點。崇高之人的腳步聲——喔，他們聽見了，他們眞的聽見了，那雙腳輕輕地走下樓來，在隱形的樓梯上越來越靠近他們。崇高之人的腳步聲。突然間期盼感應聲斷裂；瞪大眼、嘴張開的摩根娜·羅特希爾德跳起來。

「我聽見他了！」她大叫。「我聽見他了。」

「他來了！」莎拉金妮·恩格斯吼著。

「對，他來了。我聽見了。」菲菲·布萊德魯與湯姆·河口同時站起身來。

「喔，喔，喔！」喬安娜口齒不清地出聲佐證。

「他來了！」吉姆·波康諾夫斯基嚷道。

主席傾身，按個鈕放出極度興奮的鐃鈸聲與銅管吹奏聲，製造出狂熱的咚咚咚樂音。

「喔，他來了！」克萊拉·德特丁尖叫。「呀！」好像她正在被割喉似的。

伯納德感覺自己這時應該做點什麼事，於是也跳起來大吼：「我聽到他了；他來了！」可是這不是眞的。他什麼都沒聽見，而且就他看來根本沒人要來。沒有人——儘管現場有音樂，儘管興奮情緒越築越高。不過他照樣揮手、跟別人一樣吼叫；而當其他人開始上下跳、跺腳跟拖著腳時，他也有樣學樣跳動跟挪腳。

他們繞圈子、化為一圈舞者，每個人都把手放在面前舞者的腰上，繞啊繞個不停，齊聲喊叫、跟著音樂節拍跺腳，用手拍面前那人的屁股；十二雙手同聲拍打，十二張屁股被打得齊聲迴響。十二如一，十二如一。「我聽見他了，我聽到他來了。」音樂加快速度；腳踩得更快、再加快，手的節奏也變快。接著一個震天響的合成男低音突然傳出，宣告了將至的救贖與團結的最終實現，十二結合為一的降臨，成為崇高之人的化身。「雜交打鬧！⑧」它唱道，而音樂的咚咚聲繼續敲著狂熱的節奏：

「雜交打鬧，福特與嬉笑，
親吻女孩使她們美好。
團結男孩配上寧靜女孩
雜交打鬧讓壓力宣洩開來。」

「雜交打鬧，」舞者們把儀式的副歌接下去。「雜交打鬧，福特與嬉笑，親吻女孩……」他們邊唱，燈光也邊慢慢暗下來——變暗的同時房內也變得更熱、氣味更濃、顏色更紅，直到最後他們有如置身於胚胎儲存室的赤紅微光裡舞蹈。「雜交打鬧……」舞者們在血紅、胎兒般的黑暗中繼續轉圈一會兒，跟著永不休息的節奏打拍子。「雜交打鬧……」之後圓圈散開了，瓦解成幾群人倒在排在桌椅跟周圍椅子外側、有如圈外圈的那環沙發上。「雜交打鬧……」深沉的嗓音溫柔地低吟輕呼；紅色微光中感覺好似有隻巨大的黑鴿⑨，慈愛地飄在或趴或仰的舞者們頭上。

他們站在屋頂上，大福鐘剛敲響十一點。夜晚既寧靜又溫暖。

「剛才很棒吧？」菲菲・布萊德魯說。「剛才是不是眞的很棒？」她用狂喜的神情看伯納德，但這種狂喜裡不帶絲毫的激動或興奮——畢竟若要興奮起來，也只會讓人欲求不滿。她的情緒是種實現圓滿的鎮靜狂喜，而平靜感不僅僅出於茫然滿足和空洞知覺，也是脫胎自平衡的生命、得到休息的精力以及心境的寧靜：一股豐沛又有活力的安詳。畢竟，團結儀式不只有收穫，也有耕耘，抽走的東西都是爲了重新補充。她已經圓滿、被推向完美，仍然處在超越單純自我的世界。「你不覺得剛才很美妙嗎？」她追問，用閃亮得超自然的雙眸看伯納德的臉。

「對，我覺得很棒。」他撒謊，撇開頭；她美化的臉蛋馬上提醒了他自己的孤立，同時是指控也是種諷刺。他此刻悲慘地孤身一人，就像他在儀式開始時那樣——他內心的空洞沒有塡滿，滿足感也死去，因此感覺更加疏離。他被疏遠也沒能贖罪，其他人卻融入了崇高之人；就連他躺在摩根娜的懷裡也覺得孤單——的確豈止是孤獨，甚至比他這輩子其他時刻還更接近他自己。他從紅色微光世界冒出來、踏進公共電燈強光下時，他的自我意識高漲到痛苦的地步。他悲慘萬分，而且也許（她發亮的雙眼指控著他）這是他自己的錯。「眞的很棒。」他重複；只是他腦裡唯一想得到的東西是摩根娜的那條眉毛。

譯註：

①五氧化二磷：磷在空氣中燃燒形成的化合物。

②色彩風琴：colour organ。一七二五年，法國耶穌會修士 Louis Bertrand Castel 發明了能用彩色玻璃片照出不同顏色的風琴；但是到一九二〇年代初期後，這個詞開始指專門配合音樂的光影表演裝置。在本書裡，色彩風琴是「演奏」色彩的樂器，正如氣味風琴是演奏味道的樂器。

③阿芙羅黛蒂俱樂部：Aphroditaeum 取自希臘愛神阿芙羅黛蒂（Aphrodite），字尾的 aeum 或 eum 是拉丁文的「場所」。既然赫胥黎在本書大量沿用英國地名與地標，此字尾的詞又僅此一個，或許有可能是影射大英博物館（British Museum）；畢竟館內藏有一尊名氣不小的跪姿阿芙羅黛蒂像 Lely Venus。

④福特森社群唱詩堂：根據下文地點判斷，這建築取代了聖保羅大教堂（St Paul's Cathedral）。這地點也剛好在大英博物館東邊不遠處。

⑤大福鐘：Big Ford，改名過的大笨鐘（Big Ben），在以上兩個地點的南方。

⑥崇高之人（Great Being）指福特。

⑦影射基督再臨（Second Coming）。

⑧這首讚美詩〈Orgyporgy〉修改自著名的十九世紀英國童謠〈喬治小豬〉（Georgie Porgie）。

⑨影射基督教的白鴿（聖靈）。

Chapter 6

第六章

一

眞奇怪呀，眞怪，好奇怪——這就是列寧娜對伯納德．馬克思的觀感。的確是很怪，怪到她接下來幾個星期裡不只一次想過，她是不是不應該改掉去新墨西哥度假的打算、改跟貝尼托．胡佛到北極去。問題在於她很熟悉北極，她去年夏天就已經跟喬治．愛德佐去過，而且不僅這樣，她覺得那裡相當討厭：沒什麼事好做，旅館又令人失望地太老式了——臥室裡沒有擺電視，沒有氣味風琴，只有最糟糕的合成音樂，而且超過兩百位房客只有不到二十五座電扶梯壁球場可用。不，她肯定受不了再看一次北極。何況她只去過一次美洲，那次時間還很短！在紐約度過一個廉價周末，而且是跟尙—雅克．哈比布拉或波康諾夫斯基．瓊斯去的？她不記得了。反正，那根本不重要。一想到能重新飛向西方待上一整個星期，感覺就非常誘人。甚至那個星期裡至少有三天會去野蠻人保留區，全孵育暨制約中心只有不超過半打人曾眞的到過野蠻人保留區。伯納德身爲阿爾發正族心理學家，是她認識過少數有權進去的人之一。對列寧娜而言，這種良機千載難求；然而伯納德的古怪之處也非常獨特，害得她再三猶豫，也眞的考慮跟風趣的老貝尼托再去一次北極。起碼貝尼托是正常人。至於伯納德嘛……

「他的人造血裡面有酒精。」這是芬妮對於伯納德所有怪癖的解釋。不過列寧娜有天晚上跟亨利一起躺在床上，她也相當焦急地跟對方討論自己的新情人時，亨利卻將可憐的伯納德比喻成犀牛。

「你沒辦法教犀牛玩把戲的，」他用他那簡短有力的方式解釋。「有些人幾乎跟犀牛一樣；他們對制約訓練做不出正確反應。可憐的傢伙！伯納德就是這種人。他運氣好，他蠻擅長自己的職業，要不然主任根本不會留著他。不過啊，」他安撫地說。「我認爲他相當無害。」

也許的確是相當無害吧；但這樣也讓人相當不安。首先，那個狂人會私下做自己的事，這實際上表示他什麼也沒做，因爲一個人私底下沒有半件事能做。（當然，除了上床睡覺以外；可是人總不能永遠跑去睡覺吧。）是呀，有多少事能做呢？少得可憐。列寧娜和伯納德出遊的第一天下午相當美好。列寧娜原本提議去托奇鎮鄉村俱樂部游泳，接著到牛津辯論社吃晚餐，但是伯納德覺得那邊人會太多；那到聖安德魯斯打電磁高爾夫球呢？再度拒絕。伯納德認爲玩電磁高爾夫很浪費時間。

「可是有時間要拿來幹嘛？」列寧娜驚訝地問。

顯然他想去英格蘭湖區散步；這就是他現在提議的事。降落在斯基多山頂上，然後在石楠花叢裡走上一兩個小時。「跟你單獨一起，列寧娜。」

「可是伯納德，我們整晚都會獨處啊。」

伯納德羞紅了臉，撇開頭。「我是說，私下聊天。」他囁嚅。

「聊天？可是聊什麼？」用散步和聊天度過一個下午，感覺非常奇怪。

最終她說服了百般不情願的他，飛到阿姆斯特丹看女子重量級摔角錦標賽的半準決賽。

「待在一群人裡面啊，」他抱怨。「跟平常一樣。」他整個下午都固執地維持悶悶不樂，不肯跟列寧娜的朋友們講話（他們在比賽休息時間於冰淇淋索麻酒吧遇見十幾位朋友）；而且儘管他悲慘兮兮，仍斷然拒絕她塞給他的半公克覆盆子聖代索麻。「我寧願當我自己，」他說。「當我自己，糟糕無比。不管有多快樂，也不要當別人騙自己。」

「及時來一公克，勝過九次遲來之樂。」列寧娜說，吐出睡眠學習教導的愉快箴言寶藏。

伯納德不耐煩地推開她奉上的玻璃杯。

「現在別給我發脾氣，」她說。「記住：一立方公克索麻能治好十次陰沉憂傷。」

「喔，看在福特的份上，給我閉嘴好不好！」他大吼。

列寧娜聳肩。「一公克索麻永遠好過一句咒罵。」她有尊嚴地總結，自己喝掉了聖代。

他們飛越英倫海峽回去的路上，伯納德堅持關掉前方螺旋槳、靠著直升機旋翼停在海浪上方一百英呎處。天氣惡化了；西南風增強，天空烏雲密布。

「看。」他命令。

「可是好可怕！」列寧娜說，從窗邊縮回身子。她被夜色湧進來的空無嚇到了，對他們底下泛著泡沫的黑水感到驚駭，也害怕月亮蒼白的臉，在急促飄動的雲朵間好憔悴、眞教人心煩意亂。「我們打開收音機吧，快點！」她伸手碰儀表板上的旋鈕，隨便亂轉。

「……你身上的天空是藍的，」十六位顫抖的假聲男高音唱著。「天氣永遠……」

然後一個打嗝聲，接著是沉默。伯納德關掉了電源。

「我想安靜地看海，」他說。「有那麼多野蠻的噪音，人根本沒辦法看海。」

「可是音樂很棒耶，而且我不想看海。」

「但是我想，」他堅持。「讓我感覺好像……」他猶豫，竭力思索尋找表達感受的字句。「好像我更像我了，如果你能懂我的意思。意思是我更像我自己，不完全屬於其他東西，不只是整體社會的一個小細胞。這景象難道不會也讓你有這種感覺嗎，列寧娜？」

然而列寧娜哭了。「好可怕，好可怕，」她不停重複。「而且你怎麼能講說你不想當整體社會的一部分？畢竟人人皆替其他所有人工作。我們不能缺少任何成員。就連艾普西隆族……」

「對，我知道，」伯納德嘲弄地說。「連艾普西隆族也很有用！我也是，但我卻該死的希望我對社會沒用！」

列寧娜被他的褻瀆言語嚇呆了。「伯納德！」她用驚訝的痛苦嗓音抗議。「你怎麼能這樣講？」

「我怎麼能這樣講？」他換個不同的音調沉思重複。「不，眞正的問題是：我爲什麼不能沒有用，或者應該說——畢竟我相當清楚為何我不能——我要是能自由的話，若我沒受到我的制約訓練奴役的話，感覺會是什麼樣子。」

「可是伯納德，你在說的可是最糟糕的事。」

「你不希望你是自由之身嗎，列寧娜？」

「我不曉得你是什麼意思。我是自由人，我能自由擁有最美妙的時光。如今人人都很快樂。」

他大笑。「對，『如今人人都很快樂』。我們在孩子們五歲時灌輸他們這點。但是你不會希望能用其他方式自由地享受快樂嗎，列寧娜？比如說，用你自己的方式享樂，不是用其他所有人的辦法。」

「我不曉得你是什麼意思，」她重複。接著她轉身面對他。「喔，我們拜託回去吧，伯納德，」她懇求。「我好討厭這裡。」

「你不喜歡陪我嗎？」

「當然喜歡囉，伯納德！但是這地方糟透了。」

「我還以為我們在這邊會……會更有在一起的感覺。四下只有海跟月亮，比在人群裡，甚至比在我房間裡更有相處的感覺。你不懂嗎？」

「我什麼都不懂，」她堅決說，打定主意別讓自己搞懂任何事。「完全不懂。更何況，」她換個語氣。「你在想那些壞念頭的時候，幹嘛不吃索麻呢？你能忘了它們的。而且你不會覺得痛苦，你會很快樂。快樂似神仙。」她重複著，儘管眼裡仍帶著困惑，但臉上已經擺出誘人的微笑，做出一種有意挑起性慾的諂媚。

他默不作聲看著她，面無表情又非常嚴肅地盯著她。幾秒後列寧娜瞥開眼；她吐出緊張的小小笑聲，試著想說點別的話，卻想不出來。沉默又延續下去。

等伯納德終於開口時，他用小小的疲倦聲音說：「那好吧，」他說。「我們回去。」他用力踩油門，使機器像火箭一樣竄入天際。在四千英呎高度啓動水平螺旋槳，沉默飛行了一兩分鐘後，伯納德突然放聲大笑；列寧娜心想這笑聲眞奇怪，不過總歸算是在笑。

「感覺好點了嗎？」她鼓起勇氣問道。

他的回應是一隻手放開操縱桿、繞過她的手臂，開始愛撫她的胸部。

「感謝福特，」她對自己說。「他又恢復正常了。」

半個小時後，他們回到伯納德的房間。伯納德一口氣呑下四顆索麻藥片，打開收音機、電視並開始脫衣。

「唔，」當他們次日下午在屋頂上碰面時，列寧娜帶刻意淘氣的問。「你覺得昨天好玩嗎？」

伯納德點頭。他們爬進他的飛機，顚簸一下後便升空。

「大家都說我非常氣感。」列寧娜沉思地說，拍拍自己的雙腿。

「的確很氣感。」但伯納德的眼裡浮現痛苦的表情。「像塊肉一樣。」他心裡想。

她抬頭，臉上掛著某種擔憂。「但是你不會覺得我太臃腫，對吧？」

他搖頭。就像好多的肉。

「你覺得我很正常。」又點頭。「全身上下都是？」

「完美無缺，」他大聲說。內心則想：「她只會那樣看自己，不在乎自己當塊肉。」

列寧娜勝利地微笑，可惜她的滿足來得太早了。

「還是一樣，」他停頓片刻後繼續說。「我還是希望昨天能用不同的方式收場。」

「不同的方式？有其他結束的方式嗎？」

「我不想用上床收場。」他解釋。

列寧娜很震驚。

「不是馬上，不是第一天就上床。」

「那不然要做什麼……？」

他開始講起一大堆令人費解和很危險的胡說八道。列寧娜盡可能閉上心靈的耳朵；但是偶爾總有句話會被她聽見。「……試試看壓抑我的衝動會有什麼效果，」她聽見他說。這句話似乎觸動了她心頭的一根彈簧。

「今日樂事今日畢。」她嚴肅地說。

他的回答卻只是，「每次播放兩百遍，一週兩次，從下午兩點播到四點半。」然後瘋狂的糟糕話繼續下去：「我想知道什麼是激情，」她聽見他說。「我想要感受點強烈的情緒。」

「個人一有情感，社會隨之動盪。」列寧娜表示。

「好啊，那爲何社會不能動盪一下？」

「伯納德！」

但是伯納德蠻不在乎。

「在智力上和工作時間當成人，」他繼續說。「在情感與欲望上則當個嬰兒。」

「吾父福特喜歡嬰兒。」

他沒理會她的打岔。「我有天突然想到，」伯納德繼續說。「也許我們能在所有時間都當個成人。」

「我不懂。」列寧娜語氣堅定。

「我知道你不懂。所以我們昨天才上床，像嬰兒一樣——而不是像大人一樣學會等待。」

「可是那樣很好玩啊，」列寧娜堅持。「不是嗎？」

「喔，是天底下最好玩的事呢。」他回答，嗓音卻好悲觀、表情悲慘到極點，讓列寧娜感覺她的勝利感蒸發無蹤。也許他終究還是覺得她太胖了。

「我告訴過你了。」當列寧娜去找芬妮、向她傾吐這件事時，對方只這樣說。「是他人造血裡的酒精害的。」

「可是，」列寧娜說。「我還是很喜歡他。他有一雙眞的很棒的手。還有他擺動肩膀的方式——感覺非常迷人。」她嘆息。「但我眞希望他沒這麼怪就好了。」

二

伯納德在主任的房門外停頓片刻，深吸一口氣並挺直肩膀，準備好面對他確信必然會在房內碰上的厭惡與不贊同。他敲門後走了進去。

「我有一份許可證要給您簽字，主任。」他盡可能開朗地說，將紙放在寫字桌上。

主任酸溜溜看他一眼。然而紙的標頭上確實有世界管理者辦公室的印章，底下也有穆斯塔法・蒙德的粗黑字跡，一切都符合規定。主任別無選擇。他用鉛筆寫下名字首字（於穆斯塔法・蒙德的名字腳邊寫下小小的兩個淡白字母），正當他不發一語，連一句和藹的「以福特之名祝一路平安」的話也不打算說的把許可證還給伯納德，卻突然瞄到許可證的內文。

「用於新墨西哥保留區？」他說，他的語氣、抬起來看伯納德的臉都散發出某種激動的驚訝。

伯納德對於對方的驚訝也很訝異，點了點頭。兩人陷入沉默。

主任在他的椅子上往後靠，皺眉。「那是多久以前了？」他說，與其說是在對伯納德說話，更像是在自言自語。「我想是二十年前吧。快二十五年。我當時一定跟你同年紀……」他嘆氣，搖了搖頭。

伯納德感覺非常不自在；一位像主任如此循規蹈矩、這麼小心翼翼做事的人，居然會犯下如此粗俗的失禮！這讓他好想掩面逃出房間。他自己不認爲談論過去有什麼好不對的；這是他（就他想像中）已經徹底甩掉的其中一種睡眠學習偏見。眞正讓他感到不自在的是主任並不贊同回憶往事。不贊同，卻又忍不住這樣做了。這是出於何種衝動呢？伯納德儘管難受，仍熱切想聽下去。

「我那時跟你有一樣的打算，」主任說著。「我想去看看野蠻人。我拿到去新墨西哥的許可證，用我夏日的假期帶我那時擁有的女孩過去。她是個貝塔負族，我想，」（他閉上眼），「我想她倚著金髮。反正她很氣感，格外氣感；這點我記得。總之我們跑去那裡，也看過了野蠻人，然後我們騎馬做這個那個。接著——那天幾乎是我假期的最後一天——接著……唔，她失蹤了。我們那時騎馬爬上其中一座討人厭的山，悶熱得要命，我們吃完午餐後就躺下來睡覺，或者至少是我這樣。她一定是一個人散步去了。反正，我醒來時她不在，而我這輩子見過最嚇人的雷雨雲正好湧到我們頭上。它下起大雨，雷聲大作，電光四起；馬匹掙脫韁繩跑開，我試著把牠們抓回來時則摔倒了，傷到膝蓋，害我幾乎沒辦法走路。不過我還是到處找她，邊吼邊找，但到處都找不到她的蹤影。最後我想她一定是自己回去休息所了，我爬下我們過來的山谷。膝蓋疼得要命，我的索麻也掉了。花了幾個小時，直到過了午夜才抵達休息所。她也不在那裡；她不在，」主任重複。然後是一陣沉默。「好吧，」他最後繼續說。「隔天人們發動搜索，只是我們找不到她。她想必是摔進哪邊的隘谷了，不然就是被山獅吃了，只有福特才曉得。總之那樣糟透了，當時讓我很生氣，超出了應當有的感受。畢竟那種意外有可能發生在任何人身上；而且即便零件的細胞有所更換，整體社會還是一樣持續著。」只是這句睡眠學習教導的慰藉沒什麼效果。他搖搖頭。「我有時候眞的會夢見這件事，」主任繼續小聲說。「夢到被響亮的雷聲驚醒，發現她已經消失；夢見我在樹林底下不斷找她。」他陷入回憶往事的沉默。

「您那時一定被狠狠嚇到了。」伯納德幾乎是忌妒地說。

主任聽見他的聲音，罪惡地驚醒、意識到自己人在哪裡，偷看一眼伯納德後轉開眼，臉脹得通紅；然後他又看伯納德，突然露出疑心，很氣自己有損尊嚴。「別以爲，」他說。「我跟那女孩沒有任何不得體的關係。沒有感情，沒有長期關係，一切完全健康正常。」他把許可證遞給伯納德。「我眞的不曉得我幹嘛拿這段無關緊要的事情煩你。」主任很憤怒自己洩漏了能敗壞他名譽的祕密，把怒火發洩在伯納德身上，此刻眼裡的神情帶著明顯的惡意。「我也想趁這個機會順便提一下，馬克思先生，」他繼續說。「對於你工作時間以外的行爲，我非常不喜歡我聽到的消息。你也許會說這不關我的事，可是它的確關我的事。我得顧慮孵育暨制約中心的好名聲；我的員工必須沒有任何疑點，尤其是最高階級的成員。阿爾發族被制約成不必在情感行爲上一定要表現得像嬰兒，正因如此，他們更得付出努力去遵從社會規範。他們有職責保持幼稚，即使這樣有違他們的意願。因此，馬克思先生，我在此給你適當警告。」主任的嗓音迴盪著憤慨，此刻變得完全正當、無關私人理由——正是社會本身表達否定的口氣。「若我又聽說你有任何偏離嬰兒禮儀適當標準的行爲，我就會申請把你調職到次級中心去——但願是到冰島。祝你平安。」他在椅子上轉個身，拿起筆開始寫字。

「這樣就能給他一個教訓。」主任暗地對自己說。然而他錯了；伯納德離開房間時大搖大擺、歡欣鼓舞，用力將門在背後摔上，想著自己剛才單槍匹馬上陣、對抗萬物的秩序；他意識到他的個人意義與重要性，亢奮得興高采烈。就連受懲罰的念頭也並未讓他氣餒，反倒使他精神一振，而非感到沮喪。他感覺自己堅強到有能力應付跟克服折磨，甚至能面對冰島，而他的信心也更上一層，壓根不信自己會被抓去面對任何迫害。人們不會這樣被隨便調動的——冰島不過是威脅罷了，一個最具刺激性、能給人提神的威脅。他沿走廊走時，還吹起口哨來。

那晚伯納德敘述自己跟孵育暨制約中心主任見面的經過時，講得既英勇又誇大。「所以，」這段敘事如此收尾。「我直接叫他滾回回憶的洞裡去，然後大步走出房間，就這樣。」他期盼地看赫姆霍茲・華生，等待對方賞賜他應得的同情、鼓勵與欽佩，結果什麼也沒有。赫姆霍茲沉默坐著，眼睛盯著地板。

赫姆霍茲喜歡伯納德；他很感激對方是他唯一能傾吐心事的朋友，讓他談論他覺得重要的事。只是伯納德身上也有他厭惡的地方；比如說這種吹牛皮，以及情況逆轉時爆發出來的自憐自艾。何況伯納德也有在事件發生後逞勇的糟糕習慣，而且會在最傑出的人士面前自吹自擂。他痛恨這些特質——這痛也是因爲他喜歡伯納德。幾秒鐘過去，赫姆霍茲仍盯著地面，而伯納德也羞紅臉轉過身去。

三

整趟旅程平安無事，太平洋藍色火箭提早兩分半鐘抵達新奧爾良，在德州上空碰上龍捲風而耽擱了四分鐘，不過在西經九十五度順風飛行，因此得以比預定的時間早四十秒降落在聖塔菲。

「在六小時半的航程裡省下四十秒鐘。不算壞嘛。」列寧娜承認。

他們在聖塔菲過夜。旅館很棒——跟列寧娜去年夏天受罪的極光北風宮比起來，實在出色太多了。液態空氣供給、電視、眞空震動按摩機、收音機、煮沸的咖啡因溶劑、熱避孕用具，每間臥房也灑了八種不同的香水。他們走進前廳時，合成音樂機正在播放。電梯裡一張告示說旅館內有六十個電扶梯壁球拍球場，公園裡也能打障礙跟電磁高爾夫球。一切欲望都能被滿足。

「這裡眞的很棒！」列寧娜大叫。「我幾乎希望我們能留在這裡。六十座電扶梯壁球場耶……」

「保留區裡不會有球場，」伯納德警告她。「而且沒有香水、沒有電視，甚至沒有熱水。如果你覺得無法忍受，就留在這裡等我回來。」

列寧娜覺得深受冒犯。「我當然受得了啦，我只是說這邊很棒，因爲……唔，因爲進步就是很棒，對吧？」

「從下午一點到下午五點，每週重複五百遍。」伯納德消沉地說，好像在自言自語。

「你說什麼？」

「我說進步的確很棒。所以除非你眞的想要，不然就不應該去保留區。」

「可是我想要。」

「那好吧。」伯納德說，口氣有點威脅之意。

他們的許可證需要保留區監護長的簽名，所以他們隔天照規定到那人的辦公室報到。一位艾普西隆負族黑人門房接過伯納德的卡，他們馬上就被放行進去。

監護長是位金髮、短頭顱的阿爾發負族，臉孔是很短、紅潤的月亮圓臉，並且肩膀寬闊、嗓門很大，非常習慣吐出睡眠學習的智慧箴言。他是個裝滿無關緊要資訊、擅自給一堆好建議的寶庫，一開口便停不下來——嗓音震耳欲聾：

「……占地五十六萬平方英里，劃成四個次保留區域，各自用高張力鐵絲網圍起來。」

這時伯納德出於不明原因突然想起來，他讓公寓浴室的古龍水水龍頭開著沒關。

「……並在網上通過大峽谷水力發電廠供應的電流。」

「等我回去時就會害我賠慘了。」伯納德的內心看見香水計費器慢慢旋轉，像螞蟻一樣永無休止。「我得快點打電話給赫姆霍茲．華生。」

「……鐵絲網至多五千英里長，通過六千伏特的電壓。」

「眞的？原來如此！」列寧娜禮貌地說，完全不曉得監護長在說什麼，但是靠著對方戲劇化的停頓當暗示，給點適度回應。當監護長又開始轟隆講話時，她就偷偷吞下半公克索麻，使得她能坐著、安詳地充耳不聞、腦子裡什麼也沒想，只有她的藍色大眸子盯著監護長的臉，露出癡迷的專注。

「碰觸鐵絲網就會當場死亡，」監護長嚴肅表示。「裡面的人是不可能逃出野蠻人保留區的。」

「逃出」兩個字頗有暗示性。「也許吧，」伯納德半站起身說。「我們該走了。」小小的黑色計費指針像隻昆蟲，急急忙忙啃過時間、蠶食著他的錢。

「不可能逃走，」監護長重複，招手要伯納德坐回他的椅子；既然許可證還沒被簽署，伯納德只得乖乖聽話。「那些出生在保留區裡的人——而且請記住，我親愛的年輕女士，」他補充最後那句，淫穢地斜眼看列寧娜，用不適當的低語說：「請記住，保留區裡仍有孩子們會出生——對，眞的出生，跟表面上聽起來一樣噁心……」（他希望這個讓人羞恥的話題能使列寧娜臉紅；但她只是靠著藥物刺激的理解力微笑，說聲「原來如此！」失望的監護長便重新開口。）「那些人，我重複，那些在保留區生出來的人注定要死在裡面。」

注定死去……每分鐘就流失十分之一公升的古龍水，一小時六公升。「或許吧，」伯納德又說。「我們該……」

監護長傾身，用食指敲桌面。「您問我保留區裡住著多少人，而我回答——」勝利的口氣。「——我會回答我們不曉得。我們只能猜測。」

「原來如此！」

「我親愛的年輕女士，的確是如此。」

六乘以二十四——不對，幾乎是六乘以三十六小時。伯納德臉發白、不耐煩地顫抖，可是轟隆嗓門仍冷酷地繼續下去：

「……裡面有大約六萬名印第安人跟混種……十足的野蠻人……我們的督察員偶爾會去探訪……否則，他們跟文明世界毫無聯繫可言……依舊保留他們令人反感的習性跟習俗……婚姻，假如您曉得那是什麼意思，我親愛的年輕女士；還有家人……沒有制約訓練……可怕的迷信……基督教、圖騰信仰和祖先崇拜……已經絕跡的語言，像祖尼語、西班牙語跟印第安人的阿薩巴斯卡語……有美洲獅、豪豬和其他兇殘動物……感染性的疾病……祭司……有毒的蜥蜴……」

「原來如此！」

最後他們終於脫身了，伯納德衝去打電話。快點，快點；但是電話竟然用了將近三分鐘才轉接上赫姆霍茲・華生。「就像已經在野蠻保留區裡一樣，」他抱怨。「該死，這地方眞無能！」

「來一公克索麻吧。」列寧娜建議。

他拒絕了，傾向生著怒氣。然後感謝福特，他的電話終於接通了，而且接的人正是赫姆霍茲；他對赫姆霍茲解釋發生了什麼事，後者則保證會立刻趕過去，馬上關掉水龍頭，不過赫姆霍茲藉機會告訴他，孵育暨制約中心主任昨天傍晚公開說了什麼……

「什麼？他找人接替我的職位？」伯納德語帶痛苦地說。「所以已經決定了？他有提到冰島嗎？你說他有？福特啊！冰島……」他掛上話筒，轉身面對列寧娜。他臉色蒼白，表情極度沮喪。

「怎麼了？」她問。

「你問怎麼了？」他頹然跌坐進一張椅子。「我要被送去冰島了。」

他過去經常心想，承受某種審判、痛苦、處刑會是什麼感覺（沒有索麻也一無所有，只能仰賴自己內心的資源）；他一直很嚮往能受罪。才一個星期前，他在主任辦公室裡幻想自己英勇地抵抗，堅忍地不發一語接受懲罰。主任的威脅實際上讓他得意洋洋、使他覺得生命更有意義。結果就像他現在所發現到的，他當時高興是因爲他不把威脅當一回事，他不相信孵育暨制約中心主任眞會有什麼動作。現在看來威脅眞的實現了，這令伯納德驚駭不已。當初想像的堅忍、理論上的勇氣，此刻皆消失無蹤。

他對自己發脾氣——他眞是笨！居然跟主任唱反調——主任眞不公平，沒給他另一個機會，而他現在確信自己會抓住另一個機會。至於冰島，被放逐到冰島……

列寧娜搖搖頭。「考慮過去與未來只會令我生病，」她引述。「吃一公克索麻才能讓我活在當下。」

最後她說服他吞下四顆索麻藥片。五分鐘後，事物的過去與未來消失了；當下的花朵快樂地盛開。門房傳來的消息宣布，一位保留區警衛在監護長的命令下駕著一架直升機繞過來，正在旅館屋頂上等。他們立刻上去。一名有八分之一黑人血統、穿綠制服的伽馬族對他們敬禮，開始敘述早上的行程。

他們會鳥瞰十到十二座主要的印第安人村落，接著降落在馬爾帕伊斯山谷吃午餐。那邊的休息所很舒適，而且村裡的野蠻人有可能正在慶祝夏季祭典。那邊會是過夜的最佳地點。

他們在飛機上坐好、起飛，十分鐘後他們便跨越了分隔文明與野蠻地區的邊境。他們順著山丘上下飛行，飛越沙漠、鹽湖或沙子，穿過森林進入峽谷的紫黑深淵，越過峭壁與山峰、以及平如桌面的高地，鐵絲網永無止盡蔓延伸展，這是一條無可抗拒的直線，是戰勝大自然的的人類幾何學象徵。至於圍牆腳邊，到處都有白骨組成的馬賽克畫，還有一具仍未腐化的屍體躺在黃褐色的地上，標記出那隻鹿或公牛、美洲獅、豪豬、北美土狼死去的位置，或者是被臭屍味吸引而來的紅頭美洲鷲（火雞禿鷹），太靠近毀滅性的鐵絲網而被電到炸開，就像是罪有應得一樣。

「牠們永遠學不會教訓，」綠制服的駕駛說，往下指著底下地面的骨骸。「將來也永遠學不會。」他補充，哈哈大笑，好像從那些觸電的動物身上獲得了重大個人勝利。

伯納德也笑了；吃下兩公克的索麻後，這個笑話出於某種原因變得很好笑。他大笑，接著幾乎是立刻就沉入夢鄉，在夢中被載著飛過陶斯村與鐵蘇克村，飛越南卑村、皮庫里斯村和帕瓦奇村，越過西亞村跟科奇蒂村，經過拉古納村、阿溝瑪村、下咒高地、祖尼村、錫沃立村以及烏約・卡列提村①，最後醒來時才發現機器已經停在地面上，列寧娜正提著行李箱去一間方形小屋，而綠制服的伽馬族則跟一位年輕印第安人講著聽不懂的話。

「馬爾帕伊斯，」伯納德走下機時，駕駛解釋。「這是休息所。今天下午村裡有舞祭，他會帶你們過去。」他指著那位拉下臉的年輕野蠻人。「我想會很好笑。」他咧嘴笑。「他們做的所有事情都很可笑。」語畢，他爬回機上並發動引擎。「我明天再過來。記住，」他安撫地對列寧娜說。「他們非常溫馴；野蠻人不敢動你們半根寒毛的。他們已經有碰過夠多的毒氣炸彈經驗，明白他們絕對不能對我們耍把戲。」駕駛繼續哈哈大笑，將直升機螺旋槳切入排檔、加速消失在空中。

譯註：

①以上提到的都是現存或真實存在過的祖尼人居住區。赫胥黎在一九二六年的美國行並未實際拜訪過這一帶，他的了解皆取自二手資料；馬爾帕伊斯村是虛構的，但學術界認為它某些部分類似祖尼村或阿溝瑪村。

Chapter 7

第七章

這座高地像艘船，靜靜停泊在一條獅黃色的地峽中，水道鑽過峭壁與河岸之間，而山谷間則有一條條綠意，歪斜地銜接兩側的山壁，這些都是河流所創造出來的地帶。地峽正中央的石頭船船首上就矗立著馬爾帕伊斯村落，村落的屋舍像似經過雕琢且呈幾何學形的裸露岩脈，乍看之下會以爲是高地的一部分。高大的屋舍一層層堆起來，每層樓都比底下的更小，有如座直通天際的階梯或是斷了尖頭的金字塔，它們腳邊則是蔓生的低矮建築，還有交錯的牆壁；三邊的峭壁則陡峭地落向平原。幾柱煙垂直飄進無風的空氣中，並且消散。

「眞怪異，」列寧娜說。「非常詭異。」這是她平時用來譴責事情的用語。「我不喜歡。我也不喜歡那個人。」她指著被派來帶他們去村落的那位印第安人嚮導。她的感受顯然也得到了回應；那人走在他們面前時，就散發出悶悶不樂的輕蔑。

「何況，」她壓低嗓音說。「他好臭。」

伯納德沒有試著否認。他們繼續前進。

突然整個空氣好像活了過來，有如血液般不停的脈動和律動——高地上方的馬爾帕伊斯村落裡有人在打鼓。他們的腳自動跟上那神祕心跳的節奏；鼓聲加快了他們的腳步。他們順著路一直走到絕壁的腳邊，這艘高地大船的側邊高高聳立在他們頭上，離甲板遠達三百英呎。

「眞希望我們能開直升機來，」列寧娜說，怨恨地抬頭看黑暗、懸掛的岩壁。「我討厭走路。而且你站在山腳會感覺好渺小。」

他們在高地陰影裡走了段路，繞過一處突出的岩石，接著在一條飽受水流侵蝕的壑谷中出現一條梯子般的小徑。他們爬上去。路非常陡，且順著溝壑形狀彎彎曲曲。有時鼓聲的震動完全聽不見，有時聽起來好像就在前面的轉角敲打似的。

等到他們爬到半路時，一隻經過的老鷹好接近他們，牠揚起的風在他們臉上掃出寒意。岩石縫裡躺著一堆白骨。這一切都詭異得教人難受，此外印第安人的味道也越來越濃。最後他們終於脫離壑谷、踏進烈陽下；高地頂端是一片扁平的石頭甲板。

「就跟查令T字站一樣。」列寧娜如此評論。只是她沒機會享受這種相似性的發現太久；幾雙輕柔的腳步聲靠近，他們轉過身去。兩名野蠻人沿著小徑跑過來，從脖子到肚臍裸著身，深棕色身軀塗滿了白線條（列寧娜後來表示：「就像柏油網球場。」）臉像鬼一樣塗成赤紅、黑或土黃色。他們把黑髮用狐狸毛跟紅色法蘭絨布綁成辮子，肩膀上有火雞羽毛飄揚——巨大的羽毛頭冠在頭周圍爆出俗豔的色彩。他們每走一步，銀手鐲就傳來叮噹與喀噠聲，沉重的項鍊則是用骨頭跟龜殼念珠做的。他們不發一語的靠近，靠著鹿皮軟鞋而能安靜地跑動，其中一人拿著一把羽毛撢；另一人抓著遠遠看去像是三四條粗繩的東西。其中一條繩子不自在地蠕動，列寧娜突然發現那是蛇。

這些男人越來越接近，他們的黑眼雖然看著她，卻像沒看到她一樣走了過去，連一絲看見她、曉得她存在的表現都沒有。

「我不喜歡這樣，」列寧娜說。「我不喜歡。」

嚮導把他們留在那裡、自己進村裡問指示，而她在村落入口等待時所看到的景象更讓她討厭，首先這兒都是灰塵、泥土，還有成堆的垃圾、穢物、狗與蒼蠅。她的臉扭成嫌惡的皺樣，拿手帕蓋住鼻子。

「他們怎麼能這樣生活？」她爆發了，用不可置信的憤慨嗓音問。（這樣生活是不可能的。）

伯納德略帶哲理地聳聳肩。「反正，」他說。「他們已經這樣子至少五、六千年了，所以我想他們一定早就習慣了吧。」

「可是乾淨僅次於福特……」她堅持。

「對，而且文明即來自殺菌，」伯納德用諷刺的口氣接話，將基礎衛生學的第二個睡眠學習課程講完。「但是這些人從來沒有聽說過吾父福特，他們也不文明。所以要他們保持衛生根本沒用……」

「喔！」她抓住他的手臂。「你看。」

一位幾乎一絲不掛的印第安人很慢很慢地從相鄰屋子的二樓平台爬下來——一梯接著一梯爬，因爲老態龍鍾而極度謹慎。他的臉又皺又黑到極點，就像一張黑曜岩面具，少了牙齒的嘴凹陷進去，唇角和下巴兩側則有幾根長長的白鬍鬚，在黑皮膚襯映下幾乎白得發亮。未綁辮的長髮是一縷縷灰髮，垂在他臉龐周圍；他身子彎曲、消瘦得皮包骨，幾乎沒有肉可言。他好慢好慢地爬下梯子，踩到每一檔都停下來，然後才敢繼續多踩一階。

「那人是怎麼回事？」列寧娜小聲說，眼睛因驚恐與驚訝而瞪大。

「就只是老了。」伯納德盡可能蠻不在乎地說。他同樣很震驚；但他竭力裝作無動於衷。

「老了？」她重複。「可是主任就很老啊；很多人都年紀很大。他們卻不會變成這樣。」

「那是因爲我們不准許他們變成這樣。我們保護他們免於疾病影響，用人工方式讓他們的內分泌停在年輕人的均衡狀態。我們讓他們的鎂鈣比率不會低於三十歲標準，給他們輸年輕的血，使他們的新陳代謝永遠受到刺激。所以當然啦，他們看起來不會像這位老人。雖然一部分原因，」他補充。「也是因爲多數人還沒活到這老頭的年紀就會死去。保持年輕美好一直到六十歲，然後碰！就結束了。」

但是列寧娜沒有專心聽，她望著那位老人。那人好慢好慢地爬下來，他的腳碰到地面。他轉身；他那對被深凹眼槽包圍的眼眸依然明亮得不可思議，它們毫無表情、毫無訝異地盯著她好長一陣子，彷彿她根本不存在。接著駝背老人蹣跚走過他們身邊，消失了。

「可是這樣太可怕了！」列寧娜小聲說。「太糟糕了。我們根本不應該來這邊的。」她在口袋裡摸索索麻，卻發現始料未及的疏忽——她把藥瓶忘在休息所裡了。伯納德的口袋裡也沒有。

列寧娜於是得靠自己面對馬爾帕伊斯的恐怖面貌。人們一擁而上包圍她；兩位年輕女人當眾用胸脯餵奶給寶寶的奇觀令她羞紅了臉、轉開臉龐，她這輩子從沒見過如此粗鄙的行徑。雪上加霜的是，伯納德不但沒有巧妙地迴避這些事，反而繼續公開評論這個令人反感的胎生情景。既然索麻的藥效已經褪去，伯納德又對自己那天早上在旅館表現出的弱點感到羞恥，所以故意行為出軌，藉此展示自己堅強又不走正統路線。

「多麼美妙的親密關係呀，」他說，故意無禮至極。「那樣產生的感受一定很強烈！我經常心想若一個人沒有母親，或許就會失去了些什麼。也許你因為沒當過母親，所以也少了些什麼吧，列寧娜。想想看你自己坐在那兒，抱著自己的小娃……」

「伯納德！你怎麼能這樣講？」不過一位路過、患有眼炎跟皮膚病的老女人讓她分心，忘了自己的憤慨。

「我們離開吧，」她哀求。「我不喜歡這裡。」

但是他們的嚮導偏偏選在這時回來，招手要他們跟上，帶路走過房屋中間的窄街道。他們繞過一處轉角。一條死狗躺在一堆垃圾上；一位甲狀腺腫大的女人正在一個小女孩的頭髮裡找蝨子。他們的嚮導停在一道梯子腳邊，垂直舉高手，接著一溜煙筆直衝上去。他們做了那人無聲下達的指令——爬梯子走過門口，門通往一個頗為黑暗的狹長房間，滿是煙臭味、煮油味跟穿了很久、一直沒洗的衣服味。房間最遠端是另一個門口，那兒灑進來一束陽光，還傳來非常響亮、距離非常近的鼓聲噪音。

他們踏過門檻，發現自己置身在一個廣闊的露天平台。下方是被高聳房屋圍起來的村落廣場，擠滿了印第安人，滿是鮮豔的毯子、黑羽毛、閃耀的龜殼及在高溫中發亮的深色皮膚。列寧娜重新拿手帕遮住鼻子。廣場中央的一個開放空間裡有兩個圓形石造平台跟踩踏過的黏土——顯然是地下房間的屋頂，畢竟每個平台中央有個打開的地窖口，並有梯子從下方的黑暗冒出來。地底演奏的笛聲傳上來，幾乎被穩定、毫無休止且持續的鼓聲淹沒。

列寧娜喜歡鼓聲。她閉上眼，任自己沉浸在輕柔重複的雷鳴鼓聲當中，讓它越來越徹底地入侵她的意識，直到這世界什麼也不剩、僅有一個深沉脈動的聲響。聲音撫慰地令她想起團結儀式跟福特日慶祝時聽到的合成聲響。「雜交打鬧。」她對自己低聲說。這些鼓聲節奏剛好跟讚美詩一樣。

四周突然竄出令人嚇一跳的歌唱聲——幾百個男性嗓音猛烈地吼叫，發出刺耳如金屬的齊唱。唱了長長幾個音後陷入沉默，鼓聲也進入如雷貫耳的寂靜；接著女人以尖銳、最高聲部的嘶吼回應。再次輪到鼓聲上陣；男性又一次用低沉野蠻的方式證明他們的男子氣魄。

的確很詭異——這地方很怪異，音樂也是，服裝、甲狀腺腫大、皮膚病跟老人也是。可是這場表演本身的詭異感卻凌駕了一切。

「讓我想到較低階級的社群唱詩會。」列寧娜對伯納德說。

但是儀式不久後就讓她感覺跟唱詩會那種無害的集會差好多，因爲地下房間突然湧出一大群鬼魂般的怪物，醜惡的面具或塗色的臉抹去了一切人性外貌，繞著廣場跳著奇怪的跛行舞蹈；他們繞了一圈又一圈、邊跳邊唱，每繞一圈就走得更快些，鼓聲也改變跟加快節奏，使鼓聲有如耳朵裡的狂熱搏動；群眾也開始對舞者們唱歌，越來越大聲，然後第一個女人開始尖叫，接著是第二人、第三人，好似她們正在被屠殺；突然間舞者的領袖脫離隊伍，衝向站在廣場一端的一座大木箱，打開蓋子、掏出兩隻黑蛇。觀眾發出大喊，所有其他舞者也都伸長手衝向領袖。領袖將蛇丟給第一個靠近的人，接著回去箱子裡挖出更多蛇。越來越多蛇，黑的、棕的、花的——他全撈出來。接著舞蹈再度開始，跟著不同的節奏跳，人們抓著蛇且像蛇一樣跳舞，膝蓋與臀部輕輕起伏、不斷繞圈。接著領袖給了個信號，於是人們紛紛將蛇扔進廣場中間，而一位老人從地下房間爬出來、拿玉米粉灑到蛇的身上，另一個地窖口則出現一位女人，從一個黑罐子取水潑蛇。然後老人舉起手，使四周陷入令人訝異、嚇人的絕對沉寂。鼓聲停止敲打，似乎即將結束。老人指著通往地下世界的兩道地窖口；突然間，像是有隱形的手在抬似的，一個地窖口冒出一隻老鷹的畫像，另一個則冒出來一位裸身男人的畫像——他被釘在一道十字架上。看起來沒有任何支撐的兩幅畫像立著那，像在看人群。老人拍手——一位約十八歲的男孩從人群裡走出來站在老人面前，身上只穿了一件白棉短褲，低著頭，雙手在胸前交叉。老人在男孩頭上劃了個十字後轉過身。男孩開始慢慢繞著蠕動的蛇堆走動，當他走完第一圈、第二圈走到一半時，舞者群中有位戴著土狼面具、手握打結皮革鞭的高大男人走向他。男孩繼續走，彷彿沒注意到對方的存在。戴土狼面具的男人掄起鞭子，等了好一段引人期盼的時間，接著迅速揮下，皮鞭響起破空的咻聲與打在皮膚上的響亮聲響。男孩的身體抖動；但他沒發出聲音，繼續用同樣緩慢穩定的步伐繞行。土狼男人揮出第二、第三次；每一回鞭打都引發人群發出低沉的哀鳴。男孩繼續走，繞完第二、三、四圈。鮮血汩汩流出；他繞完第五、六圈。列寧娜突然用雙手蓋住臉，開始啜泣：「喔，拜託阻止他們，快阻止他們！」她乞求。然而鞭子照樣冷漠地落下。現在繞行七圈了。接著男孩突然踉踉蹌蹌，但依然沒吭半聲便往前栽倒。老人彎腰靠近男孩，拿根長長的白羽毛碰男孩的脖子，然後將染成赤紅的羽毛舉起一會讓人們看見，再對著蛇群抖了三次。幾滴血落下，鼓突然再次爆發出慌亂的急促音符；群眾發出驚天動地的吼叫。舞者們一擁而上、抓起蛇跑出廣場，男女、孩童、所有人群都跟著他們。一分鐘後廣場便空了，只剩那位男孩留了下來，趴在倒地的地方一動也不動。三名老女人從一棟房子走出來，頗為辛苦地將他抬起來抱進屋裡。老鷹與十字架上的男人兩幅畫像繼續看守空曠的村落一陣子；接著它們彷彿是看夠了，就緩緩沉回地窖口裡，消失在黑暗中。

列寧娜仍在啜泣。「太可怕了，」她不停地說，伯納德安撫也沒有用。「太可怕了！那些血！」她發抖。「喔，我眞希望我的索麻帶在身邊。」

內側房間裡有腳步聲傳來。

列寧娜沒有移動，卻坐在那兒用手掩臉，讓自己視而不見、與世隔絕。只有伯納德轉過頭去。

這位踏上露天平台的年輕人，衣著雖然是印第安人，打辮子的頭髮卻是稻草色，眼睛是淡藍色，皮膚則是曬棕的白皮膚。

「你們好。早安。①」陌生人用毫無瑕疵但奇怪的英語說。「你們是文明人對吧？你們是從保留區外面的『外界』來的？」

「你是誰……？」伯納德震驚地開口。

年輕人嘆口氣，搖搖頭。「我是最不高興的紳士②。」接著他指著廣場中央的血跡：「你們看到那塊該死的斑點了嗎③？」他問，情緒令嗓音顫抖。

「一公克索麻永遠好過一句咒罵，」列寧娜機械性地從蓋住臉的手後面說。「我眞希望我的索麻帶在身邊！」

「應該是我在那裡的，」年輕人繼續說。「他們爲什麼不肯讓我當祭品？我大可撐上十圈——十二圈、十五圈。帕洛威提瓦只繞到七圈。他們大可從我身上弄出兩倍多的血。像無邊的大海④。」他用誇張的手勢雙手一揮；接著他絕望地放下手。「但他們就是不准我。他們討厭我的膚色。這裡一直就是這樣，永遠如此。」年輕人的眼眶裡有淚水打轉；他很羞恥，轉過身去。

列寧娜驚訝得忘掉了她被剝奪索麻的處境，挪開臉前的手，頭一次注視陌生人。「你是說你想要被那條鞭子打？」

年輕人仍然背對著她，只是做了個沒錯的手勢。「那是爲了村落著想——要老天下雨讓玉米成長。還有取悅蒲康神⑤跟耶穌。然後證明我能忍耐疼痛，不會叫出聲來。沒錯，」他的嗓音突然注入新的共鳴，轉過身並驕傲地挺直肩膀，自負又挑釁地抬高下巴。「證明我是個男子漢……喔！」他倒抽口氣，驚訝得說不出話來。他這輩子頭一次看見女孩的臉不是巧克力或狗皮色，頭髮不是赤褐色也沒有自然捲，而且表情（新奇得驚人！）還露出仁慈的傾向。列寧娜正在對他微笑；她心想這男孩多俊美哪，身體也眞的很美。血色湧進年輕人的臉；他垂下目光，然後再重新抬起來一會，只見她仍衝著他笑，讓他難受得好想拔腿跑開，只得非常努力的假裝在看廣場另一頭的東西。

伯納德的問題讓年輕人得以分心。他是誰？他怎麼會這樣？什麼時候是這樣？他是哪裡來的？年輕人將視線盯在伯納德的臉上（因爲他狂熱地好想看列寧娜微笑，卻實在不敢看她），試著解釋自己的事。琳達和他——琳達是他母親（母親這個詞讓列寧娜一臉不自在）——是保留區裡的異鄉人。很久以前，在他出生之前，琳達是從「外界」來的，跟著身爲他父親的男人過來。（伯納德好奇地豎起耳朵。）她獨自踏進北方的的山脈，結果摔下一處陡坡撞傷了頭。（「繼續說啊，繼續說。」伯納德興奮地說。）馬爾帕伊斯的幾位獵人找到她，把她帶回村莊，至於身爲他父親的那個男人，琳達這輩子再也沒有見過他。他的名字是湯瑪基。（沒錯，「湯瑪斯」就是孵育暨制約中心主任的名字。）他一定是搭飛機跑了，拋下她返回「外界」——一個好壞、好刻薄、好不正常的人。

「所以我就出生在馬爾帕伊斯，」他總結。「在馬爾帕伊斯。」然後他搖搖頭。

位於村落邊緣的這間小屋骯髒極了！

這間屋子和村子之間隔著垃圾堆。兩條飽受飢餓之苦的狗正在房子門邊的垃圾堆裡淫穢地用鼻子頂彼此。至於室內，當他們進去時，裡面的幽暗世界很臭、蒼蠅響亮地嗡嗡飛。

「琳達！」年輕人喊。

內室有個相當嘶啞的女性嗓音說：「來了。」

他們等著。地板上的幾個碗裝著一頓餐的遺骸，也有可能是幾頓餐。

門打開了。一位非常矮胖的金髮女人踏過門檻，站在那不可置信地瞪著陌生人、嘴巴張大。列寧娜嫌惡地注意到女人的兩顆門牙不見了，至於剩下牙齒的顏色……她不禁發抖。這景象比那位老人還糟。好胖啊，而且看看她滿臉紋路、鬆弛的肉跟皺紋，還有下垂的臉頰和紫斑點，鼻子上也有紅靜脈，兩眼布滿血絲。至於脖子——那條粗脖子啊！她罩在頭上的毯子也又皺又髒。看看棕布袋形狀的上衣底下的那雙巨乳、鼓起的肚子跟臀部。喔，比那位老人糟糕多了，可怕太多！突然那個生物爆出一連串滔滔不絕的話，衝向她伸長雙手，然後——福特啊，福特！這太噁心了，她再過一會兒就要吐了——女人居然把她壓在隆起的肚子、胸脯上開始親她。福特在上！這樣流著口水親她，聞起來還臭到極點，顯然從沒洗過澡，渾身上下只散發出注射進戴爾他和艾普西隆族胚胎瓶的那種可惡東西（伯納德的血液傳言顯然不是真的），十足的酒精臭味。她盡可能盡快抽開身子。

她面前是張哽咽、扭曲的臉；那個生物正在哭。

「喔，親愛的，親愛的。」如滔滔洪水的話啜泣著傾洩出來。「要是你知道我有多麼高興就好了——過了這麼多年啊！終於見到一張文明臉了。對，還有文明的衣服。因爲我還以爲我這輩子再也看不到半塊眞正的醋酸纖維絲呢。」她撫摸列寧娜上衣的袖子。指甲是黑色的。「還有這條眞漂亮的人造絲仿天鵝絨褲子！你知道嗎，親愛的，我仍留著我的舊衣服呢，就是我過來時穿著的那套，收在一個盒子裡。我晚點拿出來給你看，雖然醋酸纖維都分解掉了，可是那條白色子彈腰帶還是很美哪——但我得說，你的綠色摩洛哥皮革腰帶更是動人。雖然我的子彈腰帶根本沒幫到我什麼忙。」她的眼淚又撲簌流下。「我想約翰已經跟你講過我受了什麼樣的罪吧——而且連一公克索麻都沒得吃。我只能偶爾喝杯梅司卡爾酒，波貝以前會帶來給我。波貝是我以前認識的一個男孩。只是梅司卡爾事後會讓你感覺好糟糕，吃烏羽玉餅⑥也會想吐；何況它隔天老是會讓羞恥感變得更嚴重。我那時也覺得好丟臉。只要想想看：我，一位貝塔族，居然生了個寶寶——你設身處地想想那是什麼樣子。」（單是這個建議就害列寧娜發抖。）「雖然我發誓那不是我的錯；因爲我還是不懂怎麼會這樣，畢竟我做了所有的馬爾薩斯訓練——你知道的，照順序做一、二、三、四，我發誓我一直有做；可是它還是發生了，這裡當然也沒有像墮胎中心這種的地方。順便請問，墮胎中心還在切爾西嗎？」她問。列寧娜點頭。「它還會在星期四跟星期五打滿探照燈嗎？」列寧娜又點頭。「那座漂亮的粉紅色玻璃帷幕大廈哪！」可憐的琳達閉上眼睛、抬起臉，狂喜思索那記憶鮮明的影像。「還有夜裡的河流，」她低聲說，斗大淚珠慢慢從她閉緊的眼皮底下滲出來。「還有在傍晚從史托克・波吉斯村飛回來。然後洗個熱水澡，然後做眞空震動按摩……可是你瞧。」她深吸一口氣，搖搖頭後睜開眼，嗅鼻子一兩次，然後在手指上擤鼻子、抹在上衣衣襬。「喔，眞抱歉，」她看見列寧娜不由自主地露出嫌惡皺臉時說。「我不應該這樣的，對不起。可是當你身邊再也沒有手帕時要怎麼辦呢？我記得我以前會因此生氣，這裡有這麼多泥土，而且完全沒有東西殺過菌。他們剛把我帶過來時，我頭上有條嚴重割傷。你沒辦法想像他們以前會在我頭上塗什麼東西；髒東西，就只是髒東西。我以前會跟他們說：『文明即來自殺菌。』還有『G鏈球菌到班伯里T字，去見抽水馬桶還有浴室⑦。』好像他們還是孩子一樣。但是他們當然不懂啦，他們怎麼會懂呢？到最後我想我就習慣了吧。反正，你在沒有熱水的地方怎麼可能保持乾淨呢？再看看這些衣服，這種討厭的羊毛不像醋酸纖維，它們不會分解，衣服破掉時就應該修補它。可是我是個貝塔族；我以前在授孕室工作，沒有人教過我怎麼做這種事，那不是我的本分。何況本來就不應該修補衣服，有破洞就扔掉，然後再買新的。『越補越窮。』不正是這樣嗎？縫補衣物是反社會行爲。可是在這裡完全不一樣，感覺就像跟瘋子住在一起。他們做的所有事情都很瘋狂。」她轉頭看了一下，發現約翰與伯納德已經離開她們身邊，在屋外的垃圾堆旁來回走動；不過她還是貼近列寧娜，令列寧娜身子一縮，對方近到嘴裡噴出的胚胎毒藥臭氣掃到她臉頰上的汗毛。「比如說，」琳達壓低嗓音神祕地低語。「就拿他們在這裡固定式伴侶的習俗來講。眞是瘋了啊，我告訴你，徹頭徹尾瘋了。人人皆屬於其他所有人——對吧？不是嗎？」她堅持，扯列寧娜的袖子。列寧娜撇開的頭點了點，呼出她一直憋著的氣，然後成功吸了口新鮮空氣，躲過酒精臭味的汙染。「唔，在這裡嘛，」對方繼續說。「每個人都只屬於另一個人。如果你照正常的方式擁有其他人，他們就會認爲你既邪惡又反社會，他們會痛恨唾棄你。有一次很多女人跑來鬧我，因爲她們的男人來找過我；嗯，這有什麼不行？然後她們就衝向我……不，那件事太可怕了，我沒辦法告訴你。」琳達用手摀住臉、身子顫抖。「那些女人很恨我，瘋癲癲的，又瘋又殘忍。她們也當然不懂馬爾薩斯訓練的任何內容，或是胚胎瓶、脫瓶跟任何相關知識，所以她們老是在生小孩——跟狗一樣。太噁心了。而且想想看我……喔，福特，福特，福特！但約翰卻是我一大慰藉，我眞不曉得少了他要怎麼辦。每次有男人來找我，他就會很生氣……連他很小的時候也是。有一次（不過那是他年紀大得多的時候）他試圖殺死可憐的衛忽西馬——還是波貝？——只因我有時會跟他們上床。我一直無法讓他理解，這就是文明人應該做的事。我想這裡的瘋狂是會傳染的。約翰似乎就從印第安人身上感染到這種東西，因爲他常常跟他們混，就算他們老是對他很壞、不肯讓他做其他男孩子做的事也一樣。某方面而言這是好事，因爲這樣我能就能更容易對他做一些制約訓練，你不曉得那有多難。一個人不知道的事情太多了；我以前不需要知道這麼多。我是說，當一個孩子問你直升機是怎麼運作的，還有是誰打造了世界——唔，當你是個貝塔族，這輩子又一直在授孕室工作，你哪有能力回答呢？你哪裡有資格回答？」

譯註：

①他在這裡的用詞是good-morrow，morrow即十三世紀舊式英語中的morning，莎士比亞之類的作家會使用這個詞。

②引自《維洛那二紳士》第五幕第四景：「因為你來，使得我最不高興。」

③引自《馬克白》第五幕第一景：「去，可惡的斑點！去，我說！」。這裡的斑點即血跡。

④引自《馬克白》第二幕第二景：「不，我這手會要把無邊的大海染紅，使碧海變成赤紅一片。」

⑤蒲康神：Pookong出自新墨西哥印第安人的戰神Puukon-Hoya，在本書顯然跟耶穌連在一起，並有老鷹的形象：老鷹是祖尼人神話中的保護神。

⑥印第安人會把烏羽玉仙人掌乾燥做成梅司卡爾餅，裡面含有梅司卡靈迷幻藥成分。

⑦「G鏈球菌到班伯里T字，去見抽水馬桶還有浴室（Streptocock-Gee to Banbury-T, to see a fine bathroom and W.C.）」修改自著名英國搖籃曲〈騎搖馬到斑伯里十字〉（Ride a cock horse to Banbury Cross）：「騎搖馬到班伯里十字，去見白馬上的漂亮女士。」（Ride a cock-horse to Banbury Cross, To see a fine lady upon a white horse.）班伯里十字是班伯里的著名歷史地標。

Chapter 8

第八章

在屋外的垃圾堆旁（現在有四隻狗在那了），伯納德與約翰正慢慢來回走動。

「這太難理解了，」伯納德說。「我很難全部理解。我們好像是住在不同的星球上，住在不同的國度。你有個母親，還有這些泥土、神祇、老年跟疾病……」他搖搖頭。「讓人無法想像。除非你開口對我解釋，不然我永遠都不會懂。」

「解釋什麼？」

「這個。」他比著村落。「那個。」指著村外的小屋。「一切。你的整個人生。」

「可是我要說什麼？」

「從頭講起，從你能記得的時候開始。」

「從我能記得的時候啊。」約翰皺眉。他們陷入長長的沉默。

屋內非常熱。他們吃了很多墨西哥薄餅跟甜玉米。琳達說：「過來躺下吧，寶貝。」他們一塊躺在一張大床上。「來唱歌，」然後琳達開始唱，唱了「G鏈球菌到班伯里T字」以及「再見，寶貝班廷，你很快就需要脫瓶。①」她的聲音變得越來越微弱……

一聲巨響驚醒了他。有個巨大、嚇人的男人正站在床邊，跟琳達說著什麼話，琳達則在大笑。她把被子拉到下巴，但是男人又把被子拉下來，男人的頭髮像兩條黑繩，手臂上則包著一條漂亮的銀臂鐲，上面鑲了顆藍石頭。他喜歡那個臂鐲，可是又很害怕；他把臉埋進琳達身上。琳達把手放在他身上，讓他感覺安全多了。她對那個男人說話，她用的「另一種話」他還不是聽得很懂：「不要在約翰面前這樣。」男人看他，然後又看琳達，用輕柔的聲音說了幾個字。琳達說：「不行。」可是那男人彎身到床上靠近他，對方的臉好大、好恐怖，頭髮的黑繩碰到她的被子。「不行，」琳達又說，他感覺她的手更用力壓緊他。「不要，別這樣！」但是男人抓住他的一隻手，弄得他好疼。他尖叫。男人抓起他另一隻手把他舉起來。繼續抓著他的琳達仍說著：「不要，不行。」男人說了什麼短促氣憤的話，然後她的手突然就放開了。「琳達，琳達！」他又踢又扭，男人扛起他穿過門，把他放在另一個房間的地板中央，然後回到房間關上門。他站起來跑到門邊，踮起腳尖，剛好能摸到大大的木門閂。他把它抬起來並使力推；但是門紋風不動。「琳達！」他大吼。她沒回應。

他記得一個很黑的大房間；室內有大大的木造物品，有繩子綁在上頭，還有很多女人站在它們周圍——琳達說是在織毯子。琳達過去幫忙那些女人，叫他跟其他孩子們一樣坐在角落等著。他和那些小男孩們玩了好長一段時間，突然人們開始非常大聲講話，有些女人把琳達推開，琳達在哭。

她往門口走，他便追著她跑過去。他問爲什麼她們生氣？「因爲我弄壞東西了，」她說。然後她自己也發起脾氣。「我哪知道要怎麼做她們的討厭編織？」她說。「可惡的野蠻人。」他問她誰是野蠻人。等他們回到家時，波貝正坐在門前，跟著他們一起進屋。波貝拿著一個大葫蘆，裡面裝滿看起來像是水的東西，只是那不是水，而是有壞味道、會燒灼你的口腔並害你咳嗽的液體。琳達喝了一點，波貝也喝了些，接著琳達說笑的嗓門變得非常大；然後她和波貝進去另一個房間。等波貝離開時，他就進去那個房間。琳達躺在床上，睡得不省人事，他怎樣都叫不醒她。

波貝以前常常上門，葫蘆裡的東西叫做梅司卡爾酒，但琳達說它應該叫索麻，只是索麻不會在事後讓你很難受。他很討厭波貝，他恨他們所有人——所有來找琳達的男人。有天下午，他正跟其他孩子玩耍——他記得那時很冷，山頂上有雪——他回到屋子時聽見臥室內有憤怒嗓音。是女人的嗓音，講著他聽不懂的話，但他知道那些是很難聽的話。突然間碰！有東西打翻了；他聽見急促的腳步聲，然後又碰地一聲，還有像是打騾子的聲音，只是被打的東西沒有那麼多骨頭；接著琳達尖叫。「喔，不要，不要，不要！」她說。他衝進去。裡面有三名穿深色袍的女人，琳達則躺在床上，其中一個女人正抓著琳達的兩手手腕，另一人躺在她腿上，讓她沒辦法踢腳。第三人正拿著鞭子鞭打她，一、二、三下；琳達每次被打到都會尖叫。他哭著扯持鞭女人的裙襬。「拜託，拜託。」女人用空著的手擋著他。鞭子再度落下，琳達再次尖叫。他用自己的雙手抓住女人粗大的棕手，使出吃奶的力氣咬下去。女人大叫、抽開手用力推他一把，害他跌到地上。他倒在地上時，女人拿鞭子打了他三下，比他這輩子體驗過的任何感受更痛——活像被火燒。鞭子再次咻地揮下，但這回被打的人是琳達。

「她們爲什麼要傷害你，琳達？」他那天晚上問。他在哭，因爲鞭子在他背上留下的紅印仍疼得要命，不過他哭也是因爲人們好野蠻、好不公平，還有因爲他只是個小男孩，完全沒辦法阻止她們。琳達也在哭，她是大人，她的個子卻沒大到能抵抗她們三個人。那對她也不公平。「她們爲什麼要傷害你，琳達？」

「我不知道。我怎會知道？」她的話好難聽清楚，因爲她現在是趴著，臉埋在枕頭裡。「她們說那些男人是她們的，」她繼續說；她似乎完全不是在跟他講話，而是在對身體裡的某人講。這番長談他聽不懂，她到最後也開始哭得比之前更厲害了。

「喔，別哭嘛，琳達。拜託別哭。」

他把身子貼上她，用手摟住她脖子。琳達大叫：「喔，小心，我的肩膀！噢，好痛！」然後她用力推開他。他的頭撞到牆。「小白癡！」她大吼；接著她突然開始揮他巴掌。啪、啪。

「琳達！」他大叫。「喔，母親，住手！」

「我不是你母親。我不要當你母親。」

「可是琳達……噢！」她呼了他一記耳光。

「變成野蠻人，」她大吼。「像動物一樣亂生小孩……要不是因爲你，我早就去找督察員，我說不定早就離開了。可是我不能帶著寶寶走，那樣會害我丟光面子。」

他發現她打算又打他，於是舉起雙臂擋住臉。

「喔，不要，琳達，求求你住手。」

「小禽獸！」她把他的手拉下來；他的臉露了出來。

「不要，琳達。」他閉上眼，等著承受巴掌。

可是她沒有打他。過了稍微一會兒後，他重新睜開眼，發現她正望著他。他試著對她微笑。她突然用雙手抱住他、一遍又一遍親他。

有時候，琳達會連續好幾天根本不下床，情緒低落的躺在床上。也會喝著波貝帶來的那種液體不停發笑，然後上床睡覺。有時她會生病。很多時候她會忘了幫他洗澡，而家裡除了冷掉的墨西哥薄餅以外沒有東西吃。他記得她第一次發現他頭髮裡的那些小生物時，是怎麼尖叫的個不停的。

他最快樂的時光是她講「外界」的時候。「眞的可以飛上天，不管是什麼時候嗎？」他問。

「什麼時候都可以。」然後她會告訴他從一個盒子傳出來的美妙音樂，還有你能玩的所有好遊戲、能吃的和喝的美味食物，在牆上按個小東西就能製造光線，以及能帶給你聲音、感覺和嗅覺的圖片，不只是能看而已，此外是另一個能製造香味的盒子，加上高如高山的粉紅、綠、藍與銀色房屋，而且大家都很快樂，沒有人難過或生氣，人人皆屬於其他所有人，他們有能讓你看見世界另一端發生什麼事的盒子，寶寶則裝在乾淨的瓶子裡——一切都好乾淨，沒有難聞的臭味，完全沒有灰塵。人們永遠不會寂寞，快活的生活在一起，就像馬爾帕伊斯這裡的夏天舞祭，只是快樂得多，而且這種快樂是每天、每一天都存在的……他連續聽了好幾個小時這些故事。有時當他跟其他孩子們玩累了，村莊裡其中一位老人就會跟他們聊天，用「另一種話」講話，講到世界的大改造者，還有左手與右手、溼與乾之間的漫長爭鬥；老人會提到阿囝那威婁納②，祂藉著在夜裡思考而創造了大霧，接著從這片霧創造出整個世界；講到地母與天父；講到阿亥迂塔與馬珥塞利馬③，戰爭與機運的孿生神；講到耶穌與蒲康神；講到瑪麗亞和豐沃女神④，那個女人能讓自己回歸青春；講到拉古納的黑岩、大老鷹及阿溝瑪聖母⑤。這些故事很怪異，而且還是用他不完全懂的語言講的，所以聽來更加神奇。他躺在床上時會想著天堂、倫敦、阿溝瑪聖母、一排排裝在乾淨瓶子裡的嬰兒，還有耶穌飛上天、琳達飛上天、偉大的世界孵育中心主任跟阿囝那威婁納。

很多男人會來找琳達。男孩們開始用手指對他指指點點。他們用奇怪的「另一種話」說琳達很壞；他們用他聽不懂的名字喊她，可是他曉得那些是壞名字。有一天他們唱了首關於她的歌，一遍又一遍唱，他就對他們扔石頭。他們扔回來；一顆尖銳的石頭劃傷他臉頰。他血流不止，全身沾滿了血。

琳達教會他怎麼閱讀。她拿一塊炭在牆上畫圖案——一隻坐下的動物，還有瓶中的一個寶寶；然後她寫下字母。貓兒墊上坐，嬰兒瓶中留。他很快、很輕鬆就學會了。而等他知道怎麼讀她寫在牆上的所有字時，琳達就打開她的大木箱，從一件她從來不穿的可笑紅色小長褲底下取出一本薄博的小書。他過去沒看過那本書。「等你年紀更大時，」她那時說。「你就能讀了。」好吧，如今他夠大了，他很驕傲。「恐怕你不會覺得這本書有什麼好看的，」她說。「可是我只有這個了。」她嘆氣。「但願你能看到我們在倫敦有的那種神奇閱讀機器就好了！」他開始讀。《胚胎的化學與細菌學制約訓練：貝塔族胚胎儲存室工人實務手冊》。他光是標題就花了十五分鐘理解。最後他把書扔到地上。「眞討厭的書，可惡！」他說，然後哭了起來。

男孩們仍會唱著關於琳達的糟糕歌，他們有時候也會笑他衣服破爛。因爲他衣服破時，琳達不曉得該怎麼補；她跟他說「外界」的人們會把破衣服扔掉，然後買新的。「破衣服，破衣服！」男孩們對他大叫。「可是我能閱讀，」他對自己說。「他們就不行。他們甚至不曉得什麼是閱讀。」只要他努力去閱讀，就能不介意他們取笑他，事情就簡單多了。他央求琳達再把那本小書給他。

男孩們越起勁嘲笑他，他就越努力讀書。很快地他就能相當流暢地讀所有的字了，連最長的字也不例外。可是這些字是什麼意思呢？他問琳達；但即使她會回答的時候，也講得不是很清楚。最後她就索性不回答了。

「什麼是化學物質？」他會問。

「喔，就像鎂鹽啦，還有讓戴爾他族跟艾普西隆族矮小、退化的酒精，以及給骨骼生長的碳酸鈣，就是這類東西。」

「可是你要怎麼製造化學物質，琳達？它們是從哪裡來的？」

「唔，我不知道。你會從瓶子裡拿來這些東西，瓶子空了就去跟化學儲存室要更多。我想是化學儲存室的人製造的吧，要不然就是他們叫工廠送來的。我不曉得。我從來沒碰過任何化學。我的工作一直是處理胚胎。」

他問的其他所有事情都得到這種答案。琳達似乎永遠不曉得實情。村裡的老人就有更明確的答案。

「人類與所有生物的種子，太陽與大地的種子，以及天空的種子——阿冏那威婁納用『增殖之霧』造出這一切。世界有四個子宮；他將種子放在最低的那個子宮裡。於是種子開始慢慢生長……」

有一天（約翰判斷一定是在他過十二歲生日不久之後），他回家發現臥室地板上躺著一本他從沒見過的書。這本書很厚，外觀非常舊，裝訂邊被老鼠啃掉了，有些書頁甚至皺掉或脫落了。他拿起書，看著標題頁：這本書叫做《威廉·莎士比亞作品全集》。

琳達躺在床上，用杯子喝有可怕臭味的梅司卡爾酒。「是波貝拿來的，」她說。她的嗓音粗啞得像另一個人。「它躺在羚羊祭壇室⑥的其中一個箱子裡，據說在那邊幾百年了。我想是眞的，看起就有這麼舊，但是裡面全是胡說八道。不文明。不過嘛，它拿來給你練習閱讀就很夠用了。」她喝完最後一口酒，把杯子放在床邊的地上，翻身側躺著、打嗝了一兩次後睡著了。

他隨便打開書中一頁：

這怕什麼，只消在油漬汗臭的床上度日，
在淫穢裡面薰蒸著，倚在那骯髒的豬欄上蜜語做愛……⑦

這些奇怪的字滾過他腦海，如雷聲隆隆作響；假如鼓能說話的話，它們就像夏天舞祭的鼓聲；它們像人們在唱玉米歌，美得教你流淚；它們像老密栖馬⑧在他的羽毛、雕刻棒、碎骨跟碎石頭上念咒——「Kiäthlä tsilu, silokwe, silokwe, silokwe. Ki'ai silu silu, tsithl!」⑨——但是這些字比密栖馬的咒語更好聽，因爲它更有意義、會對他說話，說得既神奇又讓人一知半解，這段可怕的美麗魔法在講琳達、琳達躺在床上打呼、空杯子擺在床邊地上，講著琳達與波貝、琳達與波貝。

他越來越痛恨波貝了。一個人可以面帶微笑、笑個不停，卻同時也能是惡人：一個殘忍、陰險、奸邪、亂倫的奸賊⑩。這些話到底是什麼意思？他只懵懵懂懂。可是這些字句的魔力好強大，在他腦海隆隆作響，而且不知爲何，他感覺好像以前從沒恨過波貝；他從來沒有眞的恨過那人，因爲他以前不知道怎麼用言語表達他的恨。但現在他有這些字詞了，這些像鼓聲、歌唱聲跟魔法的字語，這些話跟帶來這些話的那些詭異的故事（他讀得一頭霧水，可是它仍然好美妙、好神奇）——它們給了他憎恨波貝的理由；它們也令他的恨意更爲眞實，甚至讓波貝本人得到了更實際的形體。

有一天，他結束玩耍回家時，內室的門是開著的，他看見他們一起躺在床上睡覺——白色的琳達跟她身邊幾乎發黑的波貝，後者一隻手繞過她肩膀底下，另一隻黑手則放在她胸前，一條長髮辮也擱在她喉嚨上，像條打算勒死她的黑蛇。波貝的葫蘆與杯子擺在床旁的地板上。琳達正在打呼。

他的心臟彷彿消失了，留下一個洞。他感到空虛，頭暈眼花且好冷好想吐。他靠到牆上穩住自己。殘忍、陰險、奸邪……像鼓聲，像人們唱玉米歌，像魔法，這些字自己在他腦袋裡一遍遍反覆。原本全身發寒的他突然燃燒起來，臉頰湧上滾燙的血、房間在他眼前搖擺跟變暗。他咬牙。「我要殺了他，我要殺了他，我要殺了他。」他不停地說。突然更多字句冒出來：

趁他醉臥的時候，或發怒的時候，
或在床上淫樂的時候……⑪

現在魔法站在他這邊了，對他解釋並下令。他走回外邊的房間。「趁他醉臥的時候……」切肉刀就躺在火爐邊的地板上。他拿起刀子，躡手躡腳走回門邊。「趁他醉臥的時候，醉臥的時候……」他衝過房間並刺下去──喔，看那些鮮血啊！──他又刺，趁波貝驚醒、舉起手時想再補一刀，結果發現他的手腕被抓住了，被抓著──噢，好痛！──用力扭。他動彈不得，他被困住了，而波貝的小黑眼貼得好近地瞪著他雙眼。他瞥開眼。波貝的左肩上有兩條割傷。「喔，你看那些血！」琳達大叫。「看那些血！」她一直沒辦法忍受看到鮮血⑫。波貝舉起手──他心想對方要揍他了，僵住身子準備承受重擊。想不到那隻手只是抓住他下巴，轉動他的臉，使他又重新望著波貝的雙眸。好長一陣子兩人四目相接。突然他開始放聲大哭──他忍不住了。波貝哈哈大笑。「你走吧，」波貝用「另一種話」印第安語說。「走吧，我勇敢的小阿亥迂塔戰神。」他衝進隔壁房間，免得他們看見他的眼淚。

「你十五歲了，」老密栖馬說。「現在我能教你怎麼使用黏土了。」

他們蹲在河邊一起工作。

「首先，」密栖馬說，在雙手間拿起一團溼黏土。「我們做個小小的月亮。」老人將黏土塊壓成碟狀，接著折彎邊緣，使月亮變成淺淺的杯子。

他緩慢且生疏地模仿老人的舉動。

「一個月亮，一個杯子，現在則做一條蛇。」密栖馬把另一塊黏土滾成柔軟的長條狀，連成一個圈，然後壓在杯緣上。「然後再做一條蛇。然後再一條。然後又一條。」密栖馬將杯子側面用一圈圈黏土填起來；一開始鋪得很窄，然後形狀鼓起來，最後在靠近杯口處又變窄。密栖馬又壓又拍、又揉又刮；最後它站在地上，化爲馬爾帕伊斯眼熟的水壺，只是顏色是奶油白而不是黑色，而且摸起來仍軟軟的。他的陶壺擺在密栖馬的作品旁邊，是前者的拙劣模仿變形版。他看著這兩個壺，不由得大笑。

「下一個會更好。」他說，開始弄溼下一塊黏土。

動手製作、塑形、感受手指的技巧與力量增進——這帶給了他極大的喜悅。「A、B、C、維他命D，⑬」他邊工作邊對自己唱。「肝有脂肪，鱈魚住在海裡。」密栖馬也在唱歌——唱一首殺熊歌。他們工作了一整天，他整天都泡在這種強烈、全神貫注的快樂裡。

「明年冬天，」老密栖馬說。「我教你怎麼製造弓。」

他在屋外站了好長一陣子，最後屋內的儀式終於結束。門打開；他們走了出來，先現身的是寇蘇魯，右手伸出並緊緊握拳，彷彿舉在寶貴的珠寶上面。同樣伸長握緊的手的基婭奇弭跟著出現。他們沉默並肩走著，而他們背後則出現沉默的兄弟、姊妹、表親跟村內所有的老人。

他們走出村莊、穿過高地，停在懸崖邊緣面對大清早的晨陽。寇蘇魯張開手；他掌心躺著一把白色玉米粉。他對它吸氣，喃喃唸幾個字然後對著太陽扔出去，在空中化為一把白塵。基婭奇弭依樣畫葫蘆。接著基婭奇弭的父親走上前，舉起一根有羽毛的祈禱棍，唸了段長長的禱詞，接著將棍子照玉米粉的方式丟出去。

「儀式結束，」老密栖馬大聲說。「他們完婚了。」

「哼，」他們轉過身走開時，琳達說。「我說啊，幹嘛把這麼簡單的事搞得大費周章。在文明國家，男孩想要女孩就直接去找她就行了。你要走去哪裡，約翰？」

約翰沒理會她的呼喚，繼續跑開、跑遠，去能一個人獨處的地方。

結束。老密栖馬的話在他腦海裡不斷重複。結束，結束……他一直偷偷地、遠遠地暗戀著基婭奇弭，可是也愛得轟轟烈烈、絕望、無可救藥。如今都結束了。他十六歲。

滿月時，人們會在羚羊祭壇室口述祕密，也會有祕密被消滅或製造出來。男孩們會往下爬進祭壇，然後以男人的身分爬出來。男孩們都很怕那件事，卻又期盼得不耐煩。最後大日子到了；太陽下山，月亮東升。他跟著其他人過去。男人們黑漆漆地站在祭壇入口；有條梯子往下通往點了燈的深淵，領頭的男孩們已經開始爬下去。突然一個男人走上前來抓住他的手臂、把他拖出行列。他掙脫，鑽回他在別人之間的位置。這回男人打他、扯他頭髮。「你不准，白頭髮的！」「母狗的兒子不准參加，」另一個男人說。男孩們大笑。「快走！」當他仍待在人群外圍時：「滾！」男人們又吼。其中一人彎腰撿了顆石頭扔他。「滾，滾，滾！」石頭如雨落下，他流著血逃進黑暗裡，亮著紅光的祭壇傳來歌唱聲；最後一批男孩子爬下梯子了。他則孤單一人。

他孤伶伶站在村外的荒涼高地平原上，岩石在月光下有如發白的骨頭。下方山谷裡有土狼正在對月亮嚎叫。瘀傷讓他很痛，割傷仍在流血；但他哭泣的原因不是疼痛，而是他好孤獨，因爲他被排斥，孤單地被放逐至岩石與月光的白骨世界。他在斷崖邊緣坐下來。月亮在他背後；他俯瞰著高地在幽暗死亡谷裡投出的黑色陰影。他只要走一步、跳一小步就好了……他在月光中伸出右手，手腕割傷的血仍汩汩湧出。每隔幾秒鐘，一滴黑暗、近乎無色的血便掉進死寂的月光中。滴、滴、滴。明天，明天，又明天……⑭

他發現了時間、死神與上帝。

「我很孤獨，一直都是。」年輕人說。

這些話在伯納德腦中喚起哀愁的回音。孤獨，孤獨……「我也是，」他說，突然好想吐露祕密。「孤獨得要命。」

「眞的？」約翰的表情很訝異。「我還以爲『外界』……我是說，琳達總是說那裡沒人會孤獨。」

伯納德不自在地臉紅了。「你瞧，」他轉開目光囁嚅道，「我想我跟大多數人不太一樣。可是脫瓶的方式出了問題……」

「對，就是這樣。」年輕人點頭。「如果一個人是異類，就注定會孤獨。他們對這種人會很壞。你知道嗎，他們什麼事情都不准我做，其他男孩被送去山上過夜時——你知道的，你那晚必須夢見你的神聖動物是哪一種——他們卻不准我跟其他人去。不過我自己偷偷去做了，」他補上最後那句。「五天沒進食，然後某天晚上一個人跑去那邊的山裡。」他指著山。

伯納德用優越的姿態微笑。「你有夢到任何東西嗎？」他問。

對方點頭。「可是我不能告訴你。」他沉默片刻；接著他低聲說：「有一回，」他繼續說。「我做了其他人都沒做過的事。我在夏季某天中午靠在一塊石頭上，像釘在十字架上的耶穌那樣張開雙手。」

「爲什麼？」

「我想知道被釘上十字架是什麼感覺。被掛在烈陽下……」

「爲什麼想知道？」

「爲什麼？唔……」他猶豫。「因爲我感覺應該這樣。看看耶穌能不能忍受，何況當人做錯事時就該受懲罰……而且我那時很不快樂。那也是原因之一。」

「用這種方式治療你的不快樂，感覺很好笑。」伯納德說。不過他又想想，這其實是有些道理的，比吃索麻更好……

「我過了段時間後昏倒了，」年輕人說。「俯面摔倒。你有看到我割傷自己的痕跡嗎？」他抬起額頭前面的一束濃密金髮，右太陽穴有個淡而發皺的疤痕。

伯納德看了，然後稍微發個抖、很快轉開眼。他的制約訓練使他的同情心沒辦法壓過嚴重驚嚇的情緒。單單提到生命或傷口，不僅會使他驚恐無比，更會令他感到排斥、甚至噁心。就像面對泥土、畸形和老年這些事的時候。他趕緊改變話題。

「我在想，不知道你願不願意跟我們回倫敦？」他問，打出作戰的第一張牌——當他在小屋裡得知這位年輕野蠻人的「父親」是誰之後，他就暗地精心構思出一套自保策略。「你願意嗎？」

年輕人的臉彷彿亮起來。「你是說眞的？」

「當然了，只要我能拿到許可。」

「琳達也能嗎？」

「這個嘛……」他狐疑地猶豫。那個讓人反感的生物！不，不可能的。除非，除非……伯納德突然想到，她本身的噁心感或許能被證明是一大資產。「當然好啦！」他大叫，用誇張的熱情語氣彌補一開始的遲疑。

年輕人深吸口氣。「眞難以想像，這件事終究成眞了啊——我已經夢想了一輩子的事。你記得米蘭達說過的話嗎？」

「米蘭達是誰？」

年輕人顯然沒聽見這個問題。「啊，好奇怪！」他說著；他也兩眼發亮，臉脹成鮮紅色。「這裡怎麼有這麼多的好人！人類有多麼美！⑮」臉上的潮紅突然加深；因爲他想著列寧娜，想著那位身穿酒瓶綠人造絲的天使，散發出妙齡與活膚霜的光輝，身材豐滿、掛著仁慈的微笑。他的嗓子破了。「喔，美麗新世界……」他開口——然後他突然止住自己；血色從他的臉頰褪去，他此刻蒼白得像張紙。「你跟她結婚了嗎？」他問。

「我什麼？」

「結婚。你知道的——永遠結婚。結婚的人會用印第安話說『直到永遠』；那是不得打破的誓言。」

「福特哪，才沒有！」伯納德忍不住大笑。

約翰也大笑，卻是出於另一個理由——喜極而笑。

「喔，美麗新世界，」他重複。「喔，美麗新世界，有這樣的人在裡面！⑯我們馬上動身吧。」

「你講話的方式有時眞的怪到極點，」伯納德說，用困惑的驚訝盯著年輕人。「而且，你應該等到實際見識新世界後再這樣講會比較合適吧？」

譯註：

①修改自著名英國童謠〈再見，寶貝邦廷〉（Bye, Baby Bunting）。

②阿罔那威婁納 Awonawilona，祖尼人神話的造物之神。

③阿亥迂塔與馬珥塞利馬 Ahaiyuta 和 Marsailema，被阿罔那威婁納創造來協助人類的雙胞胎神，又稱晨星與傍晚星。

④豐沃女神 Estsanatlehi，納瓦霍與阿帕契印第安人的女神，名字的意思大概是「會變化的女人」或「返老還童的女人」。

⑤阿溝瑪聖母 Our Lady of Acoma，有人認為來自墨西哥的瓜達露佩聖母（Our Lady of Guadalupe）。

⑥羚羊祭壇室 Kiva，是祖尼人舉行祭典和儀式的地下房間。

⑦《哈姆雷特》第三幕第四景，哈姆雷特指責母親的淫蕩行為。

⑧密栖馬（Mítsima）：指村落裡的隱士。

⑨見書末附錄〈本書引用之祖尼語〉。

⑩引自《哈姆雷特》第二幕第二景，哈姆雷特對殺父的叔叔的評論：「殘忍、陰險、奸邪、亂倫的奸賊！啊，報仇唷！」

⑪《哈姆雷特》第三幕第三景。

⑫這句話出於不明原因，在 Vintage 版被刪去。
⑬修改自用〈小星星〉旋律唱的ＡＢＣ字母歌。
⑭《馬克白》第五幕第五景。
⑮出自《暴風雨》第五幕第一景。
⑯同註⑮

第九章

列寧娜經歷了這一天的詭異跟恐怖之後，認爲自己很有資格享受一段徹底又完全的藥物假期。他們一返回休息所，她便吞下六公克的索麻藥片躺到床上，十分鐘後便神遊太虛去了。她起碼得過十八個小時才會回到現實。

同時，伯納德則睜大眼地躺在黑暗中沉思。他直到午夜過了好久後才睡著——過了午夜很久；不過他的失眠並非徒勞無功。他有了個計畫。

隔天早上準時十點鐘，穿綠制服的黑人混血兒走下他的直升機。伯納德在龍舌蘭叢之間等他。

「克勞恩小姐正在度索麻假期，」他解釋。「她起碼得等到下午五點才會醒來。這使我們有七個小時的空檔。」

他可以飛到聖塔菲，打點他各種事，然後趁她醒來之前早早回到馬爾帕伊斯。

「她自己一人安全嗎？」伯納德問。

「跟直升機一樣安全。」混血兒對他保證。

他們坐上直升機升空。十點三十四分，他們降落在聖塔菲郵局的屋頂上；十點三十七分，伯納德的電話便轉接到位於倫敦白廳的世界管理者辦公室；十點三十九分，他就在和福特閣下的第四私人祕書講話；十點四十四分，他對第一祕書重複故事，而十點四十七分半時就聽見穆斯塔法·蒙德本人有磁性的嗓音在他耳邊響起。

「請容我大膽認為，」伯納德結結巴巴說。「福特閣下您可能會對此事有足夠的科學興趣……」

「對，我確實對這件事有足夠的科學興趣，」深沉的嗓音說。「你回倫敦時把這兩個人也帶來。」

「福特閣下您應該注意到，我會需要特別的許可。」

「一切必要的許可命令，」穆斯塔法·蒙德說。「現在正傳送給保留區監護長。你立刻去監護長的辦公室。祝您順利，馬克思先生。」

一陣沉默。伯納德掛上話筒，匆匆趕到屋頂上。

「去監護長的辦公室。」他對穿著伽馬族綠衣的混血兒說。

十點五十四分，伯納德便在跟監護長握手。

「非常高興見到您哪，馬克思先生，我非常高興。」那人的大嗓門非常恭敬。「我們剛剛才收到特別命令呢。」

「我知道，」伯納德說，打斷對方。「我稍早跟福特閣下講過電話。」他用的口氣暗示他這星期每天都習慣跟福特閣下講電話。他坐進一張椅子。「請您幫個忙，盡速把該辦的手續都辦一辦吧。請盡快。」他重複強調道，非常享受有這種特權的時候。

十一點三分，他口袋裡就裝著所有必要的文件了。

「再會。」他用優越感對監護長說，後者護送他到電梯門邊。「再會。」

他走回旅館、洗個澡、來頓眞空震動按摩以及電解刮鬍，聽了今早的新聞廣播、看了半小時電視、吃頓悠閒的午餐，然後在兩點半跟著混血兒飛回馬爾帕伊斯。

年輕人站在休息所外頭。

「伯納德，」他喊。「伯納德！」沒有回應。

他穿著鹿皮軟靴，安靜無聲地跑上樓梯並試著開門。門鎖住了。

他們走了！離開了！這是他這輩子遇過最糟糕的事。她請他過來探望他們，現在他們卻跑掉了。他跌坐在樓梯上痛哭。

半個小時後，他想到要透過窗戶看看。他瞧見的第一樣東西是個綠色行李箱，蓋子上漆著名字縮寫列．克。喜悅在他體內有如火焰竄上來。他撿顆石頭砸破玻璃，碎玻璃叮噹灑在地板上，沒多久他就進了房間。他打開綠色行李箱，當場聞到列寧娜的香水味，在他的肺裡灌滿她的精華本質。他的心臟狂跳；有一會兒他快暈過去了。接著他彎腰貼近那個寶貴的箱子，把它舉到光線下打量。列寧娜的備用人造絲天鵝絨短褲上的拉鍊起先教人大惑不解，接著謎團解開了，令他甚是欣喜。

刷地拉下拉鍊，然後刷地拉上；刷，再刷；他被迷住了。她的綠色拖鞋則是他這輩子見過最美的東西。他打開一件拉鍊內衣，然後羞紅了臉再把它們收好，接著親吻一條有香水的醋酸纖維手帕，並將一條絲巾纏在脖子上。他打開一個盒子，噴出一團有香氣的粉，沾得兩手都是。他把它們抹在胸膛、肩膀與裸臂上。美味的香水哪！他閉上眼，用臉頰磨蹭自己擦了粉的手臂，享受光滑皮膚貼著臉龐的觸感，帶麝香的飛塵在他鼻孔裡灌進香氣——這就是她的真實化身。「列寧娜，」他低嘆。「列寧娜！」

一個聲音令他嚇了一跳，他滿懷罪惡感地轉過身，把偷出來的東西塞回行李箱裡；接著他仔細聆聽且觀察四周。看不見任何動靜，也沒有半點聲音。但他又很確定聽到了些什麼——像嘆息或木板的嘎嘰聲。他踮腳走到門邊，然後小心的打開，發現自己望著一個寬敞的樓梯平台。平台對面是另一扇微開的門。他走過去推開門，探頭偷看。

列寧娜就躺在矮床上，穿著一件單件式的粉紅色拉鍊睡衣，被子則是掀開的——她睡得好熟，在她那頭捲髮當中眞美，粉紅色的腳指頭跟嚴肅沉睡的臉使她稚氣得動人，如此放心躺在這樣兩手癱軟、四肢無力的無助處境中，使他眼裡不禁湧現淚水。

他用完全沒必要的謹慎踏進房間——畢竟只有手槍槍聲才能把列寧娜從索麻假期喚回來。他跪在床旁的地板上。他注視她，雙手交握著、嘴唇抖動。「她的眼睛。」他喃喃說：

「她的眼睛，她的頭髮，她的臉龐，她的腳步，她的聲音；
你總是口口聲聲的說，啊！她的那隻手，
一切白的東西和它比起來都變成自慚形穢的黑墨水；
握上去柔若無骨，天鵝絨都顯得粗糙……」①

一隻蒼蠅在她身邊嗡嗡飛；他把蒼蠅趕走。「蒼蠅。」他又唸道：

「它們可以抓住茱麗葉的玉手，
可以從她的嘴唇偷取天堂般的幸福，
那兩片櫻唇是如此純淨貞潔，
自己上下交吻都好像是罪過，
以致永遠脹得緋紅。」②

他猶豫緩慢的伸手，好像在摸一隻害羞、有可能還相當危險的鳥。手懸在那兒顫抖，離那些癱軟的手指僅有一吋之遙，就快要摸到了。他敢嗎？他敢用他的賤手冒犯那個③……不，他不能。這隻鳥太危險了。他的手縮回去。她真美哪！美若天仙！

接著他突然發現自己在想，他只消抓住她脖子的拉鍊用力地長拉一下……他閉上眼用力甩頭，舉止就像一隻狗從水裡爬上來時抖水那樣。眞可憎的念頭！他眞以自己爲恥。如此純淨貞潔……

空氣中傳來嗡嗡聲。又一隻蒼蠅想偷走不朽的祝福嗎？是隻黃蜂？他看四周，卻什麼也沒看見。嗡聲越來越響，最後出現在打破的玻璃外面。是那架飛機！他慌忙跳起來衝進隔壁房間，鑽過敞開的窗戶，匆忙跑過高大龍舌蘭之間的小徑，及時迎接從直升機爬下來的伯納德·馬克思。

譯註：

①《脫愛勒斯與克萊西達》第一幕第一景。

②《羅密歐與茱麗葉》第三幕第三景。羅密歐向勞倫斯神父抱怨他不被准許得到茱麗葉，連「腐屍上的蒼蠅都比羅密歐有權享受更多的尊榮」。

③源自《羅密歐與茱麗葉》第一幕第五景：「如果我的這一雙賤手冒犯了這座神龕，贖罪的方法是這樣的……」此外羅密歐稍早將茱麗葉比喻為烏鴉中的白鴿。

第十章

在布盧姆斯伯里孵育暨制約訓練中心的四千個房間裡，四千面電動鐘的指針全指在兩點二十七分。主任口中喜歡喊的這座「工業的蜂房」正忙碌得熙攘，人人都在忙，一切都井然有序運作著。在顯微鏡底下，精蟲擺動長尾巴、將頭鑽進卵子，而受孕的卵子則擴張、分裂，或者若是做過波康諾夫斯基化的話，則出芽和分裂成一整群個別的胚胎。隆隆響著的電扶梯從社會地位預定室往下前進地下室，一片赤紅黑暗裡，胎兒躺在腹膜襯墊上、泡在人造血與荷爾蒙裡溫暖地培育，不斷成長茁壯，或者遭到下毒、折磨成矮小的艾普西隆族。瓶架在微弱的嗡響與震動聲中用難以察覺的速度移動，經歷好幾個星期的生命永生技術，最終脫離瓶子的寶寶會在脫瓶室裡吐出他們第一聲驚恐與驚訝的哭喊。

發電機在地下二樓打著呼嚕，電梯上下奔波。育嬰室的十一層樓都是餵食時間，從一千八百個瓶子裡小心取出的一千八百名嬰兒同時吸著他們那一品脫經過巴式消毒的外部分泌物。

育嬰室頭上連續十層的宿舍裡，仍年幼得需要午睡的小男孩跟小女孩也和其他人一樣忙碌，儘管他們自己不曉得——無意識地聽著關於衛生與社會交際、階級意識、幼兒愛情生活的睡眠學習課程。再往上的遊戲間，人造天氣轉到下雨，九百名更大的孩童正在享受玩磚塊、黏土雕塑、找拉鍊跟性遊戲的樂趣。

嗡嗡嗡！蜂巢嗡響個不停，忙碌又快活。彎腰處理試管的年輕女孩們歡樂歌唱，社會地位預定員邊工作邊吹口哨，脫瓶室的人們則在空瓶子頭上開著極其愉快的笑話！可是當主任跟亨利·佛斯特踏進授孕室時，前者的臉色卻很嚴肅，嚴峻得僵硬。

「我叫他兩點半來這裡見我，就在這房間裡拿他殺雞儆猴，」主任說著。「因爲這裡的高階級員工是本中心最多的。」

「他的工作做得非常好啊。」亨利用虛僞的寬宏大量插嘴說。

「我知道。但那就是爲什麼更應該講求嚴謹。智力更聰明的他應該要有更高的道德責任；人的才華越高，就越有能力帶領別人誤入歧途。讓一個人受苦總比讓許多人被腐化好。請冷靜思考這件事，佛斯特先生，你會發現世上沒有任何罪過比非正統行爲來得更可憎。畢竟，區區個人算什麼——謀殺犯只會殺死個人。」他手一揮，比著成排顯微鏡、試管跟孵育槽。「我們能極爲輕鬆地製造個人——要多少有多少。但非正統行爲威脅的對象豈止是個人的生命；它攻擊的是社會本體。沒錯，社會本體。」他重複。「啊，他來了。」

伯納德走進房間，穿過整排的授孕員後來到主任前面，臉上用一層薄弱的自信掩飾緊張，而他說話的聲音則大得荒謬：「早安，主任。」他爲了糾正這個錯誤，便用輕柔、尖銳得可笑的嗓音說：「您要我過來這裡跟您談話。」

「對，馬克思，」主任盛氣凌人地說。「我確實要你過來這裡找我。就我所知，你昨晚度完假回家。」

「是的。」馬克思回答。

「是的——」主任說，把最後的「的」音像條蛇似的拉長。接著他突然拉高嗓門：「女士與先生們，」他大聲宣布。「女士與先生們！」

女孩們越過試管唱的歌聲、顯微鏡員全神貫注的口哨聲嘎然而止。現場安靜得擲地有聲；大家都轉頭看。

「女士與先生們，」主任再重複一次。「請原諒我這樣打斷你們的勞動，我有件痛苦的職責不得不做。社會的安全和穩定有危險了；沒錯，有危險了，女士與先生們！這個男人，」他控訴地指著伯納德。「站在你們面前的這位男人，這個得到這麼多得天獨厚條件、因此也受到頗高期望的阿爾發正族，你們的這位同事——考慮到等下發生的事，或許我應該喊他叫前同事？——他下流地背叛了人們加諸於他的信任。他竟然對運動與索麻抱持異端觀點，擁有可恥又不正統的性生活，拒絕服從吾父福特的教導，也不肯在上班時間以外『當個瓶中嬰兒』，」（主任在這裡劃了個T字。）「他因此證明了自己是社會之敵，是所有秩序與穩定的顛覆者，女士與先生們，他是反抗文明本身的謀反者。出於這個原因，我有意解雇他，讓他從他在本中心任職的職位被恥辱地開除；我接著打算申請把他調到最低等的孵育暨制約中心，讓他的懲罰能造福社會，並讓他盡可能遠離任何重要人口中心。他若是到冰島去，就沒多少機會能拿他不符福特的榜樣帶壞其他人。」主任停頓；接著他在胸前交叉雙手，令人印象深刻地轉身看伯納德。「馬克思，」他說。「你拿得出任何理由，指出我為何不該現在就執行我對你宣判的裁決嗎？」

「我拿得出理由。」伯納德用非常大的聲音說。

主任有點意外，但仍保持威嚴。「那就拿出來。」主任說。

「當然好，但是理由在走廊裡。請稍等。」伯納德匆匆趕到門邊，將它打開。「進來吧。」他命令，而理由也走進來現身了。

眾人倒抽口氣，出於震驚和驚恐地喃喃低語；有個年輕女孩尖叫；某人站在椅子上好看得更清楚，結果打翻了兩瓶裝滿精蟲的試管。在那群堅實、年輕的身體中出現了一個腫脹下垂的身體，那些未失真的臉龐當中有個中年、詭異又嚇人的怪物。琳達走進房間，賣弄風情地露出她那破損、褪色的微笑，邊走邊擺盪，用她巨大的臀部做出有意挑起性慾的波浪。伯納德走在她身邊。

「那就是他。」他說，指著主任。

「你以為我認不得他嗎？」琳達憤慨地問：接著她轉身面對主任。「我當然認識你了，湯瑪基，我走到天涯海角都能在千人裡認出你。不過你可能已經忘了我。你不記得了嗎？你不記得嗎，湯瑪基？是你的琳達呀。」她站在那兒看他，頭歪向一邊微笑著，笑容越來越大，至於主任的臉則露出目瞪口呆的反感，越來越沒自信，最後自信終於耗盡。「你不記得了嗎，湯瑪基？」她用顫抖的嗓音重複，兩眼焦急、痛苦。那張骯髒又下垂的臉怪異地扭成極度悲痛的怪相。「湯瑪基！」她伸出手。有人開始吃吃笑。

「這是搞什麼？」主任開口。「弄來這種可怕的……」

「湯瑪基！」她奔上前，毯子拖在身後，然後環抱住他脖子、將臉埋進他胸口。

人們發出壓抑不住的哄堂大笑。

「……這種可怕的惡作劇！」主任大吼。

他紅著臉，試圖抽開被她擁抱的身子，她則拼命抱緊。「我是琳達呀，我是琳達。」笑聲淹沒了她的聲音。「你讓我有了個寶寶！」她壓過喧鬧聲尖叫。四周突然陷入駭人的寂靜；人們的眼神不自在地飄移，不曉得該往哪兒看。主任的臉頓時刷白，站在原地停止掙扎，雙手放在她腰上、驚恐地低頭瞪她。「對，一個寶寶——我是它的母親。」她拋出這個淫穢字眼，彷彿在挑戰這個出於憤慨的沉默。接著她突然從他身邊退開，羞恥慚愧不已，用雙手摀著臉啜泣。「那不是我的錯，湯瑪基！因爲我一直會做馬爾薩斯訓練，對不對？我不是有嗎？我總是有……我不知道怎麼會這樣。眞希望你懂那有多糟糕就好了，湯瑪基……可是他仍然是我生命中的慰藉。」她轉向門：「約翰！」她喊。「約翰！」

約翰馬上進來，在門內側停了片刻、環顧四週，接著用穿著鹿皮軟靴的腳輕柔地迅速穿過房間，然後跪倒在主任面前，用清晰的嗓音說：「我的父親！」

這個詞、這滑稽地猥褻的詞（畢竟「父親」不算是淫穢的詞，它的言外之意沒有生孩子的厭惡感和道德變態——它單純只是噁心，是粗俗而非淫穢的）打破了令人難以忍受的緊張感。眾人哄然大笑，響亮且近乎歇斯底里，一波未平一波又起，彷彿永遠都不會停止。我的父親——這指的就是主任哪！我的父親！喔，福特，福特！真是太好笑了。高呼與吼叫不斷復始，人們的臉笑到快裂開，笑到流眼淚。另外六瓶試管打翻了。我的父親！

面如槁木又兩眼狂亂的主任，以困惑的羞恥帶來的痛苦感環顧四周。

我的父親！大笑聲顯示出消失的跡象時，卻又重新爆發，而且比剛才更響亮。主任用兩手摀住耳朵衝出房間。

第十一章

授孕室的事件發生過後，倫敦所有高階級人士都狂熱地想一睹這位跪倒在孵育暨制約訓練中心主任面前、喊對方「我的父親」的神奇生物，或者應該說是前主任，因爲這位可憐人事後立刻辭職，再也沒有踏進中心一步。相對地，琳達並未使人們改觀，沒有人想去看琳達。把一個人喊作母親——那已經不是笑話了，那是淫穢。另外也因爲她並不是眞正的野蠻人，她跟別人一樣是從瓶子出生和受過制約訓練的，所以她不會有讓人覺得新奇的古怪念頭。最後——這也是人們目前不想看琳達的最強烈動機——則是她的外貌。肥胖、失去青春、一口爛牙，還有張腫脹的臉，而且看那身材啊！（福特在上！）——你看著她時不會想吐才怪。沒錯，眞的會讓人噁心，因此最上等的人士都意志堅決地不想看到琳達。至於琳達，她也不想見他們；對她而言，重返文明就等於返回索麻身邊，她有機會躺在床上享受一個接一個假期，完全不用醒來、不會頭痛或突然想吐，不會有服用烏羽玉餅後的那種感受，好像你做了什麼極爲丟臉的反社會行爲，使你再也抬不起頭來。索麻就不會有這些不愉快的副作用。索麻提供的假期完美無缺，而且即便度完假的隔天早上會不太好受，但也不是眞的很糟糕，只是跟度假時比起來較爲無聊罷了。解決之道就是讓假期不中斷。她貪婪地索求份量更大、次數更頻繁的藥量。蕭醫生起先有顧慮；但後來他就任由她得逞。她每天至多會吃下二十公克索麻。

「這樣下去再一兩個月就會結束她的命，」醫生對伯納德坦白說。「有一天呼吸中樞會麻痺，再也無法呼吸。不過死了也算是好事。假如我們能讓人恢復青春，當然會有所不同，但我們目前無法做到。」

但在眾人訝異中，約翰提出反對（若琳達過著索麻假期，對他而言其實很方便，不會老是礙事）。

「可是你給她這麼多藥，不會縮短她的壽命嗎？」

「某方面來說會，」蕭醫生承認。「但是另一方面，我們其實也在延長她的命。」年輕人瞪大眼，一頭霧水。「索麻長期下來也許會讓你損失幾年生命，」醫生繼續說。「但是想想看它能讓你脫離現實多麼長、多麼難以估量的時間。所以索麻假期就有點像我們祖先口中的永恆。」

約翰開始懂了。「永恆在我們的眼睛與嘴唇上。①」他喃喃說。

「什麼？」

「沒事。」

「當然啦，」蕭醫生繼續說。「人們若是有重要的工作得做，你不能讓人們直接跳進永恆。但是她沒有任何重要的工作……」

「還是一樣，」約翰堅持。「我不覺得這樣是對的。」

醫生聳肩。「嗯，當然，如果你寧可讓她不停瘋狂尖叫的話……」

到頭來約翰被迫屈服了。琳達拿到了她的索麻，於是她留在伯納德住的同一棟公寓大樓第三十七樓的小房間裡，躺在床上，收音機與電視永遠開著，廣藿香水的水龍頭也流個不停，索麻藥片則擺在她伸手可及之處——她人便躺在那兒，卻又不在那裡，早就飄到整個時光外頭的無垠遠處度假去；她在其他世界度假，那兒的收音機音樂是顏色彩燦的迷宮，如心臟咚咚跳的迷宮，會通往（藉由美麗而無可避免的線團）絕對信仰的燦爛中心；那兒便有電視機上舞動的影像，表演者們在美妙得無從形容、從頭到尾都在唱歌的有感電影裡演出，而滴下來的廣藿香水在那邊也豈止是香味——它是太陽，是一百萬把薩克斯風，是波貝在跟她做愛，只是遠遠勝過這些、無法比擬地更上一層，程度永無止盡。

「不，我們沒辦法讓人返老還童。但是我非常高興，」蕭醫師總結說。「有這次機會能目睹人類衰老的例子。多謝你找我來。」他親切地握了握伯納德的手。

所以大家爭相目睹的人其實是約翰。既然見到約翰的唯一管道是透過伯納德，也就是約翰的公認監護人，伯納德發現自己這輩子頭一次不僅被當成正常人，還被視為有卓越身分的人。再也沒有人談起他人造血裡的酒精，沒有人嘲笑他的外貌。亨利．佛斯特一反故態變得友善；貝尼托．胡佛送了他六包性荷爾蒙口香糖；社會地位預定室副室長來找他，幾乎是自鄙地乞求能否邀他參加伯納德的其中一場晚間派對。至於女人，伯納德只消暗示有被邀請的可能，他想要的對象就手到擒來。

「伯納德邀我下個星期三去看野蠻人！」芬妮勝利地宣布。

「我眞替你感到高興，」列寧娜說。「你現在也不得不承認，你對於伯納德的事說錯了吧。你不覺得他蠻可愛的嗎？」

芬妮點頭。「我也得承認，」她說。「這個令人訝異的事實讓我相當愉快呢。」首席脫瓶員、社會地位預定室處長、三位授孕員副助理長、情緒工程學院的有感電影教授、西敏寺社區唱詩會教長、波康諾夫斯基化監督長——伯納德的名人名單沒完沒了。

「而且我上星期就有過六個女孩，」他對赫姆霍茲．華生吐露。「星期一一個，星期二兩個，星期五再兩個，星期六則一個。而且要是我還有時間或愛好，起碼還有另外一打女孩急著上門呢……」

赫姆霍茲沉默地聽他吹噓，這種表現傳達出太悶悶不樂的不贊同感，讓伯納德覺得被侮辱了。

「你忌妒我。」他說。

赫姆霍茲搖頭。「我只是覺得難過罷了。」他回答。

伯納德哼一聲。他對自己說，他再也不要跟赫姆霍茲講話了。

幾天過去，成功的感受在伯納德腦海滋滋作響，這個過程使他跟過去令他非常不滿的世界徹底和解了（就像任何上好麻醉品的功效一樣）。此刻這世界將他當成重要人物，事物的運作正和他意，可是儘管安於他的成功，他仍然不願放棄批判這些情勢的特權，畢竟批評行爲凸顯了他的顯貴地位，使他感覺自己更加偉大。甚至，他眞心相信外頭是有事情需要批評的。（同時他又眞的喜歡享受成功、能擁有他想要的所有女孩。）對於那些現在爲了野蠻人而拍他馬屁的人，伯納德會當著他們的面炫耀惹人挑剔的非正統行徑。人們會禮貌地聽他說話，但在他背後會搖頭：「那個年輕人會招來壞下場的。」他們說，更有自信地預言他們自己總有一天要確保他的下場很糟糕。「他到時就沒辦法找到第二個野蠻人來幫他了。」他們說。不過在此同時，第一位野蠻人仍然在這裡；是故他們維持禮貌彬彬。既然他們很客氣，伯納德也就感覺自己眞的龐大無邊——巨大的同時又興高采烈得輕飄飄，比空氣還輕。

「比空氣還輕呢！」伯納德說，指著頭上。

在他們頭上好高、好高的天上，受氣象部控制的氣球正在陽光中快樂閃耀，宛如藍天裡的一顆珍珠。

「……這位就是所謂的野蠻人，」伯納德的介紹如此開場。「帶來見識文明生活的各個層面……」

此時約翰被帶去鳥瞰文明世界，從查令T字塔的平台上觀賞。站長和駐站氣象學家擔任導遊，不過負責講解的多半是伯納德。被成功沖昏頭的他，其舉止根本就像一位下凡巡視的世界管理者那樣。輕飄飄得比空氣還輕。

孟買綠色火箭從天上降落，乘客們下機。八名如出一轍、穿土黃色的戴爾他族達羅毗茶人②攣生兒從機艙的八個舷窗往外看——他們是空服員。

「時速達每小時高達一千兩百五十英里呢，」站長戲劇性地說。「您覺得怎麼樣呀，野蠻人先生？」

約翰覺得那樣非常棒。「不過，」他說。「愛麗兒可以在四十分鐘內就給地球繞上一條帶子。③」

「野蠻人，」伯納德在寫給穆斯塔法・蒙德的報告裡說。「對於文明的發明成果表現出過少的震驚或敬畏。毫無疑問，部分的原因是他從那個女人琳達口中聽過這些東西，她是他的母×。」（穆斯塔法・蒙德皺眉。「難道這笨蛋以爲我太神經質，不敢看到那個詞完整寫出來嗎？」）「一部分則是他的興趣投注在他所謂的『靈魂』上，他堅持把它視爲與實體環境無關的個體，但我試著對他指出……」

管理者跳過下句話，正準備翻頁尋找更具體的內容時，眼睛瞧見一段相當令人驚奇的話：「……雖然我必須承認，」他讀著。「我同意野蠻人的觀點，認爲文明的幼稚在於太容易取得了，或者照他的說法，代價還不夠多；我也想趁此機會將福特閣下您的注意力拉到……」

穆斯塔法・蒙德的怒氣幾乎是立刻被欣喜取代。一想到這人居然嚴肅地訓斥他——他耶——講起社會秩序的事就實在太過好笑，這人一定是瘋了。「我應該給他一個教訓。」他對自己說；接著他仰頭大笑出聲。好吧，暫時還是先不用給任何教訓好了。

這是製造直升機燈具的小工廠，爲「電子用品公司」的分部。他們在工廠頂樓上由首席技師和人事經理接見（這全得感謝管理者那封通知信的推薦，效果十分神奇）。他們走下樓進入工廠。

「每段生產過程，」人事經理解釋。「目前都盡可能由單一一個波康諾夫斯基群體的成員負責。」

確實，八十三名幾乎沒長鼻子、短頭顱的戴爾他族黑人正在做冷壓程序。五十六台有四根軸在夾緊和轉動物品的機器則由五十六位長鷹勾鼻和紅頭髮的伽馬族操作。一百七十個經過高溫制約訓練的艾普西隆族塞內加爾人在鑄造廠裡工作。三十三位頭顱狹長、骨盆窄、黃棕色頭髮的戴爾他族女性正在切割螺絲，她們的身高全落在一英尺九六的二十公釐誤差範圍內。組裝室裡的發電機正由兩組伽馬正族矮人組裝，兩排矮工作桌彼此相對；它們中間是裝著個別零件緩緩前進的輸送帶；四十七頂金髮面對著四十七頂棕髮，四十七個塌鼻子對著四十七個鷹勾鼻，四十七個短下巴對著四十七個凸顎。組裝完成的機械裝置由十八名一個模子刻出來、有紅褐色捲髮、穿伽馬族綠衣的女孩檢查，並由三十四位短腿、左撇子的男性戴爾他負族裝進箱子，再由六十三個藍眼、有亞麻色頭髮且長雀斑的艾普西隆族半白癡裝上等著出貨的卡車與貨車。

「喔，美麗新世界……」野蠻人的記憶惡意作祟，他發現自己忍不住重複米蘭達的台詞。

「喔，美麗新世界，有這樣的人在裡面。」

「我跟您保證，」等他們一離開工廠，人事經理就總結。「我們的工人幾乎不曾替我們帶來麻煩過。我們總是發現……」

可是野蠻人突然從同伴身邊跑開、躲到一叢月桂樹後面劇烈嘔吐，彷彿剛坐在遭遇下沉氣流、猛然下墜的直升機上似的。

「野蠻人，」伯納德在信中寫道。「拒絕服用索麻，而且似乎因為那位女人琳達——他的母╳——永久逗留在藥物假期裡而深感苦惱。值得注意的是，儘管他的母╳模樣衰老、外表令人厭惡，野蠻人仍然經常去看她，也顯然相當依附她——這個有趣的例子展示了幼年制約訓練可以改變天性，甚至能加以抵銷（依此例來說，就是迴避討人厭東西的衝動被改變了）。」

他們在伊頓公學降落在高級學院的屋頂上。學校庭院對面是五十二層樓的魯普頓塔④，在陽光中閃耀著白光。學院在他們左邊，右邊則是學校唱詩堂⑤，用脆弱的鋼筋混凝土和透紫外線玻璃矗立著。四方院中央立著古色古香的吾父福特鍍鉻鋼製雕像⑥。

他們走下飛機時，高級學院院長蓋菲尼博士和女校長濟慈小姐迎接他們。

「你們這裡有很多孿生兒嗎？」他們展開巡視時，野蠻人頗為擔憂地問。

「喔，沒有，」院長回答。「伊頓公學專門只收高階級的男孩和女孩。一顆卵，只長一個成人。這當然會讓教育更困難，但是他們將來會被要求扛下責任，好應付未預料的危機。這是沒辦法的事。」他嘆息。

這時伯納德則對濟慈小姐展現出強烈的迷戀。「看你星期一、星期三或星期五哪個晚上有空，」他正在說，朝著野蠻人扭拇指。「你知道的，他很好奇，」伯納德補充。「他很有趣哪。」濟慈小姐微笑（他也覺得她的笑容的確很迷人）；她說，謝謝，她很樂意參加他的其中一場派對。院長打開一扇門。

五分鐘後，那間阿爾發雙正族教室上課的內容讓約翰滿頭霧水。

「什麼是基礎相對論？」他小聲問伯納德。伯納德試著解釋，然後心想算了，建議他們應該走去別的教室。

一扇門背後的走廊通往貝塔負族地理教室，有個嘹亮的女高音在那邊喊著：「一、二、三、四，」接著又用疲累的不耐煩口氣說：「回到上一步動作。」

「馬爾薩斯訓練，」女校長解釋。「當然，我們大多數女學生是不孕女，我自己就是。」她對伯納德嫣然一笑。「但是我們有大約八百名未絕孕的學生，需要不斷訓練。」

約翰在那間貝塔負族地理教室學到，「一個野蠻人保留區是出於氣候或地理條件不討喜，或者缺乏自然資源，因而不值得投入文明化支出的地方。」喀一聲；房間變暗了，女校長頭上的螢幕突然出現阿溝瑪村的苦行兄弟會信徒，他們跪拜在聖母面前，像約翰聽過的那樣哭號、在十字架上的耶穌及蒲康神的老鷹畫像面前懺悔他們的罪。伊頓公學的年輕學生哈哈大笑，根本是用吼的；仍在哭號的苦行兄弟會信徒站起來、脫下上半身衣物，然後開始拿打結的鞭子鞭打自己，一下接著一下。哄笑加倍了，連影片放大的呻吟聲都被淹沒。

「他們爲什麼要笑？」略帶痛苦的野蠻人困惑問。

「您問爲什麼？」院長轉向他，臉上仍掛著大大的咧嘴笑。「爲什麼？因爲它好笑到極點呀。」

伯納德在如電影院的微光中冒險做了個舉動，他以前就算在完全漆黑中也壓根沒膽做。他憑著新獲得的自命不凡感，把手摟在女校長的腰上。她的腰像柳樹般屈服了。他正準備偷親對方一兩下、也許輕輕捏一把時，窗簾喀一聲重新打開。

「我們繼續參觀吧。」濟慈小姐說，朝門走去。

「至於這裡，」院長過了一會兒後說。「是睡眠學習控制室。」

好幾百個合成音樂盒，每個宿舍都分到一個，在房間三面的架子上一字排開；第四面牆的鴿巢式抽屜則放著紙捲音軌帶，上頭印著不同的睡眠學習課程。

「你把紙捲放進這裡，」伯納德解釋，打斷蓋菲尼博士的話。「然後按下這個開關……」

「才不是，是那個。」院長惱怒地糾正。

問。

「好吧，是放進那個。紙捲會捲開來，硒單元會把光波轉成聲波，然後……」

「然後就放出來了。」蓋菲尼總結。

「他們會讀莎士比亞嗎？」他們往生物化學實驗室走回去、途中經過學校圖書館時，野蠻人問。

「當然不會！」女校長紅著臉說。

「我們的圖書館，」蓋菲尼博士說。「只藏有索引書。假如我們的年輕人需要找東西分心，他們大可去劇院看有感電影。我們不鼓勵他們沉溺於任何獨處式的娛樂。」

五輛巴士裝滿男孩與女孩、在玻璃化的高速公路上駛過他們身邊，孩子們不是在唱歌就是沉默地抱在一起。

「剛剛從斯勞火化場回來，」蓋菲尼博士解釋，伯納德則小聲跟女校長約好今晚見面。「死亡制約訓練從十八個月大開始進行，每個孩子每星期得花兩天早上去其中一間垂亡者醫院。那裡放著最好的玩具，有人過世的日子就會發巧克力冰淇淋。在那可以學會把死亡當成再自然不過的事。」

「就像任何其他的生理過程。」女校長專業地插話。

伯納德跟她已經約好晚上八點約在薩伏依飯店了⑦。

他們回倫敦的路上順便路過賓福特的「電視機公司」工廠。

「你介意在這裡等一下，讓我去打個電話嗎？」伯納德問。

野蠻人邊等邊看別人。日班才剛剛下班，成群低階級工人在單軌列車站前面排隊——七八百名伽馬族、戴爾他族與艾普西隆族男女，他們擁有的面孔跟身材種類不超過一打。售票員會把一個小紙盒連同車票推給每個人。男女的隊伍如長龍般緩緩前進。

「那些——」（他想起《威尼斯商人》的三個彩箱⑧）「那些盒子裡面是什麼？」伯納德回來以後，野蠻人問他。

「今天的索麻配給，」伯納德有點含糊地說，因爲他正嚼著一塊貝尼托·胡佛送的口香糖。「他們工作結束後就會拿到，四片半公克藥片。星期六發六片。」

他親暱地抓著約翰的手臂，兩人走回直升機那裡。

列寧娜唱著歌踏進更衣間。

「你似乎非常滿足。」芬妮說。

「我很高興，」她回答。刷！拉鍊解開。「伯納德半個小時前打電話來。」刷！刷！她脫下短褲。「他臨時有約會。」刷！「問我今晚能不能帶野蠻人去看有感電影。我得搭飛機走了。」她匆匆趕去浴室。

「她眞是幸運的女孩。」芬妮望著列寧娜離去，對自己這樣說。

這句評論裡不帶忌妒；好脾氣的芬妮只是在陳述事實。列寧娜的確很幸運；她運氣好到能跟伯納德共享野蠻人龐大名氣的一大部分，運氣好到能從她以前那個微不足道的自己跳到今天極爲出名的光環。比如福特女青年團幹事請列寧娜過去演講、阿芙羅黛蒂俱樂部的年度晚宴也邀請了她、連有感音頻新聞都邀請她上了節目——對全球數不清的數百萬人呈現她的影像、聲音跟觸感。

全球名人對她的關注也一樣讓她開心。西歐洲現任世界管理者的二等祕書邀她去吃晚餐與早餐；她跟福特首席法官共度了一個週末，再跟坎特伯里社區唱詩會大教長⑨過一週末。內外分泌物公司總裁不停打電話來，她也和歐洲銀行副主席去了趟法國多維爾。

「這樣當然很棒。可是某方面來說，」她曾對芬妮坦白。「我覺得我好像在假扮別人。因爲，當然囉，他們想知道的第一件事都是跟野蠻人做愛是什麼感覺，我也只能說我不知道。」她搖頭。「當然大部分男人都不相信我。可是那是眞的。我眞希望事情不是如此。」她難過地補上最後那句，嘆口氣。「野蠻人眞的長得很俊美，你不覺得嗎？」

「他不是喜歡你嗎？」芬妮問？

「有時候我覺得他喜歡我，有時又感覺不是。他老是想盡辦法迴避我；在我進入房間時走出去；不肯碰我，甚至不看我。但有時我如果突然轉身，我會發現他在盯著我瞧；然後——唔，你也知道男人們喜歡你時，應該會是怎樣瞧著你的。」

對，芬妮知道。

「所以我實在搞不懂他。」列寧娜說。

她理不出頭緒；而且豈止是困惑，她還相當生氣。

「因爲你知道吧，芬妮，我喜歡他。」

她已經越來越喜歡他。她心想，好吧，現在她有眞正的機會了，她邊想邊在淋浴後給自己擦香水。拍、拍、拍——眞正的良機。她的興高采烈情緒滲進一首歌裡：

「摟我入迷鄉，蜜糖
吻我直到我迷茫；
抱我寶貝，暖兔子
愛情美好如索麻。」

氣味風琴正在演奏一首討喜、令人提神的藥草隨想曲——蕩漾的百里香、薰衣草、迷迭香、羅勒、琶音、香桃木及龍蒿的琶音；一連串大膽的轉調，從香料的調子轉進龍涎香；接著曲調緩慢回到檀香木、樟腦、切達起司和剛刈過的乾草（並偶爾微妙地加點不和諧音——一絲腰子布丁的氣息，以及最微弱的豬糞味暗示），再回到曲子一開頭的單純芳香樂段。最後一陣震撼收尾的百里香氣味淡去；掌聲響起，燈光點亮。合成音樂機裡的紙帶開始捲開，此刻播放的是超高小提琴、超級大提琴與仿雙簧管的三重奏，令空氣中塡滿使人愉快的倦怠感。過了三四十個小節後，就在器樂的背景中，一個更具人性的嗓音開始囀鳴；聲音一會兒嘶啞、一會兒從腦中傳來，一下子淺如笛聲、一下又灌滿渴望的和絃，它只消開口唱歌、穿透人心地發聲，便能不費吹灰之力打破男低音卡斯帕．佛爾斯特⑩的最低音域，並遠遠超越女高音魯克蕾齊亞．艾古依亞瑞⑪尖銳的最高C音蝙蝠音（她於一七七〇年在帕爾瑪的公爵歌劇院演出如此絕技，並令莫札特大感震驚），歷史上所有的歌手都無法望其項背。

列寧娜與野蠻人坐在他們的充氣椅上，聽著、聞著，現在輪到他們的眼睛與皮膚享受了。劇院內的燈光熄滅；熾烈的文字化為實體，彷彿在黑暗中自行漂浮似的。《直升機的三週冒險之旅》：超級歌唱、合成嗓音、上色、立體視覺有感電影，附氣味風琴同步伴奏。

「握住你椅子扶手上的那些金屬球，」列寧娜小聲說。「不然你就體會不到任何感官效果了。」

野蠻人照做了。

同時那行燃燒的文字消失；有十秒的時間是漆黑一片。接著立體影像突然出現了，是一位龐大黑人與一位金髮、年輕、短頭顱的貝塔正族女性，令人眼花撩亂、難以言喻地比血肉之軀還眞實，比現實世界更像眞的。

野蠻人目瞪口呆。他唇上的感受哪！他舉起手摸嘴；搔癢感消失了。他把手放回金屬球上，感覺重新出現。這時氣味風琴吐出純粹的麝香，音軌的一個超高鴿子音則柔情哼著「喔——喔」；而每秒只震動三十二次的更低沉非洲男低音則回應：「啊——啊。」「喔——啊！喔——啊！」立體影像中的嘴唇重新相貼，再次地阿蘭布拉劇院裡六千名觀眾的臉部性感帶便受到通電似的、令人幾乎無法承受的快感。「喔……」

電影劇情極爲單純：最初幾分鐘的喔喔和啊啊聲過去後（那是一段在著名的熊皮地毯上吟唱跟來一段小床戲二重唱——社會地位預定室副室長說得完全沒錯，你能清楚感覺到個別的熊毛），黑人發生了一樁直升機意外，摔倒撞到頭，咚！額頭的劇痛眞可怕！觀眾齊聲傳出一陣喔和啊聲。

腦震盪把黑人的制約訓練徹底打掉了，他對那位貝塔族金髮女產生了瘋狂的獨占欲。她抗議，他堅持；接下來上演了爭鬥、追逐、攻擊情敵，最後是聳人聽聞的的綁架案。貝塔族金髮女結果被強行帶到天上關著，於直升機上度過三星期、跟那位瘋子黑人來段瘋狂的反社會面對面交談。最後經歷過一連串的冒險與大量空中特技後，三位英俊年輕的阿爾發族成功營救出她。黑人被送到成人重新制約中心，電影快樂又高雅地落幕，貝塔族金髮女則成了她三位救命恩人的情婦。這些角色先暫時打斷自己的戲，唱一段合成四重奏，超級管絃樂伴奏音量全開、氣味風琴也奏出梔子花香。然後熊皮地毯最後一次露臉，劇末的立體影像親吻便在刺耳的薩克斯風聲中消失在遠方，最後一絲電子刺癢感在觀眾的唇上消逝，有如死去的蛾顫抖、抖動，越來越微弱、越來越黯淡，終於陷入寂靜、靜止不動。

可是對列寧娜而言，蛾還沒完全死去。即使燈光已經亮起、他們拖著腳跟著人群慢慢走向電梯時，蛾的鬼魂仍舊搔著她嘴唇，仍在她肌膚上勾勒出微微顫抖、由渴望與愉悅築構的道路。她雙頰泛紅，抓著野蠻人的手放在她身側。他低頭看她一會兒，臉發白、痛苦又帶著渴望，也對自己的欲望感到羞恥。他不值得，他配不上……兩人的眼神一時交會。她的眸子裡藏著多大的珍寶哪！根本能拿來交換皇后的性情了。她趕緊瞥開眼，掙脫被抓住的手。他暗地嚇壞了，唯恐她會停止當那個讓他感覺配不上的東西。

「我覺得你不應該看那種東西。」他說，趕緊把心思從列寧娜身上轉到周遭情境，想找個在過去或可能未來能偏離完美程度的東西。

「什麼東西，約翰？」

「這部可怕的電影。」

「可怕？」列寧娜眞心感到震驚。「可是我覺得它很棒耶。」

「它很惡劣，」他憤慨地說。「它很卑鄙。」

她搖頭。「我不曉得你是什麼意思。」他爲什麼這麼奇怪？他幹嘛要故意破壞氣氛？

他在計程直升機裡幾乎不看她。就像受制於一個沒有說出口的誓言，遵從已經消失的古老律法，堅決轉開目光，不發一語坐在那裡。有時候，彷彿有根手指撥動了哪根繃緊、即將斷裂的弦似的，他的整個身體會突然緊張地震一下。

計程直升機降落在列寧娜的公寓大樓屋頂上。「終於啊。」她下機時狂喜地心想。終於來了——即使他在這之前都表現得非常奇怪。她站在一盞燈下看自己的掌上化妝鏡。時刻終於到了。沒錯，她的鼻子的確有點太油亮了。她吹口氣把鼻子上一些鬆粉抖掉。趁他付計程機的錢時還有剛好夠多的時間補妝。她抹掉發亮的地方，心想：「他眞的好帥呢。他沒必要像伯納德一樣害羞吧，可是……換做其他任何男人早就出手了。好吧，現在機會終於來了。」小圓鏡內的那一小張臉微笑著。

「晚安。」一個壓抑的嗓音在她背後說。列寧娜轉身；他正站在計程機的門口，兩眼不動盯著她；他顯然在她剛才給鼻子擦粉時一直都在看她，而且等著——可是等什麼呢？還是他猶豫了，試著下定決心，整段時間都在想——在想——她想像不出來他會在想哪種離奇的念頭。「晚安，列寧娜。」他重複，並做個奇怪的撇嘴表情，試圖擠出微笑。

「可是，約翰，我以爲你要……我是說，你難道不想……？」

他關上門、傾身對駕駛說了什麼話。計程機竄上天空。

野蠻人低頭越過地板的窗戶能看見列寧娜抬起來的臉，在泛藍的燈光下顯得蒼白。那張嘴張著；她正在喊叫。她縮小的身影迅速遠離他；縮小的屋頂廣場彷彿在黑夜中墜落。

五分鐘後，他就回到自己的房間。他從藏東西的地方取出被老鼠啃食過的書冊，用虔誠的謹慎翻過髒污、揉皺的書頁，然後開始讀《奧賽羅》。他記得，奧賽羅就跟《直升機的三週冒險之旅》

的英雄主角一樣——是個黑人⑫。

列寧娜則擦乾眼睛，穿過屋頂走去電梯。她下樓到二十七樓時掏出索麻藥瓶，認定吃一公克還不夠；她承受的折磨超過一公克。但是若她吃兩公克，就會冒著明早沒法準時起床的危險。她選擇折衷方案，搖出三顆半公克的藥片。

譯註：

①《安東尼與克利歐佩特拉》第一幕第三景。

②達羅毗荼人 Dravidian，印度次大陸南方的一支民族。

③愛麗兒是《暴風雨》的精靈，可以飛快來去。然而，這句話其實是《仲夏夜之夢》的精靈撲克在第二幕第一景說的。

④伊頓公學（Eton College）裡的魯普頓鐘塔（Lupton's Tower），以英國律師與校長 Roger Lupton（1456-1540）命名，建於一五二〇年。當然，本書裡是指新的建築了。

⑤取代了建於十五世紀的伊頓公學禮拜堂（Eton College Chapel）。

⑥取代一七一八年製的亨利四世青銅雕像。

⑦薩伏依飯店 Savoy Hotel，倫敦西敏市的知名豪華旅館，開業於一八八九年，許多名人都在

該處表演過。

⑧在《威尼斯商人》，富家女繼承人波西雅的父親留給她金銀鉛三個箱子（casket），追求者必須選到正確的才能娶她。

⑨坎特伯里社區唱詩會大教長：影射坎特伯里大主教。坎特伯里大主教同時也是全英格蘭主教長、普世聖公宗精神領袖，地位甚高。此外，書裡大教長的世俗行為或許是影射一九三〇年聖公會出於社會壓力，宣布避孕手段可以用於「某些」情況的歷史。

⑩原文是Gaspard Forster，《大英百科全書》第九版（一八八九年）等版本就記載他能唱三個八度的低音，比中央C低將近兩個八度，但沒有其他說明。這人有可能是德國作曲家Kaspar Förster（1616-1673），據說年輕時是位知名男低音。

⑪克蕾齊亞・艾古依亞瑞 Lucrezia Aguiari（1741-1783），義大利花腔女高音，能唱三個半八度的高音，這裡提到的C音比正常女高音高八度。莫札特的父親李奧波德・莫札特在一七七〇年的信中說：「我不敢相信她唱到最高女高音C音，但是我的耳朵說服了我。」

⑫奧賽羅是北非摩爾人。

Chapter 12

第十二章

伯納德必須越過上鎖的門大喊——野蠻人不肯開門。

「大家都在這邊等你欸。」

「就讓他們等吧。」模糊的嗓音穿過門傳來。

「可是你知道你讓他們等很久了，約翰。」（使盡全力大喊時，要讓聲音有說服力眞難哪！）

「我特地請他們過來見你的。」

「你應該事先問我想不想見他們。」

「可是你之前總是會出來啊，約翰。」

「這就是爲什麼我這次不想出來。」

「就當作讓我開心嘛，」伯納德吼著甜言蜜語。「你不想出來讓我開心嗎？」

「不要。」

「你是說眞的？」

「對。」

伯納德絕望地哀嚎：「那我要怎麼辦？」

「下地獄去！」房內嘶啞的聲音吼著。

「可是今晚有坎特伯里社群唱詩會大教長在場耶。」伯納德快哭出來了。

「Ai yaa tákwa!①」野蠻人唯有用祖尼語才能充分表達他對社群唱詩會大教長的感受。「Háni!」他事後想到，補上一句；接著（用了多麼值得嘲笑的兇殘感哪！）「Sons éso tse-ná.」然後他學波貝那樣對地板吐口水。

最後伯納德只得失勢地潛逃回房間，通知不耐煩的與會者說野蠻人今晚不會現身。人們聽到消息都很憤慨；男人們很氣被騙來討好這位不重要、名聲難聽又有異端意見的傢伙。階級地位越高的人，怨恨就越深。

「竟敢對我開這種玩笑，」唱詩會大教長不斷重複。「對我！」

至於女人們，她們群情激憤地覺得被假象騙了——被一個討人厭的矮冬瓜騙，這傢伙被一個有伽馬負族身材的東西不小心將酒精灌進他的胚胎瓶裡。這眞是無法無天，她們也如此表示，講得越來越大聲。伊頓公學女校長尤其用語苛刻。

只有列寧娜一個人沒說什麼，臉色蒼白，藍眼眸被不尋常的愁思籠罩著，沉浸在一種情緒裡，使她跟身邊體會不到這種感覺的人隔絕開來。她原本帶著滿心詭異的渴望狂喜來參加派對。「再過幾分鐘，」她進房間那時對自己說。「我就會見到他，跟他說話，告訴他……」（她過來時已經打定主意）「我喜歡他——比我認識過的任何人還喜歡。然後也許他會說……」

他會說什麼？熱血湧上她的雙頰。

「他爲什麼那天晚上看完有感電影後變得這麼奇怪？變得好詭異。我完全確定他蠻喜歡我的。我確定……」

伯納德卻在這時宣布：野蠻人不會來參加派對了。

列寧娜突然有種感覺，通常只有在接受強烈激情替代劑治療的一開始才能感受得到——可怕的空虛、喘不過氣的擔憂、想吐。她的心臟彷彿停了。

「也許是因爲他不喜歡我。」她對自己說。再次地這種可能性變成了已知的斬釘截鐵結果：約翰拒絕現身，是因爲他不喜歡她。他根本不喜歡她……

「眞蠢。」伊頓公學女校長正在對火化暨磷質回收場主任說。「我想到這件事時，我其實……」

「對，」芬妮・克勞恩的聲音插進來。「酒精的事絕對是眞的。我認識的人認識一個人，那時在胚胎儲存室工作。她跟我朋友講，然後我朋友跟我講……」

「太糟了，太糟糕了，」亨利・佛斯特說，贊同唱詩會大教長的意見。「您也許想知道，我們的前主任當時打算把他調到冰島呢。」

人們吐出來的每個字都像利劍，將伯納德的快樂自信氣球戳出一千個傷口、令它洩氣。蒼白、心煩意亂、難堪又激動的他在客人之間移動，結結巴巴吐出不連貫的致歉，對他們保證野蠻人下回絕對會出席，懇求他們坐下，再拿個胡蘿蔔素三明治、吃片維他命A肝醬、喝杯人造香檳。他們適當地進食，可是不理他；他們喝酒，且不是當著他的面表現得很粗魯，就是大聲又冒犯地跟別人講他的事，好像他不在場一樣。

「好了，我的朋友們，」坎特伯里社群唱詩會大教長說，用著他主持福特日慶祝時會用的美麗宏亮嗓音。「好了，我的朋友們，我想現在也許應該……」他起身，放下杯子，把大量零食在紫色人造絲背心上累積的碎屑撢掉，然後走向門口。

伯納德飛奔過去攔截他。

「您眞的要走嗎，唱詩會大教長？……現在還很早呢。我希望您能……」

沒錯，當列寧娜私下對他透露唱詩會大教長只要收到邀請就必會接受時，伯納德不就抱著這種期望嗎？「你知道，他眞的蠻貼心的。」她也給伯納德看唱詩會大教長送她當週末紀念物的小小T字金色拉鍊頭——她那個週末跟他去了蘭貝斯唱詩堂②。來見坎特伯里唱詩會大教長與野蠻人先生！伯納德在每張邀請卡上宣告他的勝利。可是過了這麼多天晚上，野蠻人卻偏選在今夜反鎖在房間裡大吼「Háni!」甚至是（幸好伯納德聽不懂祖尼語）「Sons éso tse-ná!」這本來會是伯納德整個生涯的巔峰，結果卻成了他最大的恥辱。

「我非常希望……」他結結巴巴重複，用哀求、心煩意亂的眼神抬頭看這位顯貴要人。

「我年輕的朋友，」唱詩會大教長用大聲、正式的嚴肅感說；現場沉寂一片。「讓我給你一個忠告。」他對伯納德扭手指。「趁事情還沒太晚之前，給你一個好忠告，」（他的嗓音變得陰森。）「快補救你的行爲，我的年輕朋友。回頭是岸。」他對自己身上劃個T字，然後就轉身走開。「列寧娜，親愛的，」他換個口氣喊。「跟我走吧。」

列寧娜聽話、但毫無笑容（絲毫沒意識到大教長給她的面子）也毫無興奮之情地跟著對方走出房間。其餘客人隔著尊敬的距離跟上。最後一人用力摔上門，留下伯納德一個人。

被戳破、徹底洩氣的伯納德跌坐進一張椅子裡，用手掩住臉開始痛哭。不過幾分鐘後，他決定別哭了，吞下四片索麻藥片。

此時，野蠻人正在他樓上的房間裡讀《羅密歐與茱麗葉》。

列寧娜與唱詩會大教長下飛機走到蘭貝斯唱詩堂的屋頂上。「快點，我的年輕朋友——我是說列寧娜。」唱詩會大教長不耐煩地從電梯門邊喊。列寧娜停了一會兒看月亮，然後垂下眼睛，匆匆趕過屋頂加入對方。

穆斯塔法・蒙德剛剛讀完的論文的標題是〈新生物學理論〉。他坐著沒動一陣子，皺眉沉思，接著拿起筆在標題頁上寫字：「作者對於研究目的概念的論述既新穎又精巧，然而走異端路線，且考慮到當前社會秩序，是危險且具有潛在破壞性的。不得出版。」他在最後那行字底下劃線。「作者將接受持續監督，有必要就調到聖赫勒拿島海洋生物研究站。」他簽下自己的名字，心想眞是可惜呀。這篇論文是大師傑作，但是你一旦開始欣賞研究目的的解釋——唔，你不會曉得這將帶來什麼後果。高階級人士中比較不安分的腦袋有可能會被這類概念輕易改變制約訓練——使他們喪失將快樂視爲「至善」的信念，轉而相信人的用處存在於當下人類生活圈的外面某處，生命的意義不僅是維繫福祉，而是要加強並昇華意識、追求更多知識。管理者認爲這種思想巒有可能是對的，但在目前環境下不得出現。他重新提起筆，在「不得出版」那行字底下劃第二條線，比第一條更粗更深，然後嘆息：「如果一個人不必什麼都追求快樂，」他想。「那會有多好玩啊！」

約翰閉著眼，臉上因狂喜而容光煥發，對著空房間慷慨激昂朗誦：

「啊！她比滿堂的火炬還要亮。
她好像是掛在黑夜的頰上，
有如黑人戴的寶石耳墜；
平時不宜戴，在塵世也嫌太寶貴！」③

金色T字發著光躺列寧娜的胸口上。唱詩會大教長好玩地抓住它、嬉鬧地往下拉、拉開。「我覺得，」列寧娜突然說，打破漫長的沉默。「我最好吃兩公克的索麻。」

伯納德這時已經深深沉入夢鄉，在私密的夢境天堂裡微笑，笑個不停。可是每隔三十秒鐘，他床上面的電動鐘的分針就會往前跳一格，發出幾乎聽不見的噠聲。噠、噠、噠、噠……然後就是早上了，伯納德又回到空間與時間的悲慘世界。他搭計程機到制約訓練中心上班時，意志消沉到谷底，成功帶來的陶醉感已經蒸發無蹤；他回到清醒的老自己，而這個舊自我跟過去幾星期那曇花一現的氣球比起來，似乎史無前例地比周遭氣氛還重上許多。

野蠻人看見這樣洩氣的伯納德，意想不到地展現出令人訝異的同情。

「你這樣比較像在馬爾帕伊斯的你，」伯納德對他講了自己的憂愁故事時，野蠻人說。「你記得我們第一次交談的時候嗎？在那間小屋外面。你現在就像當時那樣。」

「因為我又不快樂了，這就是原因。」

「唔，我寧願不快樂，也不要你們這邊享受的這種虛偽、騙人的快樂。」

「我就喜歡啊，」伯納德不高興地說。「尤其事情都是你造成的。拒絕來我的派對，害他們全都瞧不起我！」他曉得自己的話不公平得可笑；他私下也承認這點，最後甚至還大聲贊同野蠻人此刻說出的事實，也就是這些朋友根本不值得交往，他們只受到絲毫挑釁就變成迫害他的敵人。但儘管他理解這點並承認這些事，儘管他這位朋友的支持與同情成了他如今唯一的慰藉，伯納德對野蠻人不僅產生眞誠的愛慕，也繼續頑固滋養一股暗中的不滿，思索要如何對野蠻人來個小復仇。對唱詩會大教長抱持不滿是沒用的；而他完全沒機會報復首席脫瓶員或社會地位預定室副室長。對伯納德而言，野蠻人當受害者的用處遠遠優於其他人，因爲他唾手可及。朋友的主要功用之一便是（以更輕微和象徵性的方式）承擔我們很想要做、卻無法施加給敵人的懲罰。

伯納德的另一位受害者（朋友）則是赫姆霍茲。當伯納德感到窘迫，跑去找赫姆霍茲、再次尋求對方的友誼時（儘管他在風光時不認爲這種友誼值得他保留），赫姆霍茲依然給了他，也毫無半句指責跟評論，彷彿早就忘了兩人吵過架。感動的伯納德同時也這種寬宏大量弄得羞恥——而且此種寬宏更爲不凡、更令伯納德蒙羞的是，它跟索麻藥效毫無關聯，一切都拜赫姆霍茲的人格之賜。選擇遺忘和原諒的人是日常的那位赫姆霍茲，不是吃了半公克索麻度假去的赫姆霍茲。伯納德因此很感激（能重新得到朋友眞是一大慰藉），同時又心懷恨意（能報復赫姆霍茲的慷慨大量想必會是樂事一件）。

伯納德在兩人失和後的第一次會面中，滔滔不絕吐出他的不幸，並接受對方的安慰。不過直到幾天後，他才很驚訝並帶著一絲羞愧得知，他並不是唯一惹上麻煩的人；赫姆霍茲同樣跟當局起了衝突。

「是跟一些詩有關，」赫姆霍茲解釋。「我照常給三年級上進階情緒工程課。一共十二堂課，第七堂是關於韻文，精確地來說是『如何使用韻文於道德宣傳與廣告』。我總是在我的課上拿很多技術文章當範例，這次我給他們看我自己剛寫的一段內容。這樣做當然是完全瘋了；可是我就是忍不住。」他大笑。「我很好奇想看他們的反應是怎樣。何況，」他更嚴肅地補充。「我想做點宣傳；我試著引發他們體驗我寫這些詩時得到的感受。福特啊！」他又大笑。「引發的喧然大波眞大！校長審訊我，並威脅要開除我。我已經被列入黑名單了。」

「可是你的詩是在講什麼？」伯納德問。

「講的是孤獨。」

伯納德的眉頭挑起來。

「如果你想要，我引述給你聽。」於是赫姆霍茲開口：

「昨日會議
像敲在破鼓的棒；
城內午夜，
如眞空裡的笛簧；
闔著的嘴與沉睡臉龐，
如一切機械停止擺盪；

幽靜淩亂之地，
人群早已離去兮——
所有沉默皆歡喜；
哭泣（聲響高與低），
它開口動嗓——
儘管吾不知來自何方。

少了蘇珊的、
少了艾格琳娜的手臂和胸脯，
嘴唇與，啊，屁股，
緩緩製造出存在；
是誰？我也得問，何哉，
本質如此荒謬，
此樣東西卻依舊，
令虛無的夜，
比我們交合的夜，

帶來更充實之意義，
它爲何看似如此卑鄙？

唔，我拿這段文給他們當範例，然後他們就向校長檢舉我。」

「我不意外，」伯納德說。「這違逆了他們所有的睡眠學習內容。請記住，他們聽過起碼二十五萬次反對獨處的警告。」

「我知道。但是我當時覺得想看看效果如何。」

「好吧，你現在曉得了。」

赫姆霍茲只是大笑。「我感覺，」他說，然後過了一段沉默後：「我好像才正開始有東西能寫，好像我才剛開始能運用我在心中感受到的能力——那種額外、潛伏的力量。彷彿有東西正要出現在我面前。」伯納德心想，這人雖然麻煩纏身，卻似乎非常快樂。

赫姆霍茲與野蠻人一拍即合，兩人之間熱誠得使伯納德忌妒得要命。他在那麼多星期裡跟赫姆霍茲發展的關係，似乎根本沒有像赫姆霍茲和野蠻人一見面就建立的友誼這麼親密。他注視他們、聽他們交談時，發現自己有時會心懷怨恨，暗地希望他沒有把他們倆送作堆。他對自己的忌妒感到丟臉，轉而用決心和索麻讓自己甩開這種感受。只是效果不太成功；而且索麻假期之間一定有間隔的時間。那種令人作嘔的情緒會不斷浮上檯面。

赫姆霍茲第三次跟野蠻人見面時，他引述了自己的孤獨詩。

「你覺得怎樣？」他唸完後問。

野蠻人搖頭。「聽聽看這個。」他這樣回答；然後他打開上鎖的抽屜，他那本老鼠咬過的書就收在那裡。他打開書讀著：

「阿拉伯獨有一樹，
樹上有鳥最激越。
請它做先導和號角……」④

赫姆霍茲聽著，感到越來越興奮。他聽到「阿拉伯獨有一樹」時嚇一跳；聽到「可是嘶叫的梟」時因突然湧上的欣喜而微笑；聽到「一切霸道的翅膀」時熱血湧上他的臉頰；然而他聽到「來唱死亡之歌」時卻臉色刷白、因前所未有的情緒而顫抖。野蠻人讀下去：

「物性變得離奇，
已身已非原身，
同質而有異名，

不叫二，也不稱一。

理智也感到困惑，

眼見是分，卻又合一……」

「雜交打鬧！」伯納德說，打斷朗讀，並發出討人厭的響亮笑聲。「這根本只是團結儀式的讚美詩嘛。」他在報復他兩位朋友，因爲他們喜歡彼此的程度超過他們喜歡他。

他在他們接下來的兩三次見面中，不斷重複這種報復的小把戲。這招很簡單，而且既然赫姆霍茲跟野蠻人聽到他們最愛的詩句水晶被敲碎、玷污時會痛苦至極，這招數也就效果奇佳。最後赫姆霍茲威脅說伯納德要是膽敢再打岔，就要把他趕出房間。但是很奇怪，下一次打岔、而且還是最可怕的打岔居然出自赫姆霍茲自己。

野蠻人正在讀《羅密歐與茱麗葉》——用著強烈、顫抖的激情來讀（因爲他一直將自己視爲羅密歐，列寧娜則是茱麗葉）。赫姆霍茲用帶著困惑的興趣聆聽這對情人的初次相遇，果園那景的詩句則令他感到高興，不過這些戲表達的情感才是讓他微笑的原因。讓人沉溺於這種搶一位女孩的心態——感覺眞是荒謬。可是看在言語的細節啊，這是多麼卓越的情緒工程傑作！「寫這個的老傢伙，」他說。「能讓我們最好的宣傳技師都徹底相形失色。」野蠻人勝利地微笑，繼續讀下去。一切都在可容忍的狀況下順利進行，直到第三幕的最後一景，卡帕萊特和卡帕萊特夫人開始脅迫茱麗葉嫁給巴利斯。赫姆霍茲在這整段戲裡坐立不安；但是當茱麗葉在野蠻人哀傷地模仿下叫喊——

「上天沒有一點慈悲，
能徹底了解我的苦楚嗎？
啊，我的好媽媽，不要丟棄我：
把這婚事延緩一個月、一星期；
如果你不肯，
請把我的新婚床，
安在提拔特長眠的幽暗墳中。」

茱麗葉說著這段話時，赫姆霍茲無法克制地爆出粗聲大笑。

母親和父親（可笑的淫穢用詞）居然強迫女兒擁有她不想要的男人！而且那個白癡女孩也沒說她已經有了偏好的別人（起碼是目前）！這情境在猥褻的荒誕中變得極端滑稽。他使出九牛二虎之力試著壓抑越來越大的發笑壓力，可是聽到「啊，我的好媽媽」那段（野蠻人用痛苦又顫抖的嗓音朗誦著），還有詩句提到提拔特長眠不起、卻顯然未火化，卻把磷質浪費在一處陰暗紀念所裡時，他就按耐不住了。赫姆霍茲不斷狂笑，笑到眼淚涔涔留下臉龐——笑得一發不可收拾，同時間氣得臉發白的野蠻人則越過書頂上看他；當笑聲仍然沒停止時，野蠻人就憤慨地闔上書、站起身來，並用個好像從豬面前搶回珍珠⑤的動作將書鎖回抽屜。

「不過，」等到赫姆霍茲得以喘過氣道歉、安撫野蠻人聽他解釋時，他說：「我理解這個人的荒唐、瘋狂的情境，正常來說，不可能把其他事情寫得像他那樣好。這位老傢伙能成爲如此絕妙的宣傳技師，就是因爲他有太多發狂、苦惱的事能讓他感到興奮了。他一定受過創傷，否則想不出這麼棒、如此深入人心、像X光般的文句。可是講到父親跟母親哪！」他搖頭。「你不能期望我聽到父親跟母親這些詞時還面不改色。而且誰會覺得一位男孩有沒有占有一位女孩的事讓人興奮？」（野蠻人臉上畏縮；不過沉思地盯著地板的赫姆霍茲啥都沒看見。）「不，」他嘆口氣總結。「那樣行不通。我們需要其他種類的瘋狂與暴力。可是是什麼呢？用什麼好呢？人要去哪兒找？」他陷入沉默，搖著頭。「我不知道，」他最後說。「我不知道。」

註：

①本章所用之祖尼語請參見書末附錄〈本書引用之祖尼語〉。

②或許指Lambeth Palace，也譯蘭柏宮，即現實中的坎特伯里大主教官邸，在泰晤士河南岸，建築年代介於十五到十九世紀都有。

③《羅密歐與茱麗葉》第一幕第五景。

④此處與以下多處出自莎士比亞的詩《鳳凰與斑鳩》。翻譯取自中國的王佐良譯版（一九九一）。

⑤典出《馬太福音》7之6：「不要把聖物給狗，也不要把你們的珍珠丟在豬前，恐怕他踐踏了珍珠，轉過來咬你們。」在豬面前放珍珠的舉動便被引申為白費力氣、對牛彈琴。

第十三章

亨利・佛斯特穿過胚胎儲存室的微光冒出來。

「今晚想跟我去看有感電影嗎？」

列寧娜搖頭，沒有說話。

「你要跟別人出去？」他喜歡打聽他的哪位朋友要跟另外哪個朋友約會。「是貝尼托嗎？」他問。

她又搖頭。

亨利察覺那雙紫色眼睛裡流露出疲憊，狼瘡似的皮膚底下發白，毫無笑意的赤紅嘴角掛著悲傷。「你不是身體不舒服吧？」他有點焦急地問，唯恐她得到了少數仍存在的傳染性疾病。

但列寧娜又搖頭。

「反正，你應該去看醫生，」亨利說。「一天一醫生，緊張不再生，」他熱忱地補充，拍一下她肩膀，對她強調他這句睡眠學習箴言。「也許你需要懷孕替代劑，」他建議。「或是一頓特別強的ＶＰＳ治療。你曉得的，有時候標準的激情替代劑效果不太……」

「喔，看在福特的份上，」列寧娜說，打破她頑固的沉默。「給我閉嘴！」然後她轉身繼續處理被她忽略的胚胎。

確實哪，VPS，強烈激情替代劑（Violent Passion Surrogate）治療！她要不是已經快要哭出來，一定會當場大笑。說得好像她自己的強烈激情還不夠似的！她深深嘆息，給針筒灌滿藥劑。「約翰，」她喃喃自語。「約翰……」然後是：「吾父福特啊，」她心想。「我到底有沒有給這個胚胎注射過腦炎疫苗？」她實在記不得了。最後她決定別冒著多打一針的險，在生產線上移動到下一個瓶子。

從此刻過了二十二年八個月又四天後，姆萬紮區—姆萬紮市一位前途光明的阿爾發負族主管死於非洲腦炎——是一個半世紀以來的第一樁病死案例。列寧娜嘆著氣繼續工作。

一個小時後，芬妮在更衣間裡活力十足地抗議：「可是讓你變成這種樣子眞的太荒謬了。根本是荒謬。」她重複。「而且是爲了什麼事？是個男人——一位男人欸。」

「可是我只想要他。」

「說得好像這世上沒有其他幾百萬名男人！」

「可是我不要他們。」

「你沒試過怎麼會知道？」

「我試過了。」

「試過多少？」芬妮問，輕蔑地聳肩。「一、兩個？」

「有幾打了。可是，」列寧娜搖頭。「結果都沒用。」她補充。

「唔，你必須堅持不懈嘛，」芬妮簡潔地說。但是她對自己的處方的信心也明顯動搖了。「不入虎穴，焉得虎子。」

「可是在這期間……」

「別去想他。」

「我辦不到。」

「那就吃點索麻。」

「我吃了。」

「好呀，那就繼續吃。」

「可是我在藥效空窗期還是喜歡他。我會一直喜歡他。」

「嗯，如果是這樣的話，」芬妮果斷地說。「你爲何不直接過去占有他，管他想不想要？」

「可是你知道他有多麼怪異嗎！」

「這更是對他採取強硬態度的好理由。」

「用嘴巴說可容易了。」

「少胡說八道了。說不如實際去做。」芬妮的嗓音就像擴音器；她嚴然就像個福特女青年團講師，在傍晚對一群青少年貝塔負族演講。「對，採取行動——就是現在。現在就去。」

「我會很害怕。」列寧娜說。

「好吧，你只要先吃半公克的索麻就好啦。我得去洗澡了。」她拖著毛巾走開。

門鈴響起，野蠻人跳起來衝到門邊，他一直沒耐性地寄望赫姆霍茲下午會過來拜訪（他打定主意要跟赫姆霍茲談談列寧娜的事，因爲他沒辦法把祕密繼續藏在心裡了）。

「我有預感是你，赫姆霍茲！」他開門時大叫。

站在門檻上的人是列寧娜——穿著白色醋酸纖維緞子水手裝，在左耳上放蕩地歪歪戴著白圓帽。

「喔！」野蠻人說，彷彿遭人痛打一拳似的。

半公克的索麻便足以讓列寧娜忘了自己的恐懼跟尷尬。「哈囉，約翰。」她笑著說，走過他身邊進入房間。他自動關上門，跟著她。列寧娜坐下。現場陷入漫長的沉默。

「你看到我好像沒有非常高興，約翰。」她最後說。

「不高興？」野蠻人責備地看她，然後突然跪倒在她面前、接過列寧娜的手並虔誠地吻它。「不高興？喔，要是你知情就好了，」他小聲說，冒險抬眼看她的臉。「可敬愛的列寧娜！①」他繼續說。「眞的，絕頂的可敬可愛，價値抵得過世人所認爲最貴重的東西！」她用散發性感的親切對他微笑。「喔，你是如此完美」（她張著嘴唇挨近他）「如此之無與倫比」（越來越近）「你是用所有生物的優點捏合成的。」繼續貼近。野蠻人突然跳起來。「所以，」他說，把臉轉過去迴避她。「我想先做一件事……我是說，藉此證明我值得擁有你。這不是說我這輩子眞的辦得到。但無論如何，我要證明我不是完全毫無價値。我要有點成就。」

「你爲什麼會覺得有必要……」列寧娜開口，卻沒把句子說完。她的聲音浮現一絲氣憤。當一個人傾身靠得越來越近、嘴唇微張，結果那個笨拙莽漢卻跳起來，使這人發現自己相當突然地傾身貼上空氣時——唔，就算這人的血液裡有半公克的索麻在循環，也有如假包換的理由應該感到惱怒。

「在馬爾帕伊斯，」野蠻人毫無條理地囁嚅。「你必須給心上人帶來山獅的皮——我是說，當你想娶某人的時候。或者是狼皮。」

「英格蘭才沒有獅子！」列寧娜幾乎是破口大罵。

「就算這裡有，」野蠻人補充，突然表現出輕蔑的憎恨。「我想人們也會搭直升機把它們殺光吧，拿毒氣瓦斯還是什麼的。我不能那樣獵山獅，列寧娜。」他挺直肩膀，大膽看她，卻碰上對方不悅的不解眼神。他困惑地說：「我什麼都願意做，」他繼續說，話越來越沒邏輯。「你要我做什麼都行。有些運動是很吃力的——你知道的，可是其中的趣味可以抵銷它②。這就是我的感受。我是說，如果你想要，我也願意幫你拖地板。」

「可是我們這裡有吸塵器呀。」列寧娜一頭霧水地說。「這樣沒必要吧。」

「不，那樣當然沒有必要，可是有些低賤的事會被高貴地承擔起來③。我想要承受某件高貴的事，你還不懂嗎？」

「可是如果有吸塵器……」

「那不是重點。」

「而且有艾普西隆族半白癡負責操作吸塵器，」她繼續說。「所以到底是爲什麼要那樣？」

「爲什麼？當然是爲了你啊，替你做的。只是要證明我……」

「而且天哪，吸塵器怎麼會跟山獅牽扯上關係……」

「好證明我有多麼……」

「或者山獅會很高興看到我是吧……」她越來越惱火。

「……有多麼愛你，列寧娜。」他幾乎是絕望地吐出來。

列寧娜內心彷彿有道驚訝的興奮海濤，令熱血直衝進列寧娜的雙頰。「你是說眞的嗎，約翰？」

「可是我還沒打算這樣講，」野蠻人大叫，出於某種痛苦而交握雙手。「我得等到……聽好，列寧娜；馬爾帕伊斯的人是會結婚的。」

「會什麼？」惱怒感重新滲進她的嗓音。他現在到底在講什麼鬼？

「永遠結婚。他們保證會廝守終生。」

「眞可怕的點子！」列寧娜眞的很震驚。

「比外表的美貌更能持久，內心恢復青春的力量恢復得比色慾的衰退更快。④」

「什麼？」

「莎士比亞的作品裡面也是這樣的。『如果你在未用盛大儀式舉行神聖婚禮之前就破壞了她的貞操帶……』⑤」

「看在福特的份上，約翰，拜託講點讓人聽得懂的話。你的話我一個字都聽不懂。先是吸塵器，然後又是帶子。你快把我逼瘋了。」她跳起來，然後彷彿唯恐他會眞的從她身邊跑掉，不僅是神智飛到天邊去，便伸手抓住他手腕。「回答我這個問題：你是眞的喜歡我，還是不喜歡？」

對方沉默片刻；接著他用非常低的嗓音開口：「我愛你勝過全世界的一切。」他說。

「那你幹嘛不早說？」她大叫，惱火感強烈到讓她的利指甲掐進他手腕。「你淨講些帶子、吸塵器跟山獅的蠢話，害我好幾個星期以來痛苦不已。」

她放開他的手，憤怒地從她面前甩開。

「要不是我這麼喜歡你，」她說。「我早就對你大發脾氣了。」

突然她的手摟住他脖子；他感覺她的嘴唇柔軟地貼在他嘴上。柔軟得好細緻呀，好溫暖、活像通了電，他忍不住想到《直升機的三週冒險之旅》裡面的擁抱情景。立體影像金髮女的喔、喔！跟比眞實還眞實的黑人的啊、啊——太可怕了，太可怕了，太可怕了……他試著抽開身，列寧娜卻抱得更緊。

「你為什麼不早說？」她低語，把臉往後拉好看著他，兩眼露出溫柔的責備。

「最幽暗的山洞，最機緣湊巧的地點，」（良心的嗓音開口成詩地如雷響起）「以及我們的劣性最強烈的誘惑，絕對不能使我的榮譽變為淫慾⑥。絕不，絕不！」他下定決心。

「你這傻孩子！」她正在說。「我太想要你了。如果你也想要我，你為什麼不……」

「可是列寧娜，」他開口抗議；她則立刻鬆開雙手，從他身邊退開，讓他有一會兒以為她搞懂了他沒說出口的暗示。但是她開始解開白色皮革子彈腰帶、小心翼翼將它擱在一張椅背上時，他就開始懷疑她誤會了。

「列寧娜！」他擔憂地重複。

她把手放在自己脖子上，垂直地長拉一下；她的白色水手上衣沿著褶邊撕開；他的疑心濃縮成了好堅固⑦的確定感。「列寧娜，你在幹嘛？」

刷，刷！她的回應沒有話語可言。她脫掉喇叭褲，拉鍊內衣是淺粉紅色。社群唱詩會大教長的金色T字拉鍊頭在她雙乳前擺盪。

「因為從胸衣縷空處暴露著吸引男人目光的那些乳頭……⑧」那些如雷的吟唱、魔法般的字句使她變得加倍危險，同時也加倍誘人。好柔軟、好柔和，可是感受又多麼尖銳！他努力鑽進理智，試圖鑽進決心。「最堅強的誓約遇到了慾火狂織的時候也就成了根稻草了；要忍耐些，否則……

⑨」

刷！刷！豐滿的粉紅衣物就像一分爲二的蘋果分家。扭扭手臂，先抬起右腳，然後是左腳：接著拉鍊內衣便毫無生氣躺著，像是在地板上洩了氣。

她仍穿著鞋子與襪子，以及頭上放蕩歪戴的白圓帽，開始靠近他。「親愛的，親愛的！要是你之前早說就好了！」她伸出雙手。

但是野蠻人沒有跟著喊「親愛的！」與伸出他的手，反而驚恐地退後，對她揮舞兩手，彷彿想把某種入侵的危險動物趕走。他後退四步，然後就靠到牆上毫無退路。

「我的甜心！」列寧娜說，把手放在他肩上、將身子貼上他。「用你的手摟住我，」她命令。「摟我入迷鄉，蜜糖。」她同樣能駕馭詩句，曉得那些唱過、像咒語和有節奏性的字句。「吻我。」她闔上眼，讓嗓音沉入帶著睡意的呢喃。「吻我直到我迷茫；抱我寶貝，暖兔子……」

野蠻人抓住她的手腕，將她的手從他肩上扯開，並粗魯地把她推到隔著手臂長的距離。

「喔，你弄痛我了。你……噢！」她突然安靜下來，震驚得忘了疼痛。她睜開眼時瞧見他的臉——不，不是他的臉，是個兇殘陌生人的臉，出於某種瘋狂、莫名其妙的怒火而扭曲抽搐。她驚愕地小聲問：「你是怎麼了，約翰？」他沒回答，只用那雙發狂的眼瞪她的臉，他抓住她手腕的手在發抖。他不規則地深呼吸。她突然聽見他磨牙齒的聲音——微弱得幾乎聽不見，卻十分駭人。「怎麼了？」她幾乎尖叫起來。

他彷彿被她的叫喊弄醒，抓住她肩膀用力搖她。「蕩婦！」他大吼。「娼妓！無恥的淫婦！⑩」

「喔，不要，不——要這樣。」她抗議，聲音因為他的搖晃而產生古怪的顫抖。

「蕩婦！」

「拜——拜託。」

「該死的淫婦！」

「一公克索麻總好過……」

野蠻人推開她，力氣大得害她踉蹌摔倒。「滾，」他吼著，威脅地站在她身邊頭上。「滾出我的視線，不然我就殺了你。」他握緊拳頭。

列寧娜舉起手臂遮著臉。「不，拜託別這樣，約翰……」

「快點。快滾！」

她仍舉著一隻手臂、用隻驚恐的眼盯著他的一舉一動，連忙爬起來蓋住頭半蹲著衝向廁所。

他揮她一記驚天動地的巴掌、響亮如手槍槍聲，加快了她逃離的速度。

「噢！」列寧娜往前一跳。

等她安安全全逃進浴室後，她才有時間檢查傷勢。她背對鏡子站著，扭頭越過左邊肩膀看，能看見赤紅的張開巴掌印清清楚楚在珍珠白的肌膚上浮現。她小心翼翼揉傷口。

至於野蠻人，他在外面的另一個房間走來走去，跟著鼓聲與魔法字句踏步、行軍：「鷦鷯在交尾，小金蠅也當著我的面宣淫。」這些字瘋狂的在他耳畔隆隆響起。「其實這淫婦幹起事來，比臭鼬或是餵了鮮草的馬還興致勃勃英里。她們自腰以下是半人馬，儘管上半截全是女人身；僅僅腰帶以上是屬於神的，以下全是妖魔的，那裡有地獄、有硫磺窟，燃燒著、惡臭和腐爛；噎，噎，噎！呸，呸！給我一兩杜麝香，好藥師，薰薰我的腦筋。⑪」

「約翰！」一個討好的小聲音冒險從浴室裡往外喊。「約翰！」

「啊，你這害人的東西，你是如此美艷芬芳，使得眼鼻都感到苦痛。這樣好的一本冊子，是爲了寫上『娼妓』這兩字的嗎？上天都要掩鼻……⑫」

可是她的香水味仍然逗留在他身邊，他的外套上沾滿白色化妝粉，散發出她那天鵝絨嬌軀的氣息。「無恥的淫婦，無恥的淫婦，無恥的淫婦。」毫不留情的節奏自己打著拍子。「無恥的……」

「約翰，你能不能讓我拿我的衣服？」

他拿起喇叭褲、上衣跟拉鍊內衣。

「開門！」他命令，用腳踹門。

「我不要。」聲音害怕又有意反抗。

「好啊，不然你以爲我要怎麼把它們拿給你？」

「從門上的通風口塞進來。」

他照她的建議做，然後回去不安寧地繞著房間踱步。「無恥的淫婦，無恥的淫婦。淫慾魔鬼，聳著他的肥臀，伸著他甜薯似的手指……⑬」

「約翰。」

他不想回應。「肥臀和甜薯似的手指……」

「約翰。」

「幹嘛？」他粗暴地問。

「不知道你能不能把我的馬爾薩斯腰帶給我。」

列寧娜坐在浴室裡聽另一個房間的腳步聲，邊聽邊想他到底要那樣踱步多久；她是不是得等到他離開公寓爲止，或者要等他的發狂消失後，還是她能否打開浴室門冒險逃出去。

她不自在地猜想這些事時，被另一個房間的電話鈴聲打斷了。腳步聲突然停住。她聽見野蠻人在電話上跟沉默對談。

「哈囉。」

「……」

「我是。」

「……」

「假如我沒有冒充自己的名義，我就是。⑭」

「……」

「對，你沒聽見我說的話嗎？我就是野蠻人先生。」

「……」

「什麼，誰生病了？我當然想知道。」

「……」

「可是那嚴重嗎？她眞的病得那麼厲害？我立刻過去……」

「……」

「已經不在她房間裡？她被帶到哪裡去了？」

「……」

「喔，上帝哪！地址在哪？」

「……」

「公園路三號⑮——是這樣對嗎？三號？多謝。」

列寧娜聽見話筒掛回去的喀聲，接著是匆匆腳步聲。一扇門用力摔上，接著沉寂一片。他眞的走了嗎？

她小心翼翼地把門打開四分之一吋的縫，越過縫隙往外瞧。外面的無人景象令她感到振奮；她稍微開得更大，接著探出整顆頭；最後她躡手躡腳踏進房間，緊張地聆聽了幾秒鐘。接著她拔腿衝向前門，打開、衝過去並用力關上，死命奔逃。一直到她進了電梯、沿著電梯井下降時，她才開始感覺自己安全了。

譯註：

①這句和後面數句皆出自《暴風雨》第三幕第一景，只不過約翰把「可敬愛的米蘭達」換了名字。

②以上數句都出自《暴風雨》第三幕第一景。
③《暴風雨》第三幕第一景。
④《脫愛勒斯與克萊西達》第三幕第二景。
⑤《暴風雨》第四幕第一景。
⑥以上數句都出自《暴風雨》第四幕第一景。
⑦引自《哈姆雷特》第一幕第二景：「啊，我願這太、太堅固的肉體消融分解而成露水！」
⑧《雅典的泰蒙》第四幕第三景，下一句是：「……都不在應受憐憫之列，要當作可怕的叛徒看待。」
⑨《暴風雨》第四幕第一景，最後那句下面是：「否則和你的誓約告別罷！」
⑩最後那句出自《奧賽羅》第四幕第二景。
⑪以上出自《李爾王》第四幕第六景。
⑫《奧賽羅》第四幕第二景的數段，被約翰拼接在一起。
⑬《脫愛勒斯與克萊西達》第五幕第二景。甜署據稱有春藥的功效。
⑭《第十二夜》第一幕第五景。
⑮在倫敦海德公園旁邊。三號現址是希爾頓飯店。

第十四章

公園路的垂亡者醫院是座六十層樓的大廈，外牆鋪著淡黃色磁磚。野蠻人走下計程機時，一隊漆著快樂色彩的空中靈車從屋頂嗡嗡起飛、迅速遠離公園，向西飛往斯勞火化場。電梯門前值班的門房給了他要求的資訊，他下樓到十七樓的八十一號病房（門房解釋是「急遽衰老」病房）。

那裡是個大房間，陽光明亮、牆上漆成黃色，而且有二十張床，上頭全部都有人。琳達的人生最後旅程有人陪伴——不只有人陪伴，還擁有一切的現代便利設施。空氣中持續響著愉快的合成曲調，每張床腳也有台電視機面對奄奄一息的病人。電視永遠不關，就像開著的水龍頭，從早上開到晚上。每隔十五分鐘，房內的主要香水味就會自動更換。「我們很努力，」在門邊接待野蠻人的護士解釋。「我們試著在這邊營造完全愉快的氣氛——介於一流旅館和有感電影劇院之間，假如您懂我的意思。」

「她在哪裡？」野蠻人問，忽略對方禮貌的解釋。

護士覺得被冒犯了。「您眞的很急啊。」她說。

「她還有希望嗎？」他問。

「您是問，她還有沒有希望不要死？」（他點頭。）「不，當然沒有。人被送來這裡時，就沒有……」她被他臉上的沮喪表情嚇著，趕緊止住話。「怎麼了，是哪裡不對勁？」她問。她不習慣看到訪客身上露出這些情緒。（雖然這不是說這邊訪客很多，或者有任何原因應該要有很多訪客。）「您沒有覺得不舒服吧？」

他搖頭。「她是我母親。」他用幾乎聽不見的聲音說。

護士用驚嚇、恐慌的眼神瞥看他，然後趕緊轉開。她的頭從喉嚨到太陽穴全脹得熱烘烘的。

「帶我去見她。」野蠻人說，試著用尋常的口氣說話。

仍然臉紅的護士帶路穿過病房。那些依然年輕、未枯萎的臉龐在他們經過時轉動（因爲衰老的速度太快，根本沒時間讓臉頰變老——只有心臟和大腦會），他們的行進被那些進入人生第二嬰兒期而空洞、不感興趣的眼睛盯著。野蠻人看著他們時不禁發抖。

琳達躺在這一長排床的最末那張，就在牆旁邊。她靠在枕頭上，正在看南美黎曼曲面網球錦標賽的準冠軍賽，比賽在床腳電視機那無聲、縮小的螢幕上轉播。小小的人影無聲地在螢光幕方塊上來回奔跑，好似水族箱裡的魚——像另一個世界沉默但激動的居民。

琳達盯著電視，露出茫然、讓人無法理解的微笑，她那蒼白腫脹的臉掛著無懈可擊的快樂。她的眼皮不時會闔上，有幾秒的時間似乎在打盹，接著抖了一下驚醒過來——醒來望著水族箱閣樓裡的網球錦標賽，聽著超級維利茲歌唱機①詮釋的〈摟我入迷鄉，蜜糖〉，嗅著她頭上通風口吹下來的馬鞭草氣息——她會在這些事物當中醒過來，或者應該說在這些東西的夢裡醒來，它們被她血液裡的索麻轉變和美化過、化爲美妙的成分，令她再度以嬰兒般的滿足露出殘破褪色的笑顏。

「好吧，我得走了，」護士說。「我負責照顧的那群孩子要過來了。何況還有三號病人，」她指著病房前面。「隨時都有可能過世。好吧，您就別拘束。」她匆匆走開了。

野蠻人在床邊坐下。

「琳達。」他低語，握住她的手。

她聽見她的名字時轉頭，茫然的眼點亮、露出認得他的跡象。她捏他的手，微笑，嘴唇挪動；接著她的頭突然往前倒，睡著了。他坐在那兒看她——他越過疲憊的血肉之軀尋找，尋覓並找到了那張在他於馬爾帕伊斯度過童年時光時彎腰看他的臉龐，想起來她的嗓音、她的舉止（他閉上眼），以及他們度過的一切人生大小事。「G鏈球菌到班伯里T字……」她那時唱歌的聲音多美哪！還有那些幼稚的歌謠，詭異又神祕得有好強的魔力！

A、B、C、維他命D，

肝有脂肪，鱈魚住在海裡。

他回想起這些話，還有琳達重複它們時的嗓音，感覺熱淚湧進眼皮後面。還有那些閱讀課：貓兒墊上坐，嬰兒瓶中留；以及貝塔族胚胎儲存室工人入門手冊。此外他們在火爐邊度過漫漫長夜、或者於夏天坐在屋頂上時，她會告訴保留區外頭的「外界」的故事：那個美麗又完美的「外界」，那個天堂、善良與美好樂園的記憶依舊完整保存在他心裡，即使碰上這個眞實倫敦的現實面貌、還有這些眞正的文明男女，記憶也絲毫未受玷汙。

一個突然傳來的尖銳嗓音讓他睜開眼；他趕緊擦掉眼淚後轉頭看。一群看似永無止盡的八歲男性孿生兒正湧進房間，進來一對一對又一對的孿生胎——這根本是夢魘。他們的臉、他們那些重複的臉（畢竟他們這群人似乎只有一種面孔）一本正經瞪大眼，臉上只見張大的鼻孔跟蒼白渾圓的大眼。他們穿著土黃色制服，全部人張口結舌，進房間後尖叫聊天。他們似乎不一會兒就塞滿整間病房，擠過病床之間、爬到床上、鑽過床下、探頭看電視並對病人扮鬼臉。

琳達讓這些孩子感到震驚、甚至覺得緊張。一群孩子擠在她床腳邊，像動物突然撞見未知事物那樣，用驚嚇跟蠢呼呼的好奇看她。

「喔，看呀，你們看！」他們用壓低、害怕的嗓音說。「她是怎麼了？她爲什麼這麼胖？」他們從沒見過像她這樣的臉——沒看過不年輕及皮膚鬆弛的臉龐，沒碰過不再苗條挺直的身軀。病房內這些六十多歲的垂死之人都長著稚氣少女的臉龐；相較之下，四十四歲的琳達卻是肌肉鬆垂、衰老得扭曲的怪物。

「她看起來眞可怕，對嗎？」孩子們小聲評論道。「看看她的牙齒！」

突然床底下有個長著哈巴狗臉的孿生兒冒出來，鑽到約翰的椅子跟牆壁中間，開始盯著琳達的臉。

「我說啊……」孩子開口，但句子早早以尖叫收場。野蠻人抓住他的領子，把他整個人舉到椅子上賞了兩個大耳光，打得孩子當場痛哭。

孩子的哭喊讓護士長匆匆趕來搭救。

「你對他做了什麼好事？」她激烈質問。「我不許你打小孩。」

「那好啊，叫他們離這張床遠一點！」野蠻人的聲音氣憤得發抖。「這些臭小鬼又在這裡幹嘛？太差勁了！」

「差勁？什麼意思？他們在接受死亡制約訓練。而且我告訴你，」她好鬥地警告他。「要是你再干涉他們的制約訓練，我就叫門房來把你攆出去。」

野蠻人站起身來，朝她靠近幾步。他的動作和臉上的表情有很強的威脅感，讓護士嚇得退後。他使出吃奶的力氣攔住自己，然後不發一語轉過去，重新坐在床邊。

護士安下心來，但說話時的尊嚴仍帶點尖銳、不確定感：「我警告過你了，」護士說。「所以給我記住。」不過她還是把那些過度好奇的孿生兒們帶走、要他們加入找拉鍊的遊戲，她的一位同事在房間另一端角落主導遊戲進行。

「現在走開吧，去拿你今天那杯咖啡因溶劑吧，親愛的，」她對另一位護士說。實施權威的行爲讓她重建自信，使她感覺變好了。「好了，孩子們！」她喊。

琳達不安分地抖動，睜開眼一會兒、茫然環顧四周，接著再度沉入睡夢。野蠻人坐在她身旁，拚命想要重新捕捉幾分鐘前的情緒。「A、B、C、維他命D，」他對自已重複，彷彿這些字是能讓人起死回生的魔咒。可是這些魔法毫無作用，美麗的記憶頑固得不肯浮現；重新湧現的只有讓人痛恨的忌妒、醜陋和不幸。波貝和他那刺傷、涔涔流血的肩膀；琳達醜惡地沉睡，蒼蠅在床邊打翻的梅司卡爾酒上嗡嗡飛舞；還有男孩們在她路過時喊那些名字……不，不，不！他閉上眼，猛烈甩頭好擺脫這些記憶。「A、B、C、維他命D……」他試著回想他坐在她膝蓋上、她用手臂摟著他唱歌的情景，一遍又一遍搖他哄他入睡。「A、B、C、維他命D，維他命D，維他命D……」

超級維利茲歌唱機將樂聲拉高到啜泣的高潮；突然間香味循環系統裡的馬鞭草味換成了強烈的廣藿香。琳達抖動、醒來，困惑地盯著電視上的準決賽選手幾秒鐘，然後抬起臉來嗅一兩下新氣味。接著她突然笑了——露出稚氣的狂喜微笑。

「波貝！」她喃喃說，然後闔上眼。「喔，我眞的好喜歡這樣，我好喜歡……」她嘆口氣，讓自己倒回枕頭上。

「可是琳達！」野蠻人哀求地說。「你不認得我嗎？」他一直好努力，一直在盡全力；她爲什麼就不肯讓他遺忘？他幾乎是暴力地捏她癱軟的手，好像能強迫她從這段無知愉悅的夢裡醒過來，從這些偏頗又令人痛恨的記憶中甦醒——回到當下，返回眞實世界，回到這可怕又糟糕的現實，然而這個現實又很崇高，意義很深遠，而且極度重要，理由正是出於那些令現實如此嚇人的迫切發展。「你不曉得我是誰嗎，琳達？」

他感覺她的手微弱地擠出回應。眼淚湧進他眼裡。他彎腰親了她。

她嘴唇挪動。「波貝！」她又小聲說，他這回感覺好像有一桶糞潑到他臉上。

憤怒感突然竄上他心頭。他二度受挫，悲傷的激情找到了另一個宣洩出口，轉變成痛苦狂怒的忿怒。

「我是約翰！」他大吼。「我是約翰！」他盛怒之下，眞的動手抓住她肩膀搖晃她。

琳達的眼睛抖著睜開；她看見了他、認出他──「約翰！」──可是那個眞實臉龐、那雙眞實又暴力的雙手卻身在一個幻想世界裡，這些事物連同廣藿香與超級維利茲歌唱機的內心私密版本、理想化的記憶跟詭異地調換的知覺，一同構成了她的夢境宇宙。她認得他是約翰，她的兒子，卻把他幻想成天堂版馬爾帕伊斯的一位入侵者，她則在那裡與波貝共度她的索麻假期。在她眼裡，他生氣是因爲她喜歡波貝；他搖她是因爲波貝就跟她在床上──彷彿有什麼事出了差錯，好像他以爲所有文明人都不會做這種事。「人人皆屬於其他所有……」她的聲音突然中斷，轉成幾乎聽不見、無法呼吸的窒息聲。她嘴巴張大：她絕望地想重新吸氣到肺裡，卻彷彿突然忘了要怎麼呼吸。她試著喊叫──但喊不出聲音，只有她瞪大的眼的驚恐神情透露出她的痛苦。她的手伸向喉嚨，然後試圖抓空氣──抓她再也吸不到的空氣，對她而言已經不存在的空氣。

野蠻人這時站了起來，彎身挨近她。「怎麼了，琳達？你想說什麼？」他語帶懇求；好像在乞求對方安撫他。

她賞他的眼神充滿了無法言盡的恐慌——有恐慌，而且讓他感覺似乎還帶著斥責。她試著從床上爬起來，卻倒回枕頭上。她的臉扭曲得好恐怖，嘴唇發紫。

野蠻人轉身衝過病房。

「快來人，快來！」他大喊。「快過來啊！」

護士長正站在一圈玩找拉鍊遊戲的孿生兒中間，轉過頭看，起先的驚訝幾乎是立即就被不贊同取代。「別大呼小叫！替小朋友著想一下，」她皺著眉說。「你可能會害他們的制約訓練失效……可是你在做什麼？」他已經強行鑽過人牆圈。「小心點！」有個孩子大喊。

「快來，快點！」他抓住護士長的袖子，拖在他背後走。「快！有事情發生了。我殺了她。」

等他們趕回病房末端時，琳達已經斷氣了。

野蠻人在僵住的沉默中站著，接著跪倒在床旁，用手摀著臉失控地痛哭。

護士猶豫不決，一會兒看跪在床邊的人（眞丟臉的表現！）一會兒看已經停止玩找拉鍊、從病房另一端望過來的孿生兒們，他們看見二十號病床旁居然上演如此令人震驚的舉動，眼睛跟鼻孔都張大瞪著此景（眞可憐的孩子們！）她要不要跟他說話？試著要他恢復一些合宜理智？提醒對方他身在什麼地方？告知他他可能會對這些可憐無辜孩子造成何等致命危害？拿這種令人厭惡的喧鬧破壞他們整套有益身心的死亡制約訓練——活像死亡是件可怕的事，彷彿任何人眞有那麼重要似的！

這可能會害孩子們在這主題上學到最災難性的思想，可能會擾亂他們，使他們用完全錯誤跟徹底反社會的方式做出反應。

她走上前，碰他的肩膀。「你不能行爲注意點嗎？」她用壓低、氣憤的聲音說。但是她回頭時已經看見有半打孿生兒站起身、順著病房走過來，遊戲圈正在解體。沒多久事情就會……不，風險太高了；整群孩子可能得再接受六到七個月的制約訓練。她匆匆趕回她負責照顧、受到威脅的那群孩童身邊。

「好了，誰想要吃巧克力酥捲？」她用大聲、愉快的嗓音問。

「我！」整個波康諾夫斯基群體齊聲回答。二十號床已被徹底遺忘。

「喔，上帝哪，上帝，上帝……」野蠻人繼續對自己重複。在混亂的悲傷與痛悔中，他的腦袋裡只被一個清晰的詞塡滿。「上帝啊！」他出聲地低語。「上帝……」

「他在說什麼？」一個非常靠近、清楚又尖銳的聲音說，穿透超級維利茲歌唱機的囀鳴。

野蠻人猛然轉身，放下臉前的手轉頭。五位身穿土黃色衣的孿生兒，每個人右手裡各拿著一根長酥捲的殘根，如出一轍的臉也在不同地方沾滿液體巧克力，正站成一排和一本正經地瞪大眼看他。

他們迎上他的眼，同時咧嘴笑開。其中一個孩子拿他的酥捲指著琳達。

「她死了嗎？」他問。

野蠻人沉默地瞪著他們一會兒。接著他無言站起來，不發一語慢慢走向門口。

「她死了嗎？」一名過度好奇的孿生兒跟在他身邊小跑。

野蠻人低頭看他，然後依然沒吭聲就一把推開孩子。孿生兒摔在地板上，立刻哇哇大哭。野蠻人完全沒有回頭看。

譯註：

①超級維利茲歌唱機 Super-Vox-Wurlitzeriana，一種音樂合成機。vox 是拉丁語的「唱歌」，而 Wurlitzeriana 可能來自 Wurlitzer，當時著名的美國管風琴製造商。很巧的是 Wurlitzer 從一九三四年起也開始製造電動管風琴。

第十五章

垂亡者醫院的卑賤職員包括一百六十二名戴爾他族，分成兩個波康諾夫斯基群體，一個包括八十四名紅髮女性，另一個則是七十八名長頭顱的深色皮膚男性孿生兒。這兩個群體在每天六點鐘下班時，就會在醫院前廳集合，由代理次總務長發放他們的索麻配給。

野蠻人從電梯踏出來，走進他們這群人當中，但他的心神飄到別處——想著死亡、自己的悲痛與悔恨；他機械地沒意識到自己在做什麼，粗魯的鑽過人群。

「你在擠什麼？你以為你要去哪裡？」

成群的個別喉嚨只有高低兩種嗓音在尖叫或咆哮。他看見兩張面孔永無止盡延伸，好像映在一長排鏡子裡似的，一個是沒頭髮、有雀斑、周圍有橘色光環的月亮臉蛋，另一個是瘦長、長著喙和突出兩日份鬍渣的鳥面具，全都憤怒地轉向他，他們的話語還有推擠他肋骨的手肘打破了他的渾然不覺。他再一次於外界的現實世界中醒來，環顧四周，曉得自己看見了什麼——他心裡很清楚這是什麼景象，同時內心驚恐又嫌惡地沉進谷底，因為他日日夜夜以來的精神錯亂又回來了，是個由無數無法分辨的相同面孔所組成的夢魘。孿生兒、孿生兒……稍早那些孿生兒就像蛆，褻瀆地淹沒琳達死亡的謎團，此刻這些蛆再度出現，卻變得更大和完全成熟，在這時爬過他的悲傷與懺悔。他停下來，用困惑又驚恐的眼睛環顧周遭的土黃色群眾，他站在這些人當中，比他們高出一整個頭。「這裡怎麼有這麼多的好人！」吟唱的字句嘲諷地取笑他。「人類有多麼美！喔，美麗新世界……」

「索麻發放！」一個大嗓門喊。「請排好隊。動作快點。」

一扇門打開，有張桌子和椅子被抬進前廳。那聲音來自一位愉快的阿爾發族，他扛著一個黑色鐵製收銀箱進來。滿心期盼的孿生兒們傳出喃喃滿足聲，完全忘了野蠻人的存在，注意力現在放在那個黑色收銀箱上；年輕男人這時把它擺在桌上，正在解開鎖。蓋子打開了。

「喔——喔！」一百六十二人齊聲開口，彷彿正在看煙火。

年輕人拿出一把小小的藥盒。「好啦，」他口氣專橫地說。「請往前走，一次一人，不准推擠。」

孿生兒們毫無推擠地依次上前。先是兩個男人，然後一個女人，然後再一個男人，再來是三位女人，接著……

野蠻人站在那裡旁觀。「喔，美麗新世界，喔，美麗新世界……」這段吟唱的話似乎在他腦海變了調。它們借用他的不幸與自責嘲諷他，用著多麼可憎的憤世嫉俗式嘲弄口吻啊！這些話語像惡魔一樣狂笑，堅持宣告這段夢魘的低賤卑鄙、教人噁心的醜陋面。然後，它們突然高呼著出征的口號：「喔，美麗新世界！」米蘭達正在呼喊著潛在的美好，說就連夢魘也能轉變成某種純淨高貴的事物。「喔，美麗新世界！」這句話是挑戰，是句命令。

「不准推擠！」代理次總務長發火地吼著，重重關上收銀箱的蓋子。「除非我看見你們行爲表現良好，否則我就停止這次發放！」

戴爾他族喃喃低語、稍微推擠彼此，不過接著就靜止不動了。威脅很有效。被剝奪索麻——多麼可怕的念頭！

「好多了。」年輕人說，重新打開收銀箱。

琳達曾是個奴隸，琳達死了；其他人應該活在自由中，把世界改造得更美才對。這是該有的補償，這是責任。突然間野蠻人很清楚他該怎麼做了；感覺就像窗板突然打開，窗簾被整個掀開。

「好啦。」代理次總務長說。

另一名土黃色衣著女性走上前。

「停下來！」野蠻人用大聲嘹亮的嗓門喊。「站住！」

他推開人群到桌邊；那些戴爾他族震驚地瞪他。

「福特啊！」代理次總務長壓低聲音說。「是那個野蠻人。」他感到害怕了。

「聽著，我求你們，」野蠻人眞誠地說。「請聽我言……①」他從來沒有公開發言過，發現要表達他想講的話好困難。「別吃那種可怕的東西。那是毒藥，是穿腸毒藥。」

「我說啊，野蠻人先生，」代理次總務長說，露出好意勸解的微笑。「如果您介意讓我……」

「不只是對身體的毒藥，也是對靈魂的毒藥。」

「對，可是讓我繼續發我的配給，行嗎？這樣才乖。」他小心翼翼地溫柔輕拍野蠻人的手臂，就像一個人撫摸兇惡得惡名昭彰的野獸那樣。「只要讓我……」

「絕對不要！」野蠻人大叫。

「可是聽著，老傢伙……」

「把它們全部丟掉，那些可怕的毒藥。」

「把它們全部丟掉」這幾個字刺穿戴爾他族包在意識外圍的不明就裡層，碰觸到底下的意識。人群傳出憤怒的喃喃聲。

「我要替你們帶來自由，」野蠻人說，轉過身面對那些孿生兒。「我要……」

代理次總務長沒有聽完他的話就溜出前廳，在一本電話簿裡找電話號碼。

「不在他自己的房間裡，」伯納德總結。「不在我房間裡，也不在你房間裡；不在阿芙羅黛蒂俱樂部，也不在制約中心或學院。他還能跑去哪裡？」

赫姆霍茲聳肩。他們下班返家，以為野蠻人會在其中一個慣例的聚會處等他們，結果不見那傢伙的蹤影。這實在很惱人，因為他們計畫要搭赫姆霍茲的四人座高性能直升機飛到比亞里茨②。要是野蠻人不快點過來，他們吃晚餐就會遲到了。

「我們再給他五分鐘，」赫姆霍茲說。「如果他那時還沒出現，我們就……」

電話鈴聲打斷他的話。他拿起話筒。「哈囉。對，是我。」接著聽了好長一陣子後：「坐在車裡的福特哪！」他咒罵。「我立刻過去。」

「怎麼了？」伯納德問。

「是公園路醫院一個我認識的人，」赫姆霍茲說。「野蠻人在那裡，似乎是發瘋了。反正事態緊急，你願意跟我來嗎？」

他們一起匆匆趕過走廊去搭電梯。

「你們喜歡當奴隸嗎？」他們踏進醫院時，野蠻人正在說，雙頰脹紅、兩眼激動憤慨得明亮。「你們喜歡當嬰兒嗎？對，當嬰孩，號啼和嘔吐！③」他補上最後那句，被他們如野獸般智力低下的愚蠢激怒了，開始對他跑來拯救的對象出言侮辱。這些侮辱在他們厚厚的愚笨甲殼上彈開；他們用愚鈍的茫然跟悶悶不樂的憎恨眼神看他。「對，嘔吐！」他大叫。悲傷、悔恨、憐憫與責任——這些全被拋諸腦後，彷彿被吸收進一股強烈、壓倒性的仇恨，發洩在這些不像人的怪物身上。「你們不想要得到自由並當個真正的人嗎？你們難道連身為人的意義跟自由是什麼都不懂嗎？」怒氣使他口若懸河；話語滔滔不絕地輕鬆吐出來。「你們不曉得嗎？」他重複，卻沒人回答他的問題。「那好，」他嚴肅地接話。「我就教教你們；我來讓你們自由，不管你們要不要。」然後他推開俯瞰醫院內庭的一扇窗戶，開始把裝著索麻藥片的小藥盒一把一把扔下去。

有一陣子穿著土黃色衣的人群沉默無聲、目瞪口呆，既驚訝又驚恐地看著這肆無忌憚的褻瀆行爲。

「他瘋了，」伯納德小聲說，瞪大雙眼。「他們會殺了他的。他們會……」人群突然發出震天響地的吼叫；群眾在一陣如浪的動作中威脅地逼近野蠻人。「福特幫幫他！」伯納德說，轉開眼睛。

「福特只幫助自助者。」赫姆霍茲．華生大笑一聲──眞的狂喜地大笑，然後開始鑽過人群。

「自由！自由！」野蠻人吼著，一手繼續把索麻扔進內庭，另一隻手則猛揍那些面貌難分的攻擊者臉龐。「自由！」突然赫姆霍茲趕到他身邊──「好傢伙赫姆霍茲！」赫姆霍茲也在揮拳──「總算能當個人！」他在叫喊的間隔還從打開的窗戶多扔出幾把毒藥。「沒錯，當人類！當個人！」然後毒藥都被丟光了。他抓起收銀箱，給人們看裡面的黑色空無。「你們自由了！」

戴爾他族怒吼，以加倍的狂怒攻擊他。

伯納德遲疑地停在大亂鬥邊緣。「他們完蛋了。」他說，有股突然的衝動好想跑過去幫忙朋友，接著想想還是不要，停了下來；他出於羞恥又靠過去，然後又打消主意，站在那兒陷進蒙羞的猶豫不決，心想要是他不幫忙他們，他們就有可能會被殺的，而他加入戰局的話也有可能會送命。就在這時（讚美福特！）戴著護目鏡跟豬鼻子防毒面罩的警察衝進來了。

伯納德衝出去見那些警察，揮動雙手；這是實際行動，他眞的在做事。他大喊「救命！」好幾次，越喊越大聲，好製造自己有在幫忙的假象。「救命！救命！救命！」

警察把他推開，繼續著手幹活。三個人的腰帶上扣著噴灑機，對空中灑出濃密的索麻霧氣，另外兩人則忙著給攜帶式合成音樂機上發條。再來四位警察配備裝了強效麻醉劑的水槍，開始在人群擠開一條路，並有條不紊地用一發發水柱迷昏比較兇狠的鬥毆者。

「快點，快！」伯納德大叫。「你們不快點，他們就要送命了。他們……噢！」一位警察受夠了他嘮叨，拿水槍賞他一槍。有一秒的時間，伯納德似乎靠著兩條蹣跚不穩、好像沒了骨頭肌腱跟肌肉的腿站在原地，腿變成單純的果凍條，最後連果凍水都不如；他在地板上倒成一團。

突然合成音樂盒裡有個嗓音開口說話：這是「理智之聲」，是「快樂感受之聲」。捲開的音軌唱出了「合成反暴動二號演說（中等強度）」，話語直接從那個不存在的心胸深處傾吐出來：「吾友，我的朋友們！」嗓音好哀傷地說，帶著一絲無盡溫柔的責備，就連警察罩在防毒面具背後的眼睛也立刻盈滿淚水。「這是在做什麼？你們爲什麼既不快樂又不守規矩？要快樂和守規矩，」嗓音重複。「要平靜，要平靜。」它顫抖、沉入呢喃，接著立刻打斷。「我眞的好希望你們守規矩！拜託，請乖一點……」

兩分鐘後，嗓音和索麻蒸氣產生了效果。感動落淚的戴爾他族開始親吻並摟抱彼此——一次有半打孿生兒加入集體擁抱，連赫姆霍茲和野蠻人也快哭了。有人從財務辦公室拿來一箱新的藥盒；

新的配給發放匆匆展開，而孿生兒們就在合成嗓音那深情十足、男中音式的告別中解散，嚎啕大哭得像是肝腸寸斷。「再會，我最親愛、最親愛的朋友，福特保佑你們！再會，我最親愛、最親愛的朋友，福特保佑你們！再會，我最親愛、最親愛的……」

等到最後一批戴爾他族離開後，警察就關掉電源。天國般的嗓音沉默下來。

「你們要乖乖跟來嗎？」巡佐問。「還是我們得麻醉你們？」他威脅地用水槍指著他們。

「喔，我們會乖乖跟來。」野蠻人回答，輪流輕拍割傷的嘴唇、刮傷的脖子和被咬的左手。

赫姆霍茲仍用手帕摀著流血的鼻子，點頭確認。

至於已經醒來、兩腳恢復功能的伯納德還在這時盡量不引人注意地靠近門口。

「喂，你！」巡佐喊，而一位戴著豬鼻子面罩的警察匆匆穿過房間，用隻手按住年輕人的肩膀。

伯納德轉身，露出憤慨的無辜神情。逃跑？他才沒動過腦筋想這種事。「你們到底要我怎樣，」他對巡佐說。「我也不知道怎麼一回事。」

「你是這些犯人的朋友，對吧？」

「唔……」伯納德說，遲疑了。不，他真的沒辦法否認。「當然啦，我怎麼不會是呢？」

「那就走吧。」巡佐說，帶路走到外面等待的警車旁。

譯註：

①《朱利亞斯・凱撒》（或譯凱薩大帝）第三幕第二景。

②比亞里茨 Biarritz，法國西南濱海城市，自從拿破崙三世之妻歐仁妮皇后造訪過後便成為著名度假勝地，維多利亞女王和愛德華七世、西班牙國王阿方索十三世都造訪過該地。

③源自《如願》第二幕第七景：「最初是嬰孩，在保姆的懷裡號啼嘔吐……」

第十六章

三人被趕進去的房間，就是世界管理者的書房。

「福特閣下很快就會下來。」伽馬族管家把他們留下來獨自待著。

赫姆霍茲放聲大笑。

「與其說是審判，這更像是咖啡因溶劑的派對哪，」他說，讓自己倒進一張最奢華的充氣扶手椅上。「高興點嘛，伯納德。」他說，瞧見朋友那鐵青、不高興的臉。只是伯納德不想被人鼓舞；他沒回應，甚至沒看赫姆霍茲，走過去在房內最不舒服的椅子上坐下，他之所以謹慎選了這個位置，是因爲他隱約抱著希望，能用某種方式減輕更高層當權者的怒火。

同時，野蠻人則坐立不安地在房裡繞圈子，用膚淺的隱約好奇感打量架上的書本、放在有編號的鴿巢式抽屜裡的紙捲音軌錄音和朗讀機。窗下的桌子放著一本大部頭書，用軟的仿皮封面裝訂，印著大大的金色T字。他翻開書：《我的人生與事業》，吾父福特著。這本書是由福特知識宣傳協會①在底特律出版的。他漫不經心翻頁，讀這裡一句、那裡一段；就在他做出結論、認定這本書讓他不感興趣時，門剛好打開了，西歐洲現任世界管理者輕快地踏進房間。

穆斯塔法・蒙德跟他們三人握手；然而他和野蠻人握手時才開口說話。「所以你不怎麼喜歡文明是吧，野蠻人先生。」他說。

野蠻人看對方。他本來打算撒謊、吹牛或繼續悶悶不樂地毫無反應，但是被管理者那張臉上好脾氣的同理心安撫了，決定還是坦誠以對。「對，我不喜歡。」他搖頭。

伯納德嚇一跳，面露驚恐。管理者會怎麼想？讓他被貼上標籤，當成一位自稱不喜歡文明之人的朋友——而且這人還公開說出口，甚至當著管理者的面講——太可怕了。「可是，約翰……」他開口。穆斯塔法・蒙德的一個眼神令他陷入卑躬屈膝的沉默。

「當然，」野蠻人繼續承認。「文明是有些非常棒的東西。比如空氣裡的所有音樂……」

「有時候有千種樂器在我的耳畔錚錚地響，有時候有些聲音……②」

野蠻人的臉因突然的喜悅而發亮。「您也讀過莎士比亞？」他問。「我還以為英格蘭這兒沒人知道那本書。」

「幾乎沒人曉得。我是極少數之一。你瞧，它是禁書，但是在這裡制定法律的是我，我當然也能打破它們。也能被豁免懲罰，馬克思先生，」他補上最後那句，轉過去看伯納德。「但恐怕你就沒辦法逃過了。」

伯納德陷進了更無助的悲慘當中。

「為什麼它是禁書？」野蠻人問。他能遇見一位讀過莎士比亞的人，興奮得馬上就忘了其他事情。

管理者聳肩。「因爲它很古老；這是主要的理由。我們這裡再也不需要舊東西。」

「就算它們很美也不需要？」

「尤其是它們很美的時候。美具有吸引力，而我們不希望人們被舊東西吸引。我們要他們喜歡新東西。」

「可是新的東西都又笨又糟糕。那些戲劇，根本只有直升機飛來飛去，還有讓你能感覺到人們在親吻。」他撇嘴。「山羊跟猴子！③」只有《奧賽羅》的台詞能讓他充足表達他的輕蔑與憎恨。

「但山羊跟猴子依舊是善良溫馴的動物。」管理者喃喃補充。

「您爲何不改讓他們看《奧賽羅》？」

「我告訴過你；因爲它很古老。何況他們看不懂的。」

對，這點倒是沒錯。他記得赫姆霍茲聽了《羅密歐與茱麗葉》後如何大笑。「好吧，」他停頓一會兒後說。「那麼就寫個像《奧賽羅》的新東西，而且是他們看得懂的。」

「那就是我們一直想寫的作品。」赫姆霍茲說，打破長長的沉默。

「那也是你們永遠不會寫的作品，」管理者說。「因爲假如它眞的像《奧賽羅》，那麼不論寫得怎樣，都沒有人能搞得懂。而如果它是新作品，那麼就不可能像《奧賽羅》。」

「爲什麼不能？」

「對，爲什麼不能？」赫姆霍茲重複，同樣忘了自身處境的不愉快現實。只有伯納德記得，臉上因焦急與憂慮而發青；其他人沒理會他。「爲什麼？」

「因爲我們的世界跟《奧賽羅》的世界不一樣。就像你得先有鋼鐵才能製造車一樣，你得讓社會不穩定才寫得出悲劇。如今世界穩定，人們很快樂；他們衣食無缺，永遠不會想要得不到的東西。他們很富裕、安全、永不生病；他們不懼怕死亡，幸福地對激情與老年一無所知；他們不會被母親與父親的存在侵擾；他們沒有妻子、子女或讓他們懷著強烈情感的愛人；他們被制約成只能照他們應該表現的方式活動。假如仍有任何事出錯，那麼還有索麻；也就是你以自由之名跑去扔出窗外的東西，野蠻人先生。哈，自由！」他大笑。「你居然會期待戴爾他族能夠理解自由爲何物！然後現在還期望他們能看懂《奧賽羅》！我眞佩服你！」

野蠻人沉默了片刻。「但還是一樣，」他頑固地堅持。「《奧賽羅》很棒。《奧賽羅》比那些有感電影更好。」

「當然了，」管理者同意。「但這就是我們用來換取穩定的代價。你必須在快樂跟人們昔日口中的至高藝術之間做抉擇。我們犧牲了高等藝術。我們把它們換成有感電影跟氣味風琴。」

「可是它們什麼意義也沒有。」

「它們自有意義；它們對觀眾代表了大量可接受的知覺。」

「可是那些東西……說那些故事的人是傻子④。」

管理者哈哈大笑。「你對你的朋友華生先生很不禮貌哦。他可是我們最傑出的情緒工程師之一呢……」

「他說得對，」赫姆霍茲鬱悶地說。「因爲那東西的確很傻。無事的時候硬擠出的東西……」

「正是如此。然而那樣需要最高程度的聰明才智。你等於是在用最少量的鋼打造汽車——這些工藝傑作幾乎是無中生有，完全誕生自純粹的知覺。」

野蠻人搖頭。「這一切就我看來都太糟糕了。」

「的確。眞正的快樂跟過度彌補不幸相比總是顯得很卑劣，而且當然，穩定性完全不若不穩定那麼引人注目，而且心滿意足這件事也沒有對抗厄運的那種魅力，毫無跟誘惑掙扎的獨具一格性質，也欠缺被激情或質疑淹沒的致命危機。快樂永遠不是偉大的事。」

「我想是吧，」野蠻人過了好一陣子後說。「可是快樂就得像那些孿生兒一樣那麼糟糕嗎？」他用手蓋住雙眼，彷彿在試著抹去記憶的影像——組裝桌面前一個模子刻出來、延伸到遠方的矮人，在賓福特單軌列車站入口排隊的孿生兒，擠在琳達逝世床邊的人形蛆蟲，以及他那些攻擊者的數不盡重複面孔。他望著包繃帶的左手，忍不住發抖。「太可怕了！」

「可是他們多麼有用啊！我看得出來你不喜歡我們的波康諾夫斯基群體；但是我對你保證，他們是其餘一切成就的磐石。他們是陀螺儀，能讓國家的火箭飛機維持堅定不移的航道。」深沉的嗓音令人興奮地震盪；他比著手勢的手暗示著一切空間，以及無法壓制的國家機器如何一頭往前衝。穆斯塔法・蒙德的演說幾乎足以與合成嗓音媲美。

「我一直很好奇，」野蠻人說。「你們幹嘛要弄出那些孿生兒──畢竟你們有辦法從那些瓶子裡拿到想到的任何東西。你們既然製造嬰兒，爲什麼不把每個人都做成阿爾發雙正族？」

穆斯塔法．蒙德大笑。「因爲我們沒打算割斷自己的喉嚨，」他回答。「我們相信快樂與穩定。一個全由阿爾發族構成的社會絕對無法避免不穩定和不幸。想像一個由阿爾發族工人負責的工廠──也就是說，由個別、毫無親屬關係的人擔任職員，這些人擁有良好遺傳血統跟制約訓練，以便有能力（在限制之內）做出自由決策和承擔責任。想像看看！」他重複。

野蠻人試著想像，但不太成功。

「那樣會很荒謬。一位以阿爾發族身分脫瓶、接受阿爾發族制約的人，他要是得做艾普西隆族半白癡的工作，一定會發瘋──不是發瘋就是開始砸爛東西。阿爾發族能完全融入社會，但前提是你讓他們做阿爾發族的工作。唯有艾普西隆族才能被期望做艾普西隆族的犧牲，這背後的好理由是艾普西隆族不會認爲這是犧牲；他們是抵抗力最低的階級。一位艾普西隆族的制約訓練已經替他該走的路鋪好了軌道，決定他該走的路線，他會自動願意這樣；他命中就注定如此。就算已經脫瓶，他也仍住在一個瓶子裡──一個將他固定在幼兒、胚胎階段的隱形瓶子。當然，」管理者沉思地繼續說。「我們每個人一生都在瓶子裡度過。但若我們碰巧是阿爾發族，那麼我們住的瓶子相對來說就會比較大。我們若被塞進更窄的空間，就會承受劇烈的折磨。你不能把高級人造香檳倒進低級的瓶子；這在理論上很明顯，但這件事在實務上也已經得到證明了。塞普勒斯實驗的結果很有說服力。」

「什麼實驗？」野蠻人問。

穆斯塔法．蒙德微笑。「嗯，你想要的話，可以說它是重新裝瓶的實驗。它始於福特紀元四七三年，管理者們把塞普勒斯島的原有居民遷走，拿一批特別準備的阿爾發族殖民該島，共兩萬兩千人。所有農業與工業設備交到他們手上，然後讓他們自主管理。實驗結果完全符合理論預測：田地沒有妥善耕作，所有工廠都罷工，法律被無視，命令被拒絕服從；所有被指派做一段時間低層工作的人永遠在搞陰謀篡奪高層工作，而做高層工作的人則反制陰謀、使出一切手段留在位子上。六個月後，他們便爆發最嚴重的內戰。等到兩萬兩千人中的一萬九千人被殺害後，倖存者全體無異議地向管理者們請願，希望他們恢復島上的政府體系。管理者們也這麼做了。於是這世上唯一存在過的純阿爾發族社會就這麼宣告落幕。」

野蠻人深深嘆息。

「理想化的人口，」穆斯塔法．蒙德說。「分布狀況就像海上冰山——九分之八沉在水平面下，只有九分之一在水上。」

「人們待在水面底下卻還很高興？」

「比在上面更高興。比如說，比你這兩位朋友更快樂。」他指著他們。

「即使那些人得做那些糟糕的工作？」

「糟糕？他們不覺得啊。正好相反，他們很喜歡。這道理眾所皆知，簡單得像兒戲。不會操累腦袋或肌肉，只要做七個半小時溫和、不會累的勞動，然後就能享受索麻配給、玩遊戲、毫無限制的交媾跟有感電影。他們夫復何求？確實，」他補充。「他們或許能要求縮短工時，我們也當然能給他們更短的工時。就技術上，把所有低階級工人的工時縮短到每天三、四個小時是非常簡單的，可是他們會因此更快樂嗎？不，他們不會。這實驗已經在超過一個半世紀前試過了。整個愛爾蘭被調整成每天工作四小時，結果如何？人們騷動不安、消耗更多的索麻；就這樣。那三個半小時的額外空閒時間完全稱不上是快樂的源頭，害人們感覺有必要吃藥度假來逃避。發明部辦公室裡裝滿了節約勞動力的計畫書，成千上萬份。」穆斯塔法・蒙德比個大手勢。「而我們為何沒有把它們付諸實行？這是為了勞工著想；拿額外休閒時間折磨他們，根本是極度殘酷的作為。農業也是同理。我們想要的話，大可合成出每一小塊食物，可是我們沒有這樣。我們偏好讓三分之一的人口待在田地上，這是為了他們自己好——因為從土地種出食物比從工廠造出來更花時間。何況，我們得顧慮我們的穩定性，我們不想要改變。每樣改變都是對穩定的威脅，這正是我們為何這麼謹慎應用新發明的原因；純科學領域的每樣發現都有引發破壞的潛力，即使科學有時也得被視為潛在的敵人。沒錯，連科學也是。」

科學？野蠻人皺眉。他認得這個詞，可是它究竟代表什麼意思，他也說不上來。莎士比亞和村莊裡的老人從來沒提過科學，他從琳達那邊也只湊到最隱約的暗示：科學是你能拿來打造直升機的工具，能讓你在玉米舞祭上大笑，能讓你不會長皺紋跟掉牙齒。他絕望地想要搞懂管理者的意思。

「對，」穆斯塔法．蒙德說。「那就是穩定的另一個代價。不是只有藝術跟快樂不相容；科學也是。科學很危險，我們得用鍊子小心綁著它，套住它的口鼻。」

「什麼？」赫姆霍茲震驚地說。「可是我們總是說科學就是一切。那是睡眠學習的老生常談。」

「從下午一點到下午五點，每週重複三次。」伯納德插嘴。

「還有我們在學院做的科學宣傳……」

「的確；可是是哪種科學？」穆斯塔法．蒙德嘲諷地問。「你沒受過科學訓練，所以你無法判斷。我年輕的時候可是很優秀的物理學家，甚至太優秀了——優秀到發現我們所有的科學不過是烹飪書，裡面只有人們不得質疑的正統烹飪理論，還有一長串除非得到首席廚師的特別批准，否則不得加進去的食譜。我現在就是首席廚師，可是我曾是個愛打探的年輕廚傭。我那時開始做點自己的烹飪，非正統的、犯法的烹飪。事實上就是一點真正的科學。」他陷入沉默。

「然後怎麼了？」赫姆霍茲．華生問。

管理者嘆氣。「我差點就遇到即將發生在你們這些年輕人身上的下場。我險些被送去一座島。」

這些話刺激到伯納德，使他出現劇烈跟不得體的舉動。「送我去一座島？」他跳起來、衝過房間，站在管理者面前比手畫腳。「您不能送我走。我什麼都沒做，是其他人幹的。我發誓是其他人。」他控訴地指著赫姆霍茲跟野蠻人。「喔，拜託別送我去冰島。我保證我會做我該做的事，請再給我一次機會。拜託給我另一次機會。」淚水開始湧出來。「我告訴您，這是他們的錯！」他抽噎。「而且我不要去冰島。喔，拜託，福特閣下，求求您……」然後他突然表現出落魄模樣，跪倒在管理者面前。穆斯塔法・蒙德試著叫他站起來；伯納德卻堅持繼續卑躬屈膝，源源不絕吐出連珠炮似的話。最後管理者只好打電話召來第四祕書。

「帶三個人來，」他命令。「然後帶馬克思先生去一間臥室。給他一大口索麻蒸氣，然後送他放在床上別管他。」

第四祕書離開，接著帶三位穿綠制服的孿生兒男僕回來。仍在大吼大叫跟啜泣的伯納德被扛了出去。

「眞誇張，不知道的人還會以爲他要被割喉了呢，」等到門關上時，管理者說。「要是他還有絲毫的理智，他就會懂他的懲罰其實是種獎賞。他會被放逐到島上，也就是說他會被送到一個地方，他能在那裡遇見全世界存在過最有意思的一群男女，這些人全出於某種原因變得自我意識有點太強，無法合群生活。這些人都不滿足於正統觀念，有自己的獨立思想。換言之，那兒人人想當誰都行。我很羨慕你呢，華生先生。」

赫姆霍茲大笑。「那麼您自己爲什麼沒有去島上？」

「因爲，我終究偏好走這條路，」管理者回答。「他們讓我選擇：被送到一座島上，我能在那裡鑽研我的純粹科學，或者被帶到管理者議會，將來準備繼承眞正的管理者職位。我選了這條路，放棄了科學。」短短一段沉默後：「有時，」他補充。「我倒對科學有些遺憾。快樂是個難以取悅的主人——特別是其他人的快樂。假如一個人沒被制約來無條件地接受快樂，而不是接受事實，那麼這種主人就更難應付。」他嘆氣，重新陷入沉默，接著用更輕快的語氣接話。「好吧，職責總歸是職責，人不能跟自己的偏好打商量。我對眞相感興趣，我喜歡科學，可是眞相是威脅，科學則是公共危險，它帶來的危險跟福祉一樣多。它給了我們有史以來最穩定的狀態，中國相較之下就不安穩到了極點；連原始的母系社會也不會比我們穩定。我重複，這些都得感謝科學。但是我們不能讓科學破壞自己的好成果。所以我們才這麼小心地限制科學研究的範圍——所以我才差點被送去島上。我們不准科學探討當前最重要問題以外的議題，所有其他研究都會受到最勤奮的遏止。當我們讀到吾父福特那時代的人會寫下什麼樣的科學進展時，」他稍微停頓後繼續說。「感覺就很耐人尋味。他們似乎想像科學能被放任無限度發展，不用在乎其他任何事。知識乃最崇高的善舉，眞理是至上的價值；其餘一切都是次要和附屬的。只是沒錯，即使在那時候，人們的思想也開始變了。吾父福特本人花了很大的力氣把對眞理跟美的強調轉到舒適與快樂身上。大規模生產需要這種轉變，普世的快樂能讓工業之輪持續轉動；眞相和美就不行。而且當然，每當人民奪得政治權力時，重點總在於追求快樂，而不是事實跟美貌。但儘管有這些現象，人們依然准許無節制的科學研究，繼續談論眞理跟美，好像它們是至高無上的商品，直到九年戰爭爆發爲止。那場戰爭確實使他們改變觀感了。要是炭疽熱炸彈在你身邊到處引爆，追求眞相、美或知識又有什麼用呢？科學從那時起就受到了控制——從九年戰爭結束後開始。人們那時甚至準備好控制自己的欲望胃口，他們願意做任何事換取安寧的人生。我們自那時起便一直實施制約訓練。當然，制約訓練對眞理不太好，但是非常有益於追求快樂。天下沒有白吃的午餐，快樂是得用代價換的。你就在付出這種代價，華生先生——你付出代價是因爲你對美太感興趣。我同樣曾對眞理過度感興趣；我也付出了代價。」

「可是您沒有去島上。」野蠻人說，打斷漫長的沉默。

管理者微笑。「那就是我的代價。選擇服侍快樂，其他人的快樂——不是我自己的快樂。幸好，」他停頓一下後補充。「世上有許多這樣的島。若是少了他們，我眞不曉得我們要怎麼撐下去。那樣的話，我想也許只能把你們全關進毒氣室吧。順帶一提，華生先生，你喜歡熱帶氣候嗎？比如馬克薩斯群島，還是薩摩亞島？或者要舒適得多的地方？」

赫姆霍茲從充氣椅上站起來。「我想要非常糟糕的氣候，」他回答。「我相信如果天氣很壞，一個人就能寫作得更好。比如有很多強風跟暴風雨的地方……」

管理者認同地點頭。「我欣賞你的精神，華生先生，我確實非常喜歡。正如我在官方上會不贊同你的程度一樣。」他笑了。「那麼，福克蘭群島如何？」

「好，我想那裡可以，」赫姆霍茲回答。「而且假如您不介意，我要去看看可憐的伯納德適應得怎樣了。」

譯註：

①福特知識宣傳協會：影射英國的基督教知識促進協會（Society for Promoting Christian Knowledge），世上最老的民間聖公會組織，由Thomas Bray與一群朋友成立於一六九八年。

②《暴風雨》第三幕第二景。

③出自《奧賽羅》第四幕第一景，原始翻譯是：「畜生獸行！」。

④《馬克白》第五幕第五景：「（這）不過是一個傻子說的故事，說得慷慨激昂，卻毫無異議。」

第十七章

「藝術、科學——您好像為了您的快樂付出頗高的代價，」等到他們獨處時，野蠻人說。「還有嗎？」

「嗯，當然了，還有宗教，」管理者說。「以前有個叫上帝的東西——在九年戰爭之前。不過我已經忘光了；我猜你應該曉得上帝的所有事。」

「這個嘛……」野蠻人猶豫。他很想講些關於獨處、夜晚、蒼白高地躺在月光下、絕壁、跳進幽暗黑谷和死亡的事。他很想說話，卻又說不出口。連用莎士比亞的語言也無法表達。

同時，管理者則走到房間另一端、打開嵌進書架中間牆上的一個大保險箱。沉重的門轉開，他在裡頭的黑暗搜索。「上帝，」他說。「是個以前總讓我極感興趣的主題。」他抽出一本大黑書。「比如，你從來沒有讀過這個。」

野蠻人接過。「《新舊約聖經合訂本》。」他大聲讀著標題頁。

「或是這個。」一本封面遺失的小書。

「《效法基督》①。」

「或是這個。」他遞出另一本書。

「《宗教經驗之種種》②。威廉・詹姆斯著。」

「我還有很多，」穆斯塔法・蒙德繼續說，回到位子上。「一整庫收藏的淫穢舊書。上帝關進保險箱，福特則擺在架上。」他笑一聲，指著他的公開圖書館——整架子的書，還有整架子的閱讀機捲筒跟紙捲音軌帶。

「可是既然你知道上帝，你為什麼不告訴他們？」野蠻人憤慨地問。「你幹嘛不給他們這些關於上帝的書？」

「原因和我們不給他們看《奧賽羅》一樣：它們很古老，講的是幾百年前的上帝。不是關於今天的上帝。」

「可是上帝不會改變。」

「但人會改變。」

「那有什麼差別？」

「差別可多了，」穆斯塔法・蒙德說，重新站起來走去保險箱。「以前有個男人叫紐曼樞機主教③，」他說。「而樞機主教，」他附帶說明。「有點像社群唱詩會大教長。」

「『本人潘德夫，米蘭的樞機主教……④』我在莎士比亞的作品有讀到這種人。」

「你當然有。好吧，就像我剛才說的，有個男人叫紐曼樞機主教。啊，書在這兒。」他抽出來。「我既然在找出，我就順便拿走這本。這本書是一個叫曼恩・德・比朗⑤的男人寫的，他是個哲學家，假如你曉得哲學家是什麼。」

「一個夢想到的東西比天地更少的人⑥。」野蠻人立刻說。

「說得很對。我馬上就把他確實夢到的其中一樣東西唸給你聽，不過現在先聽聽這位老唱詩會大教長說的話。」他把書打開到用一小片紙標記的地方，開始讀：「『我們擁有自己的程度，不會比我們擁有的東西來得更多。我們沒有創造自己，我們不能比自己更重要。我們並非自己的主人，我們是上帝的財產。難道我們用這種角度看待自己時不能感到快樂嗎？若認定我們確實屬於自己，這能帶來任何快樂或舒適嗎？年輕與富足的人或許會這麼想。他們或許會認爲，能夠靠他們自己的方式得到一切、不必倚賴任何人是很棒的——不用思索視線外的一切，不必爲了持續承認、持續祈禱、持續查明他們對他人意志造成的結果而使他們感到討厭。但是隨時間過去，他們在所有人當中尤其會發現獨立並不是替人類打造的——獨立是種不正常的狀態——它能維持一陣子，卻無法帶我們安然抵達終點。』⑦」穆斯塔法．蒙德停頓，放下第一本書，接著翻開另外一本。「聽這段當例子，」他說，低沉的嗓音再度朗讀：「『一個人會歲月老去；他在自己身上會感受到與生俱來的軟弱、倦怠與不自在，它們會伴隨年紀增長；而他產生這些感受時，便假裝自己單純只是病了，拿個念頭安撫自己的恐懼，認定此種令人煩惱的狀況是某個原因造成的，而他將這原因當成某種疾病，自然便會寄望能夠康復。枉然的幻想哪！這個疾病叫做老年；它也是好可怕的惡疾。人們說正是對死亡的恐懼，還有死後發生的事，令人們逐漸衰老時求助宗教慰藉。但是我自身的經驗令我堅信，宗教情感完全不像這類恐懼跟幻想，實際上會隨著我們變老時繼續發展，因爲當激情歸於寧靜、迷戀與情感不再那麼容易興奮激動時，我們理智的運作就不會受到那麼多阻礙，不會被幻想、欲望與分心之事帶來那麼多遮蔽，這些現象過去會吸收掉理智；於是上帝彷彿自©雲背後冒出來一般現身，我們的靈魂感覺到了、看見了，轉向一切光明的來源，自然而然且無可避免地轉身看；因爲到了這時，賦予這感官世界生命力與魅力的一切事物都會開始從我們身邊消逝，那非凡的神聖存在感不再由我們的內外印象支撐，我們會永久感受到想倚賴某樣東西的需求，靠著某種永遠不會玩弄我們的事物——一個現實、絕對又永恆的眞理。是的，我們會不可免地轉向上帝；因爲這種宗教情感的本質是如此純淨，令感受之的靈魂如此喜悅，彌補了我們其餘一切損失。』⑧」穆斯塔法・蒙德闔上書，往後靠在他的椅子上。「這些哲學家們在天地之間沒夢到的眾多事情之一，就是」（他揮揮手）「我們，還有這個現代世界。『你只有年輕與富足時才能跟上帝保持獨立；獨立無法帶你安然抵達終點。』嗯，我們現在都能保持年輕和富足直到人生盡頭了。接下來是什麼呢？很顯然，就是我們能跟上帝切斷關係。『宗教情感會彌補我們其餘一切損失。』但是我們沒有任何損失需要彌補；宗教情感是多餘的東西。而既然青春的欲望不會消失，我們又爲何應該追求青春欲望的替代品？是要尋找分心之事的替代品，好讓我們能享受舊日的愚蠢言行，一直到嚥氣的那刻嗎？當我們的心智與身軀持續在活動中獲得樂趣，我們又爲何需要倚靠？當我們有了索麻，何以需要慰藉？社會有了秩序，何必再追尋不會改變的事物？」

「所以你認爲上帝不存在？」

「不，我認爲很可能有個上帝存在。」

「那爲什麼……？」

穆斯塔法．蒙德打斷他。「因爲祂在不同的人眼裡會用不同的方式現身。在現代以前的時代，祂會化身爲這些書裡描述的那個個體。如今……」

「祂如今會用什麼方式出現？」野蠻人問。

「嗯，祂用缺席的形式出現；就像祂不曾存在過。」

「那是你們的錯。」

「就說是文明的錯吧。上帝沒辦法跟機器、科學方法和普世快樂兼容，你必須做出取捨。我們的文明選了機器、醫藥與快樂，所以我才得把這些書鎖在保險箱裡。它們是淫穢之作。若它們公諸於世，人們會被嚇到……」

野蠻人打岔。「可是感受到上帝的存在不是很自然的事嗎？」

「你還不如問，在人的褲子上裝拉鍊是不是自然的事，」管理者諷刺地說。「你讓我想起另一個叫布萊德利⑨的老傢伙。他對哲學的定義就是替一個人直覺相信的東西尋找糟糕的理由。說得好像人能下意識相信任何事啊！人會相信事情是因爲他們被制約成相信它們。替人們出於壞理由相信的事尋找其他壞原因——這才叫做哲學。人們相信上帝是因爲他們被制約成要相信上帝。」

「可是還是一樣，」野蠻人堅持。「你獨處時自然就會相信上帝——在夜裡相當孤獨、思索死亡的時候。」

「但現在的人再也不會孤獨了，」穆斯塔法．蒙德說。「我們逼他們痛恨獨處；我們也把他們的生活安排成幾乎不可能離群索居。」

野蠻人悶悶不樂地點頭。他在馬爾帕伊斯過得很痛苦，因爲他們不准他參與村落的社群活動，而他在文明的倫敦同樣飽受折磨，因爲他永遠無法逃避這些社群活動，永遠不得一個人安靜。

「你記得《李爾王》嗎？」野蠻人最後說。「『天神們是公正的，以我們色慾的罪惡做爲懲罰我們的工具；他和人私通而生了你，結果是他的眼睛付了代價。』然後埃德蒙回答——您記得的，他受傷了，正在嚥下最後一口氣——『你說得不錯，誠然是的；命運的法輪轉了整整一圈，我現在落到這個地步。⑩』那現在呢？難道外頭似乎沒有上帝在管理事情、懲罰和獎賞人們嗎？」

「嗯，有嗎？」管理者反過來問。「你能跟一位不孕女沉迷於任何數量的色慾罪惡，卻不用冒著眼睛被你兒子的情婦挖出來的風險⑪。『命運的法輪轉了整整一圈，我現在落到這個地步。』但是埃德蒙今天會落到哪種下場？他會坐在一張充氣椅上，用手摟著一位女孩的腰，吸吮他的性荷爾蒙口香糖並觀賞著有感電影。天神們是公正的，這點無庸置疑，可是祂們的法典是由組織社會的人指定的，當成最後手段；天命其實源自人類給予的提示。」

「你確定？」野蠻人問。「你很確定埃德蒙坐在那張充氣椅上，不會像流血至死的埃德蒙那樣受到嚴厲懲罰？天神們是公正的。難道祂們不會以他色慾的罪惡來懲罰他嗎？」

「用什麼立場貶低他？既然他是個快樂、勤奮、消費貨品的公民，他便毫無瑕疵。當然，如果你選擇不同於我們的價值標準，你也許就能說他已經墮落了。但你勢必得選擇一套公理。你不能用離心彈跳球的規則玩電磁高爾夫球。」

「但是價值不是可以由個人隨意估計的，」野蠻人說。「估者加以重視，同時其本身亦必須具有可貴之處。⑫」

「得了吧，得了吧，」穆斯塔法・蒙德抗議。「這樣有點扯太遠了，不是嗎？」

「如果你允許自己思索上帝，你就不會讓自己被色慾的罪惡貶低。你會有理由要耐心承受事情，用勇氣行事。我在印第安人身上就看到了。」

「我相信你有，」穆斯塔法・蒙德說。「但話說回來，我們不是印第安人。一個文明人沒必要承受任何讓人非常不快的事。至於行事——福特不容哪，但願吾父福特不會得到這種念頭。要是人們開始做起自己的事，就會動搖整個社會的秩序了。」

「那自我犧牲呢？如果你有上帝，你就有理由犧牲自己。」

「可是工業化文明必須去掉自我犧牲才能實現。我們得在衛生與經濟施加的限制下達到最大的自我縱容，否則工業之輪就會停止轉動。」

「那總有理由禁慾吧！」野蠻人說，說出這些字時稍微紅了臉。

「但禁慾就代表有激情，貞潔意味著神經衰弱。而激情與神經衰弱會帶來不穩定，不穩定則引來文明的滅亡。你必須有大量的色慾罪惡，才能打造出永垂不朽的文明。」

「可是上帝是追求一切崇高、美好跟英勇事物的理由。如果你們有上帝……」

「我親愛的年輕朋友，」穆斯塔法．蒙德說。「文明絕對不需要高貴或英雄主義。這些東西是政治效率不彰的病症。在像我們這樣適當組織過的社會裡，沒有人有任何機會變得高貴或英勇，社會條件必須先變得極端不穩定，才有營造出做這些事的機會：在有戰爭、有分裂陣營、在有欲望得抗拒、有愛情標的物得爭取或捍衛的情境——很顯然，高貴與英雄主義在那兒就會有些意義。但是如今再也沒有戰爭了，我們花的最多力氣是阻止你過度愛上任何人。分裂的陣營不復存在；你被制約成你會自然而然做你該做的事。而你該做的事整體上又非常愉快，好多天生衝動被准許恣意行使，根本沒有需要抗拒的欲望可言。而假如出於某種可能性極低的狀況，有任何讓人不快的事發生了，是呀，你永遠能靠索麻放個假並逃避事實，你也永遠能用索麻安撫怒氣、跟敵人和好、讓你既有耐心又永遠逆來順受。從前你只能花費極大的心力和多年的艱苦道德訓練辦到這些事；現在你只消吞兩三顆半公克藥片，目的就達到了。現在人人都能當正直之人。你能把身上起碼一半的道德觀裝在一個瓶子裡。不必流淚的基督教信仰——這就是索麻。」

「可是流淚是有必要的。你不記得奧賽羅說的話嗎？『如果每次風暴後都有這樣的寧靜，那就颳吧，颳到把死人吹醒！⑬』老印第安人以前會告訴我們一個故事，是關於瑪沙基的少女⑭，想娶她的年輕人得在她的花園鋤地一個早上。聽起來很簡單，可是花園裡有魔法蒼蠅跟蚊子，大多數年輕人根本忍受不了叮咬。但是有一個人忍住了——他贏得了那位女孩。」

「眞迷人！可是在文明國家裡，」管理者說。「你不必替女孩鋤地就能得到她們，也沒有蒼蠅或蚊子會叮咬你。我們幾世紀前就把它們消滅了。」

野蠻人點點頭，皺眉。「你們把它們消滅了。沒錯，這正像你們的作風，把一切不愉快的東西去掉，而不是學著容忍它。究竟要忍受這強暴命運的投石器與箭，還是要拔劍和這滔天的恨事拼命相鬥，才叫做英雄氣概呢？⑮可是你們兩樣都沒做，沒有忍受也沒相鬥。你們只是把投石器與箭廢掉。太簡單了。」

他突然沉默下來，想著他母親。琳達在她的三十七樓房間裡，飄浮在歌唱的光線與香水的愛撫中——飄到天邊、脫離了空間和時間，擺脫她的記憶、習慣、衰老以及臃腫的身軀所構成的牢籠。還有湯瑪基，前孵育所暨制約訓練中心主任，湯瑪基仍然在度假——能躲避恥辱與痛苦的藥物假期，活在一個他聽不見那些話和嘲弄笑聲、看不見那張醜惡臉龐、感覺不到那雙溼潤鬆弛手臂抱住他脖子的世界裡，一個美麗的世界……

「你們眞正需要的東西，」野蠻人繼續說。「是用點會流淚的事情帶來改變。這兒的事物所需的代價都太少了。」

（「一千兩百五十萬美元，」野蠻人對亨利・佛斯特講這句話時，對方就這樣抗議：「一千兩百五十萬美元——這就是蓋新的制約中心的費用，一毛不少！」）

「哪怕僅僅爲了一個雞蛋殼，也敢挺身而出，不避命運、死亡、危險。⑯不是應該有這種事存在嗎？」野蠻人問，抬頭看穆斯塔法・蒙德。「這與上帝無關——當然了，上帝可以是去這麼做的理由。但難道沒人願意爲了追求危險而活嗎？」

「這種事可多了，」管理者說。「所有男女必須偶爾讓他們的腎上腺素接受刺激。」

「什麼？」野蠻人聽不懂地問。

「那是保持完美健康的要件之一。所以我們才強迫他們做ＶＰＳ治療。」

「ＶＰＳ？」

「強烈激情替代劑。固定每個月一次。我們給整個循環系統注射腎上腺素，能完全製造出等同於心理上的恐懼跟憤怒感。讓人享受謀殺德斯底蒙娜⑰以及被奧賽羅殺害的亢奮，卻毫無任何麻煩之處。」

「可是我喜歡麻煩。」

「我們不喜歡，」管理者說。「我們偏好用舒服的方式做事。」

「可是我不要舒適。我要上帝，我要詩，我要眞實的危險，我要自由，我要良善。我要罪孽。」

「事實上，」穆斯塔法・蒙德。「你是在要求有不快樂的權利。」

「好吧，」野蠻人挑戰地說。「我是在要求有不快樂的權利。」

「更別提變老、變醜和陽痿的權利；罹患梅毒跟癌症的權利；找不到足夠食物果腹的權利；渾身骯髒生蝨的權利；時時刻刻擔憂明天會怎樣的權利；感染傷寒的權利；被每一種無法言喻的痛苦折磨的權利。」

然後是好長一陣沉默。

「這些我全部都要。」野蠻人最後說。

穆斯塔法・蒙德聳肩。「隨你便。」他說。

譯註：

①《效法基督》：The Imitation of Christ，又譯《師主篇》、《遵主聖范》，是著名的十五世紀天主教靈修書，作者據信是 Thomas à Kempis。

②《宗教經驗之種種》：The Varieties of Religious Experience，由心理學家與哲學家 William James 出版於一九〇二年，收錄他在愛丁堡大學演講自然神學的內容。

③約翰・亨利・紐曼（John Henry Newman, 1801-1890），原是英國聖公會主教，領導過牛津運動，希望讓聖公會恢復天主教的傳統信仰習俗；一八四五年離開聖公會而皈依羅馬天主教，一八七九年被選為樞機主教。他對天主教也帶來了深遠的影響。

④《約翰王》第三幕第一景。

⑤曼恩・德・比朗 Maine de Biran（1766-1824），法國哲學家。

⑥約翰引用了《哈姆雷特》第一幕第五景的話：「何瑞修，天地間無奇不有，不是你的哲學都能夢想得到的。」有些研究本書的學者認為，這說明約翰死記莎士比亞，並不完全了解其義。

⑦出自紐曼《痛苦與狹隘的佈道》（Plain and Parochial Sermons）第五冊第六篇。

⑧有人推測出自皮朗的《人學新論》（Nouveaux essais d'anthropologie, 1823-24）。赫胥黎在寫本書前後接觸到皮朗的著作，並且非常著迷。

⑨法蘭西斯・赫伯特・布萊德利（Francis Herbert Bradley, 1846-1924），英國理想主義哲學家。這句話出自他的重要著作《表面與現實》（Appearance and Reality, 1893）。

⑩《李爾王》第五幕第三景。

⑪格勞斯特伯爵的私生子埃德蒙痛恨自己的私生子地位，將父親出賣給取代李爾王而掌權的李爾王之女剛奈里爾、蕾根以及蕾根的丈夫康瓦爾伯爵。在剛奈里爾要求下，康瓦爾伯爵挖出了格勞斯特伯爵的眼睛。稍後剛奈里爾與蕾根爭相占有埃德蒙。

⑫《脫愛勒斯與克萊西達》第二幕第二景。

⑬《奧賽羅》第二幕第一景。

⑭庫辛書中的祖尼人傳說故事之一。Mátsaki（鹽城之意）是祖尼人村落遺址。

⑮《哈姆雷特》第三幕第一景。

⑯《哈姆雷特》第四幕第四景。

⑰奧賽羅的妻子，奧賽羅出於被欺騙和強烈忌妒而殺了她。

Chapter 18

第十八章

門微微開著，他們走了進去。

「約翰！」

浴室裡傳來討人厭又獨特的聲響。

「你怎麼了？」赫姆霍茲喊。

沒有回答。不討喜的聲音重複傳來兩次；接著是一片沉寂。然後浴室門喀一聲打開，面色極其蒼白的野蠻人走了出來。

「我說呀，」赫姆霍茲熱切地說。「你看來真的不太好，約翰！」

「你是吃了什麼鬧肚子的東西嗎？」伯納德問。

野蠻人點頭。「我吃了文明。」

「什麼？」

「文明毒害了我；我被玷汙了。然後，」他小聲補充。「我吃下了自己的邪惡。」

「對，可是到底是什麼……？我是說，你剛剛還在……」

「現在我淨化了，」野蠻人說。「我喝了點芥末加溫水①。」

其他人震驚地瞪他。「你是說，你故意催吐？」伯納德問。

「印第安人就是這樣淨化自己。」他坐下來嘆了口氣，用手撫著臉。「我得休息幾分鐘，」他說。「我很累。」

「好吧，我不訝異，」赫姆霍茲說。過了段沉默後：「我們是來道別的，」他換個口氣繼續說。「我們明早就要離開。」

「對，我們明早走，」伯納德說，野蠻人在他臉上看見一種新表情——堅決的順從。「還有附帶一提，約翰，」伯納德繼續說，在自己的椅子上傾身、將一隻手放在野蠻人的膝上。「我想說我對昨天發生的所有事都好抱歉。」他臉紅。「我想說，我覺得好羞恥，」他接話，儘管嗓音顫抖。「我眞的好……」

野蠻人打斷他，接過他的手，深情地揉著。

「赫姆霍茲對我很好，」伯納德稍微停頓後恢復說話。「要不是因爲他，我……」

「得了吧，別謝我了。」赫姆霍茲抗議。

現場陷入沉默。這三位年輕男人儘管難過，事實上都很快樂——甚至正是因爲這種情緒，因爲他們的悲傷是他們愛著彼此的表徵。

「我今早去見了管理者。」野蠻人最後說。

「爲什麼？」

「問我能不能跟你們一起去島上。」

「他怎麼說？」赫姆霍茲急切地問。

野蠻人搖頭。「他沒准我。」

「爲什麼不准？」

「他說他想繼續做實驗。」野蠻人補充，突然怒氣升上來。「要是我繼續被拿來實驗，那我就眞的會死。管他哪一個世界管理者都不行。我明天也要離開。」

「你要去哪裡？」其他人齊聲問。

野蠻人聳肩。「哪裡都好，我不想管。只要我能一個人獨處就好。」

這條飛機航線從吉爾福德往下順著威河河谷到戈德爾明，接著行經米佛與惠特利上空、前往黑斯米爾、穿越彼得斯菲爾德到普茲茅斯。在它旁邊大略平行的北上航道則經過沃普勒敦、堂漢、艾爾斯泰德，這兩條航線在豬背山②跟辛德黑德某處相隔頂多只有六、七英里。這樣的距離對粗心的飛行者而言太短了——尤其是在晚上，加上他們多吃了半公克索麻的時候。當時發生過意外；還是慘烈的事故。因此人們決定將北上航道朝西挪幾英里。於是葛雷斯霍特和堂漢中間多出四座廢棄的空中燈塔，標記著舊日的普茲茅斯—倫敦航線，它們頭上的天空寂靜無影。如今直升機只在塞爾本、博登和法恩漢上空持續嗡嗡飛行跟呼嘯。

野蠻人選了矗立在普頓漢與艾爾斯泰德中間山頂③上的舊燈塔當成隱居所。建築是鋼筋混凝土，狀況極佳——野蠻人初次探索這地方時，覺得這裡對他而言幾乎太舒服了，幾乎太有文明的奢侈感。爲了安撫良心，他對自己允諾要拿更嚴厲的自律當補償，接受更徹底的淨化。他在隱居所的第一夜刻意不睡覺，花了幾小時跪著祈禱，一會兒對天堂祈禱（感到罪惡的克勞底阿斯王就曾向它乞求原諒④），一會兒用祖尼語對阿冏那威婁納祈禱，一會兒對耶穌與蒲康神祈禱，一會兒對自己的守護動物老鷹祈禱。他不時張開雙手，彷彿他被釘在十字架上，並那樣舉著手撐過漫長的數分鐘，令疼痛逐漸加劇成巨大而難以忍受的痛楚；他撐著雙手，自願受十字架刑，越過咬緊的牙齒重複唸著（同時汗水滴下他的臉）：「喔，原諒我！喔，讓我純潔！喔，幫助我變好！」一遍又一遍地唸，直到他痛到快昏過去。

隔天早上來臨時，他感覺自己贏得了住在燈塔裡的權利；的確，即使大多數窗戶裡仍有玻璃，即使從燈塔平台看出去的景觀仍然很美。當初讓他選了這座燈塔的原因，現在卻也差點讓他搬走；他決定住在這裡是因爲風景很美，因爲從這個居高臨下角度看去，他彷彿就在看一位神祇的化身。可是他何來資格沉溺在這種每天、每小時皆有的優美景色裡？他有什麼權利住在看得見上帝的地方？他只配得上住在骯髒的豬圈裡，住在地面的黑暗洞穴內。仍因漫漫長夜痛苦而身子僵硬、發疼的他爬到燈塔平台上，眺望這個明亮的日出世界，他已經重新獲得在這世界裡居住的權利。北邊景觀邊界是豬背山的狹長白山脈，山背後是構成吉爾福德的七座摩天大樓。野蠻人看見他們，不禁皺臉——但他總歸會跟它們和解的，因為它們在夜裡會歡樂地閃著幾何形星座，或嚴肅地用成排探照燈將光輝的手指指向天堂的深不可測神祕（如今這手勢除了野蠻人以外，英格蘭沒有半個人懂它的重要性了）。

在分隔豬背山和燈塔矗立的沙地山之間的山谷裡，普頓漢是個樸素的小村，建築只有九層樓高，附帶儲藏塔、家禽農場跟一座小型維他命D工廠。燈塔另一邊的南方，地形是一條長長的石南花欉下坡，通往一連串水塘。

水池背後和跟艾爾斯泰德隔著的樹林頭上，則是艾爾斯泰德的十四層樓大廈。塞爾本與辛德黑德兩個城鎮在朦朧的英國空氣中隱約可見，引誘人的眼睛望向浪漫的藍色天邊。然而吸引野蠻人來這座燈塔的不光是距離本身；附近的東西跟遠方的事物一樣誘人。樹林、開闊的石南花欉與黃色金雀花地帶、成團蘇格蘭冷杉，閃亮的水塘以及垂在池邊的白樺樹，加上睡蓮跟整片燈心草——這些東西都很美，對於已經習慣美國沙漠乾旱的眼睛而言更是讓人大感驚奇。然後是獨處的程度哪！他好幾天下來都沒見到半個人。燈塔離查令T字塔只有十五分鐘飛機航程，可是連馬爾帕伊斯也不會比這塊索瑞郡荒地更荒涼。每天離開倫敦的人群只是要去打電磁高爾夫球或網球。普頓漢跟他們毫無關聯；最近的黎曼曲面網球場在吉爾福德，而燈塔這邊的觀光景點只有花和風景。既然沒有過來的好理由，就不會有人跑來這裡。野蠻人頭幾天因而能獨自居住，不受打擾。

約翰第一次到倫敦時收到的個人零用金，他把大部分錢拿去買裝備了。他在離開倫敦前買了四條人造絲羊毛毯、繩索與線、釘子、膠水、幾件工具、火柴（雖然他打算在適當時機做條生火棒）、幾個罐子和盤子、兩打種子包跟十公斤的小麥麵粉。「不，我不要合成澱粉跟棉花廢料做的人造麵粉，」他那時堅持。「就算它比較營養也一樣。」但是面對泛腺體餅乾和加維他命的人造牛肉時，他就沒能抵抗店員的三寸不爛之舌。此刻他看著罐頭，眞以自己的軟弱爲恥。令人憎恨的文明食物哪！他打定主意死也不要吃它們，就算他餓肚子也一樣。「這會讓它們嚐到教訓。」他懷恨在心地想。這樣也會讓他記取教訓。

他數過錢。他希望剩下的少許金額能讓他撐過冬天。到了隔年春季，他花園的作物產量就能讓他自給自足了。在此同時，他永遠可以打獵。他看見有很多野兔，池塘也有水鳥。他立刻著手製造弓箭。

燈塔附近有白蠟樹，至於製作箭桿的話，他找到一根完整、筆直無比的倒地榛木幼樹。他開始砍倒一株年輕白蠟樹，切出六英呎長無樹枝的樹幹並剝掉樹皮，然後照老密栖馬教他的方式慢慢削掉白木頭，直到砍出一根和他自己等高的竿子，比較粗的中間僵硬、較細兩端有彈性和有反應。製作弓帶給他極大的樂趣。在倫敦無所事事、無事可做耗了幾星期後（他無論想做什麼，只要按個鈕或轉個把手就成了），能做點需要技巧與耐心的事，對他而言不啻是純粹的樂事。

他快把弓桿削好形狀時，驚覺自己在唱歌——唱歌欸！這就好像他從外頭偶然撞見自己，突然揭穿自己的面具，發現他犯了罪大惡極的過錯。他罪惡地臉紅了。畢竟，他來這裡不是爲了唱歌跟享受的，而是要進一步逃離汙穢的文明生活；目的是淨化和變好，是要贖罪。他沮喪地意識到，當他沉浸在削弓的工作中時，居然忘了他曾發誓要時時刻刻記得的事——可憐的琳達，自己如何用殺人的刻薄手段對待她，還有那些像蝨子在她的死亡之謎身上亂爬的討厭孿生兒，他們的出現不只侮辱了他自己的悲傷與懺悔，也一併侮辱了諸神自身。他發過誓要牢記的，他曾發誓要永無休止地陪罪。結果他卻坐在這兒，快快樂樂削著他的弓桿和唱歌，眞的在唱歌……

他走進燈塔，打開芥末盒，並裝點水放到火爐上煮。

半小時後，普頓漢其中一個波康諾夫斯基群體的三名戴爾他負族造景工人碰巧要開車去艾爾斯泰德，結果在山頂上震驚地看見有名年輕男人站在廢棄燈塔外面，脫到上半身赤裸、拿條有結的繩鞭鞭打自己，他背上有一條條水平的赤紅痕跡，傷痕之間流下涓涓鮮血。貨車駕駛停在路邊，跟他的兩名同伴目瞪口呆地注視這令人驚奇的景象。一、二、三下——他們數著抽打次數。打到第八下時，年輕人中斷他的自我懲罰，跑到森林邊緣劇烈嘔吐。等他吐完，他拿起鞭子重新鞭打自己。九、十、十一、十二……

「福特啊！」駕駛低聲說。他的兩位孿生兒同伴也有同樣的看法。

「福特在上！」他們說。

三天後，記者們像紅頭美洲鷲撲上屍體那樣抵達了。

弓乾燥過、在用綠葉木生的火上烤硬後就可以用了。野蠻人忙著製造箭，削好並晾乾三十根榛木棒，頂端裝上尖釘，再小心刻出搭弓弦用的凹槽。他有天晚上掠奪普頓漢的家禽農場，現在有夠多的羽毛能搭配全套武裝了。就在當他替箭桿裝羽毛時，第一位記者找到了他，靠著氣墊鞋從背後無聲無息靠近野蠻人。

「早安，野蠻人先生，」他說。「我是《整點廣播報》的記者。」

野蠻人嚇到、彷彿遭蛇咬似的跳起來，把箭、羽毛、膠水罐和刷子往四面八方弄了一地。

「眞抱歉，」記者用眞心的內疚說。「我無意……」他碰帽子——他這頂鋁製大禮帽裡帶著無線電收發器。「請原諒我沒脫帽，」他說。「帽子有點重哪。嗯，我剛提到，我是《整點廣播報》……」

「你要怎樣？」野蠻人一臉怒容問。記者報以最討好的微笑。

「唔，當然啦，我們的讀者會非常感興趣……」他把頭歪一邊，微笑變得幾乎像是在賣弄風情。「只要聽您說幾句話就好，野蠻人先生。」接著他以一連串儀式般的手勢解開兩條電線，接到扣在腰上周圍的攜帶式電池，同時將線插進鋁帽側面；他碰帽冠上的一根彈簧，天線就彈進空中；他碰帽舌頂上，一支麥克風便像盒中小丑那樣跳出來掛在那兒抖動，懸在記者鼻子前面六吋處；他把一對聽筒拉下來蓋到耳朵上，再按帽子左側一個鈕，帽裡於是傳來黃蜂似的微弱嗡聲；他轉帽子右邊的一個旋鈕——嗡聲便被聽診器似的氣喘聲、劈啪聲、打嗝聲跟突然的尖叫聲打斷。「喂，」他對麥克風說。「喂，喂……」他帽子裡面突然有個鈴響起。「是你嗎，愛德佐？是我，普里莫・

梅隆。對，我找到他了。野蠻人先生現在會用麥克風講幾句話，您說對嗎，野蠻人先生？」他抬頭，用另一個打動人心的微笑看野蠻人。「告訴我們的讀者你爲什麼來這裡就好。是什麼事讓你這麼突然（請稍等，愛德佐！）離開倫敦。還有當然啦，那條鞭子。」（野蠻人很驚訝。他們怎麼會曉得鞭子的事？）「我們都好想了解那條鞭子呢。再來是一切跟文明有關的事，您也知道大概是哪方面的：『我對文明女孩的觀感』。只要幾句話，講點話就好……」

野蠻人用困窘的生硬方式服從了。他吐出五個字，就這麼多，跟他對伯納德批評坎特伯里社群唱詩會大教長的話一樣：「Háni! Sons éso tse-ná!」然後他抓住記者肩膀，將對方轉個身（事實證明這位年輕人的身材胖得像顆球），並且用冠軍足球員般的力道與準度使出驚人一踢。

八分鐘後，一份新的《整點廣播報》就在倫敦街頭兜售：「**《整點廣播報》記者遭神祕野蠻人踹飛出去！**」頭條寫著。「**索瑞郡的轟動新聞！**」

「連在倫敦也很轟動啊。」這個記者回到報社後讀著這些話後這樣想著。而且不僅如此，還是非常疼痛的大新聞呢。他小心翼翼坐下吃午餐。

另外四位分別代表《紐約時報》、《法蘭克福四維連續體報》、《福特科學監督報》和《戴爾他鏡報》的記者絲毫沒被同事那警告性的尾椎瘀傷嚇阻，下午跑去燈塔訪問，並碰上越來越激烈的暴力。

《福特科學監督報》的那位男人躲在安全距離外。「愚蠢的笨蛋！」他邊揉屁股邊喊。「你幹嘛不吃索麻？」

「快滾蛋！」野蠻人揮舞拳頭。

對方後退幾步，然後又轉身。「吃兩公克索麻，邪惡存在渺茫。」

「Kohakwa iyathtokyai!」口氣中帶著威脅性的嘲笑。

「疼痛只是幻覺。」

「哦，是嗎？」野蠻人說，然後拿起一根粗榛木條，大步靠過去。

《福特科學監督報》的男人拔腿跑向直升機。

這之後野蠻人有段時間沒受到侵擾。幾架直升機飛過來，過度好奇地在燈塔周圍盤旋，他對最靠近的討厭鬼射了支箭，箭射穿鋁製機艙地板；機上的人發出一聲尖叫，機器使出超級增壓器能提供的最大加速度衝上天。後來其他直升機就會保持尊敬的距離了。野蠻人忽略它們煩人的嗡嗡聲（他把自己想像成瑪沙基少女的追求者之一，對長翅膀的害蟲無動於衷、堅持不懈），在準備成為他花園的地方掘土。一段時間後，害蟲們顯然覺得無聊，所以飛走了；有連續幾小時的時間，他頭上的天空除了雲雀外空無一物，寂靜無聲。

天氣悶熱得呼吸困難，空中響著雷聲。他挖了整個早上的土，整個人平躺在地板上休息，突然間他腦中對於列寧娜的思緒化為眞實，她身子赤裸又有實體，只穿著鞋子跟襪子、噴了香水，說著「甜心！」還有「用你的手摟住我！」。該死的淫婦！可是，喔，喔，她的手臂抱著他脖子啊，她那堅挺的乳房，還有她的嘴！永恆在我們的眼睛與嘴唇上。列寧娜……不，不，不，不！他跳起來，就這樣半裸著衝出屋子。荒原邊緣長著一叢灰白刺柏，他雙臂張開，把自己扔了進去，不是擁抱他渴求的光滑軀體，而是擁抱那滿枝葉的綠刺。有一千個尖銳針點的葉子戳著他；他試著想可憐的琳達，她喘不過氣又說不出話、雙手抓著脖子、眼裡露出無法表達的恐慌，他曾發誓要記住這位可憐的琳達。可是列寧娜的存在依舊糾纏他不休，也就是他保證過要忘掉的列寧娜。即使透過刺柏戳他跟扎他的針，他畏縮的皮膚依然感受得到她，眞實得無從逃避。「甜心，甜心……如果你也想要我，你爲什麼不……」

鞭子就掛在門邊的釘子上，等著對付出現的記者。野蠻人發狂地衝回屋子，抓起鞭子揮動它。打結的繩索咬進他的皮膚。

「淫婦！淫婦！」他每打一下就吼著，彷彿他鞭打的對象正是白皙、溫暖、芬芳、無恥的列寧娜（他也下意識地瘋狂希望是這樣）。「淫婦！」接著他用絕望的語氣說：「喔，琳達，請原諒我。原諒我，上帝，我很壞，我很邪惡。我……不，你這淫婦，你這淫婦！」

三百英尺外，有感電影公司最專業的大題材攝影師達爾文．波拿巴⑤在他小心打造的森林藏身處中觀看這整段經過。耐心與技巧獲得了回報；他花三天坐在一棵假橡樹的洞裡，花三天晚上匍匐爬過荒地，把麥克風藏在金雀花叢裡，並將電線埋在軟灰沙地內，撐過七十二個極度難受的小時。但是偉大時刻來了——當達爾文．波拿巴在他的設備之間挪動時，他還有時間想到這是他拍下極爲轟動的有感電影《大猩猩的婚禮》以來最重要的一刻。「太棒了！」野蠻人開始做他那驚人的表演時，達爾文自言自語。「太棒了！」他繼續小心瞄準望遠鏡頭攝影機，牢牢盯住移動的目標；他切到更高倍率捕捉那張狂亂、扭曲臉龐的特寫（太美妙了！）；他換到慢動作模式半分鐘（他對自己保證，這有強烈的喜劇效果），同時聽著影片旁邊的音軌錄下的鞭打聲、呻吟聲跟發狂、語無倫次的話語，試試看加點增幅效果（對，這樣絕對更好）；他在一時的寧靜中很高興聽見一隻雲雀的尖銳轉鳴；他暗地希望野蠻人會轉過身來，讓他給那人背後的血跡拍個好特寫——然後那位善於助人的傢伙幾乎是立刻就眞的轉過去（多驚人的好運！），使他得以拍下完美的特寫鏡頭。

「唔，眞是棒透了！」等事情結束後，他對自己說。「眞的棒極了！」他抹抹臉。等他們在製片廠把感官效果加進去時，這就會是部美妙的電影。達爾文．波拿巴心想，它會幾乎跟《抹香鯨的愛情生活》一樣好——而且福特在上哪，那就代表一大筆銀子進帳呢！

十二天後，《索瑞郡的野蠻人》上映，能在西歐洲每一間一流有感電影院看到、聽到和感覺到。

達爾文．波拿巴的電影立刻帶來了龐大的回響。電影首映夜的隔天下午，約翰的鄉下獨居生活突然被頭頂上抵達的大批直升機打斷了。

他正在花園裡挖土——他也在腦袋裡挖掘，費力地翻著自己的思緒土壤。死亡——他把鏟子插進地上，然後再一次、又一次。我們每一個昨日都照耀著愚人走上歸塵的死路。⑥這些話當中響起一陣有說服力的隆隆雷聲。他又鏟起一把泥土。琳達為什麼會死呢？她為何會被允許慢慢脫離人類之身，最後……他不禁發抖。可吻的臭肉。⑦他把腳踩在鏟子上，兇狠地把它壓進堅硬地面。我們在天神掌裡，就像蒼蠅在頑童手中，他們只因好玩就把我們殺了。⑧雷聲又響起；這些話語在宣告他們是眞理——不知如何比事實本身更眞實。可是，說剛才那句話的格勞斯特伯爵卻又喊祂們是慈悲的天神⑨。你最好的休息是睡眠，你常常召喚睡魔，但是對於和睡眠差不多的死亡，你又非常恐懼。⑩死亡不會跟睡夢差上多少。長眠麼！也許還會做夢英里！⑪他的鏟子撞上一顆石頭；他把它撿起來。我們在死亡的睡夢中會做些什麼夢⑫……？

頭上的嗡嗡聲增強成呼嘯聲；他突然被陰影遮住，他跟太陽中間出現了什麼東西。他驚訝地抬頭，放下挖掘跟思緒；他以茫然的困惑往天上看，腦袋仍逗留在另一個比眞理更眞實的世界，依舊專注在廣大無邊的死亡與天神身上；他抬頭發現頭上不遠處是一窩蜂盤旋的機器，有如一群蝗蟲跑來、張牙舞爪懸在空中，從四面八方降落在他身邊的荒原上。這些巨大蝗蟲的肚子走出身穿白色人造絲法蘭絨的男人，以及穿醋酸纖維山東綢睡衣、或是棉製天鵝絨短褲跟無袖汗衫拉鍊解開一半的女人（穿這些衣服是因為天氣很熱）——每架飛機都走下一對男女。幾分鐘後便有幾打男女在燈塔周圍站成一大圈，瞪他、大笑跟按相機快門，並且丟花生、性荷爾蒙口香糖和泛腺體奶油餅乾（像是在扔東西給猩猩吃）。而這整段時間裡，人數還繼續增加——這時穿過豬背山的交通源源不絕了。彷彿是在做惡夢般，幾打人變成二十幾人，接著再變成數百人。

野蠻人已經退向掩蔽處，此刻像個走投無路的野獸站在那兒、背靠著燈塔牆，用說不出口的驚恐輪流瞪每個人的臉，彷彿喪失了理智。一包瞄得正準的口香糖砸在他臉頰上，使他立刻從麻木中驚醒回現實。這股疼痛嚇了他一跳——他瞬間完全清醒，清醒且暴跳如雷。

「滾開！」他吼道。

猩猩開口說話了；人們大笑和拍手。「好野蠻人！好哇，好哇！」而野蠻人在嘈雜聲中聽見人們喊著：「鞭子，鞭子，我們要鞭子！」

他遵從這個詞的提議，抓起掛在門背後釘子上的打結繩索，然後對著他的折磨者揮舞。

人群傳出諷刺的如雷喝采。

他威脅地逼近他們。一個女人害怕大叫，人牆中最直接承受威脅的位置動搖了，接著重新繃緊跟站穩。這些觀光者意識到自己身爲人數壓倒性人群的一分子，使他們產生野蠻人始料未及的勇氣。吃驚的野蠻人停下來，環顧四週。

「你們爲什麼就不能放過我？」他的怒氣中幾乎帶著一絲哀愁。

「吃點鎂鹽杏仁吧！」一位男人說，假如野蠻人再繼續靠近的話，他就會是第一個被攻擊的受害者。他遞出一個包裝。「你知道，它們眞的非常棒，」他補充，帶著有些緊張的勸解微笑。「鎂鹽也能讓你永保年輕。」

野蠻人忽略他的好意。「你們到底要我怎樣？」他問，轉身看一張張咧嘴笑的臉龐。「你們要我怎樣？」

「鞭子，」一百個嗓音混亂地回應。「表演鞭子戲法。讓我們看鞭子戲法。」

接著隊伍盡頭有一群人用緩慢、沉重的節奏齊聲喊：「我──們──要──鞭──子，」他們吼道。「我──們──要──鞭──子。」

其他人立刻迎合，句子像鸚鵡一樣重複、一遍遍複誦，音量越來越大，直到重複第七、八次後就沒人講其他的話了：「我──們──要──鞭──子。」

他們異口同聲喊叫，被這股噪音、一致性和有節奏的協調性迷住，感覺好像他們能喊上好幾個小時，幾乎是永無止盡。但到第二十五次時，吟唱令人訝異地被打斷了；又一架直升機越過豬背山飛抵現場，盤旋在人群頭上，接著下降幾英呎到野蠻人站著的地方，停在觀光人牆與燈塔中間的開闊空間。螺旋槳的聲響一時淹沒了喊叫聲；接著機器著陸、引擎關掉後：「我──們──要──鞭──子；我──們──要──鞭──子。」同樣響亮不懈的單調聲音傳出。

直升機門打開，一位俊美、臉色紅潤的年輕人首先走下來，接著是一名身穿綠色燈芯絨短褲、白襯衫、騎士帽的年輕女人。

野蠻人一看見那位年輕女人，嚇了一跳，臉色發白。

年輕女人站在那兒衝著他笑──一股猶豫、懇求、幾乎是卑微的微笑。幾秒鐘過去，她嘴唇移動，正在說什麼話，可是她的嗓音被觀光客的響亮反覆句子蓋過：「我——們——要——鞭——子！我——們——要——鞭——子！」

年輕女人把雙手按在身體左側，而她那亮桃色的娃娃臉露出奇怪的不搭調表情，是種渴望的苦惱，藍眼似乎瞪得更大、更亮，突然間兩行淚滾落她的臉頰。她用聽不見的聲音再度開口；接著她用迅速、激動的姿勢對野蠻人伸出雙手，靠了過來。

「我——們——要——鞭——子！我——們——要……」

突然間，他們的願望得逞了。

「淫婦！」野蠻人像個瘋子衝向她。「臭鼬！⑬」他像瘋子一樣，拿短繩索構成的鞭子揮向她。

嚇壞的她轉身逃跑，結果絆倒摔在荒原上。「亨利，亨利！」她大叫。可是她臉色紅潤的同伴已經避開危險、鑽到直升機背後躲起來。

人牆在一陣歡喜的興奮吶喊中打散；成群人馬衝向磁鐵般的景點中央。疼痛是種令他們著迷的恐怖感受。

「煎熬吧，姦淫，煎熬吧！⑭」發狂的野蠻人再度揮鞭。

他們飢渴地聚在四周，如飼料槽旁邊的豬一般推擠、爭先恐後。

「喔，肉慾！」野蠻人咬著牙，這回鞭子落在他自己的肩上。「快扼殺它！快殺了它！」

人們受到痛楚的恐怖吸引，內心也因根深蒂固植入他們心中的制約訓練，強迫他們擁有合作習性、有追求一致性跟協調性的欲望，於是開始模仿野蠻人發狂的舉動攻擊彼此，一如野蠻人痛打他自己不聽話的皮膚，或鞭打在他腳邊荒地上蠕動的豐滿邪惡化身。

「殺了它，殺了它，殺了它……」野蠻人繼續吼叫。

突然間有人開始唱起「雜交打鬧」，不一會兒所有人都唱起那個反覆句，並開始邊唱邊跳舞。雜交打鬧，轉呀轉呀轉，用六八拍子毆打彼此。雜交打鬧……

一直到過了午夜，直升機才紛紛升空離去。野蠻人因爲吃了索麻而昏昏沉沉，被冗長的感官狂亂搞得筋疲力盡，倒在荒原上睡著了。等他醒來時，太陽已經高高掛；他躺在原地一會兒，有如貓頭鷹無法理解地瞪著光線。接著他突然記起來了——他想起來一切的經過。

「喔，上帝，上帝哪！」他用手摀住眼睛。

那天傍晚，嗡嗡飛過豬背山的成群直升機像條綿延十英里長的黑雲。昨晚的和解大雜交登上了所有報紙。

「野蠻人！」最先抵達的人走下直升機後喊著。「野蠻人先生！」

沒有回應。

燈塔的門微開著。他們推開門，走進被窗簾遮住的微光中。通過屋子對面的一道拱門可以看見通往上層樓的樓梯，看到有雙腳在拱門頂的下方垂掛著。

「野蠻人先生！」

那雙腳好慢、好慢地往右擺，像不疾不徐的指南針那樣；北、北東、東、東南、南、西南南；接著動作停了下來，過了幾秒後又從容不迫地往左擺。西南南、南、東南、東……

譯註：

①由於芥末加溫水味道非常噁心，所以喝足夠的量後就會吐。

②豬背山 Hog's Back，一條狹長的隆起地形，像堤壩一樣，現在上頭有條路沿著山脊前進。

③普頓漢與艾爾斯泰德中間山頂可能是 Puttenham & Crooksbury Commons 自然保護區中間最高的山 Crooksbury hill（一六二英尺）。

④克勞底阿斯王是哈姆雷特的舅舅，殺死兄弟篡位，他在第三幕第三景私下跪下懺悔。

⑤名字取自達爾文和拿破崙一世。

⑥《馬克白》第五幕第五景。

⑦出自《哈姆雷特》第二幕第二景：「假如太陽能令死狗身上生蛆，因為它是塊可吻的臭肉。」

⑧《李爾王》第四幕第一景。

⑨在《李爾王》第四幕第六景。

⑩《惡有惡報》第三幕第一景。

⑪《哈姆雷特》第三幕第一景。

⑫同前。

⑬見第十三章約翰對列寧娜引用的《李爾王》內容。

⑭《脫愛勒斯與克萊西達》第五幕第二景。

本書人物人名引用來源

伯納德・馬克思：愛爾蘭劇作家喬治・伯納德・蕭（George Bernard Shaw，即蕭伯納，1856-1950）；馬克思主義創始人卡爾・馬克思（Karl Marx, 1818-1883）。

列寧娜・克勞恩：列寧娜（Lenina）是俄國共產黨之父列寧（Vladimir Lenin, 1870-1924）名字的女性變形；克勞恩來自英國劇作家約翰・克勞恩（John Crowne, 1641-1712）。

芬妮・克勞恩：芬妮・布萊斯（Fanny Brice, 1891-1951），美國著名歌曲女模、歌手、演員。另一說是嘗試暗殺列寧的俄國政治革命者Fanny Yefimovna Kaplan（1890-1918）。

赫姆霍茲・華生：赫爾曼・馮・赫姆霍茲（Hermann von Helmholtz, 1821-1894），德國物理學家、醫生；約翰・布羅德斯・華生（約翰 Broadus Watson, 1878-1958），美國心理學家，創立心理學行爲主義學派，認爲人的所有性格皆是後天習得。

野蠻人約翰：來自施洗者約翰。

穆斯塔法・蒙德：穆斯塔法・凱末爾・阿塔蒂爾克（Mustafa Kemal Atatürk, 1881-1938），改革家、土耳其共和國第一任總統；阿佛烈德・蒙德爵士，見本書序。

亨利・佛斯特：亨利來自亨利・福特。佛斯特可能來自十九世紀英國海軍軍官、科學家與極地探險者亨利・佛斯特，或是支持國家教育系統的十九世紀英國論文家約翰・佛斯特（John Foster）。

貝尼托・胡佛：貝尼托・墨索里尼（Benito Mussolini, 1883-1945），義大利法西斯獨裁者；赫伯特・胡佛（Herbert Hoover, 1874-1964），美國第三十一任總統，在大戰期間擔任商務部長。

喬治・愛德佐：亨利・福特的兒子愛德索・福特（Edsel Ford, 1893-1943）。喬治取自蕭伯納（見前）。

波莉・托洛斯基：列夫・托洛斯基（Leon Trotsky, 1879-1940），俄國馬克思主義革命家、蘇聯政治人物、紅軍的創立人。至於波莉，有人認爲是對H・G・威爾斯的喜劇小說《波利先生傳》（The History of Mr. Polly, 1910）致敬。

威爾斯醫師：H・G・威爾斯（1866-1946）。

蕭醫生：蕭伯納。

普菲茨納：德國作曲家、音樂家漢斯・普菲茨納（Hans Pfitzner, 1869-1949）。

河口：日本僧侶、佛教學者河口慧海（Ekai Kawaguchi）。

喀爾文・斯特普：約翰・喀爾文（John Calvin, 1509-1564），法國宗教改革家、哲學家；另一說來自小約翰・喀爾文・柯立芝（John Calvin Coolidge, Jr., 1872-1933），美國第三十任總統。瑪莉・斯特普（Marie Stopes, 1880-1958），英國作家、古植物學家，大力提倡節育跟女權。

摩根娜・羅特希爾德：Morgana來自約翰・皮爾龐特・摩根（John Pierpont Morgan, 1837-1913）的姓氏女性版，此人爲美國銀行家，投資過通用電氣和美國鋼鐵公司，不過另一說認爲取自亞瑟王傳說的邪惡女巫摩根勒菲（Morgan Le Fay）；Rothschild，十九世紀歐洲最富裕的猶太家族，創建了全歐的現代化銀行與金融制度。

菲菲・布萊德魯：查爾斯・布萊德魯（Charles Bradlaugh, 1833-1891），政治活動者，是英國史上最著名的無神論者之一。

喬安娜・狄塞爾：魯道夫・狄塞爾（Rudolf Diesel, 1858-1913），德國工程師，柴油引擎發明人。

克萊拉・德特丁：克萊拉（Clara）是亨利・福特的妻子；亨利・德特丁（Henri Deterding, 1866-1939）是皇家荷蘭石油公司首位執行長（該公司在一九三六年合併殼牌石油）。

莎拉金妮・恩格斯：莎拉金妮・奈都（Sarojini Naid, 1879-1949），印度政治家、女權運動者、印度獨立運動者；費德里希・恩格斯（Friedrich Engels, 1820-1895），馬克思主義創始人之一。

赫伯特・巴枯寧：喬治・赫伯特（George Herbert, 1593-1633），英國詩人、演講家與牧師；米哈伊爾・巴枯寧（Mikhail Bakunin, 1814-1876），俄國革命家、無政府主義者。

尚—雅克・哈比布拉：尚—雅克・盧梭（Jean-Jacques Rousseau, 1712-1778），法國哲學家、思想家、政治理論家；哈比布拉・卡拉卡尼（Habibullāh Kalakāni, 1890年代-1929），一九二九

年阿富汗君王，任期只有九個月。

蓋菲尼博士：以美國女慈善家瑪格麗特・蓋菲尼・豪伊（Margaret Gaffney Haughery, 1813-1882）的中間名命名。

濟慈小姐：以英國詩人約翰・濟慈（1791-1841）命名。

普里莫・梅隆：米戈爾・普里莫・德里維拉（Don Miguel Primo de Rivera y Orbaneja, 1870-1930），西班牙貴族、軍官、獨裁者，於西班牙復辟時期擔任過首相。安德魯・威廉・梅隆（Andrew William Mellon, 1855-1937），美國銀行家、工業家，本書寫作時是美國財政部長。

帕洛威提瓦（Palowhtiwa）：來自Paliwahtiwa，一八〇〇年代的祖尼人統治者。

波貝（Popé）：取自一六八〇年在聖塔菲省對付西班牙殖民者的印第安人反抗運動Pueblo Revolt的領袖名字。

衛忽西馬（Waihusiwa）：取自幫助法蘭克・漢彌頓・庫辛收集祖尼人故事的霍皮族印第安人Waíhusiwa，庫辛書中的故事都以他的口述角度寫下。

密栖馬（Mítsima）：可能取自庫辛書中故事〈隱士密栖納〉（The Hermit Mítsina）。

寇蘇魯（Kothlu）：也許取自Kothluwalawa，祖尼人的天堂聖河。

基娅奇弭（Kiakimé）：來自舊祖尼村落Kiákime，在庫辛書裡的字面意思是「老鷹之鄉」。

本書引用之祖尼語

Kiäthlä tsilu, silokwe, silokwe, silokwe. Ki'ai silu silu, tsithl!（第八章）：這段話確實是魔咒，出自庫辛書中故事〈瑪沙基少女〉（Maiden of Mátsaki），是「久遠以前的話、而且一部分是松鼠語」：「高高的鐵杉樹，好高，好高；鐵杉樹快快長，鐵杉樹，吱，吱，吱！」

Ai yaa tákwa!（第十二章）：取自庫辛書中故事〈年輕飛毛腿的故事〉（The Young Swift-Runner）的一段歌詞，然而意義不詳。根據 Lennard van Rij 在其二〇〇六年荷蘭烏特勒支大學文學論文《'Ai yaa tákwa!' Orality-Literacy Dynamics and the novel, 1929-1939》中詢問祖尼旅遊局長 Tom Kennedy 的結果，似乎是在說「遠方來的人才不懂」。Kennedy 亦表示赫胥黎引用的似乎並非標準祖尼語，連局內老一輩祖尼人職員都難以翻譯，因此意思只能勉強揣測。

Háni!（第十二章）：取自庫辛書中故事〈食人惡魔阿塔蜥亞的故事〉（Átahsaia, The Cannibal Demon），Háni 是小姊妹（little sister）的意思。

Sons éso tse-ná.（第十二章）：取自庫辛書中故事〈阿亥迂塔與馬珥塞利馬，戰爭與機運孿生神〉（War And Chance, Áhaiyúta And Mátsailéma）。庫辛在開頭提到講者開始說故事前會跟觀眾有些應答，聽眾最後會說「Sons éso」（對，來吧！）；而講者回應「Sons éso tse-ná」（冷靜一下『對，來吧』，先等我開始）。

Kohakwa iyathtokyai!（第十八章）：出自庫辛書中故事〈隱士密栖納〉，庫辛的翻譯是「白玉米族的（棍牌）符號摔得最重！」。密栖納在自己的屋裡玩一個遊戲，將代表各族的棍牌往上拋進一個籃子，沒投中的會掉下來，而這句話是密栖納（向對手的）勝利的叫喊。

作者新版序①

所有道德學家都同意，一直不斷的自責是種最不討好的情緒。如果做錯了事，那就悔改，盡可能彌補並逼自己下回拿出更好的表現。絕不能沉溺在做錯的事裡，一直在泥底打滾是沒辦法讓自己變乾淨的。

藝術同樣有其道德觀，而這種道德觀的許多法則就跟普通道德一樣，至少也能算是類似。比如說，對壞的藝術一直自責，就和對壞的行爲一直自責一樣討人厭，壞藝術就應該抓出來承認，可能的話就在未來避免再犯。一個中年人把時間花在對二十年前的文學缺陷鑽牛角尖，試圖修改有問題的作品、達到它第一次寫作時未達到的完美境界，修補青年時期的自己所犯下和遺留的藝術罪惡，這一切理所當然是徒勞無功、白費功夫的。這便是爲什麼新版的《美麗新世界》跟舊版一模一樣；它身爲藝術作品的缺陷很大，但要矯正這些錯誤，我勢必得重寫整本書，而身爲更加年長、幾乎已成另一個人的自己，在重寫的過程中可能不只會去掉故事的一些缺點，也會丟掉它原有的一些優點。因此，我壓抑著在藝術悔恨中打滾的衝動，傾向把好的、壞的部分都留下來，去想點別的事情。

不過即便如此，還是得談一下這故事最嚴重的缺陷，也就是：野蠻人只有兩種選擇，一種是繼續在烏托邦過著瘋狂的生活，另一個則是回到印第安村莊的原始生活，後一個選擇或許能使他活得更像人，但在有些方面上，不見得比前一個選擇更不正常或不奇怪。本書寫成時，這個構想——人類被賦予自由意志，是爲了去選擇一邊的瘋狂或另一邊的精神失常——讓我覺得相當有趣，而且認爲很有可能成眞，野蠻人是在一個半是生殖異教、半是凶殘的苦行兄弟會②宗教環境中成長的，卻仍可以用理性的聲音說話，這是小說戲劇效果的安排，並不是這種環境下實際會有的情況，即便對莎士比亞再熟稔也無法使其合理化。因此最後在書末，他自然而然逃離了理性，與生俱來的苦行主義占了上風，最後走向發狂自虐，最後絕望自殺。「從此他們悲慘地死去」——符合了那位寫下這句寓言、並對此感到自得的皮浪懷疑主義③美學家④的態度。

今天我並非要證明理智正常是不可能達到的。正好相反，我雖然跟過去一樣可悲地確信理智正常是頗爲罕見的現象，但仍堅信它是辦得到的，也期待看到更多進展。我已經在最近幾本書提過這點，我另外還編了一本合集，討論理智人士對於理智正常的感受，以及如何達到這種境界的辦法，結果一位卓越的學術評論教授對我說，我是知識分子階級在危難時期的失敗表徵。我想，此話是在暗示那位教授與他的同事便是愉快的成功表徵吧；這些替人性帶來貢獻的恩主值得被尊敬和紀念。我們應該替這些教授蓋一座萬神殿，擺在歐洲或日本其中一座被開腸剖肚的城市廢墟當中⑤，然後我會在藏骨所大門上用六到七英呎高的字簡單寫著：紀念全球教育家的聖所。SI MONUMENTUM REQUIRIS CIRCUMSPICE（如果你們要尋找紀念碑，就看看四周吧）⑥。

回到書裡的未來……假如我現在要重寫這本書，我會給野蠻人第三種選擇，在他的兩難，烏托邦與原始獸角之間，會存在著理智的可能性，這種可能性某種程度上已經實現了，就是美麗新世界的放逐者與難民社群，這些人住在保留區的國界內。在這種社群裡，經濟會是分權主義和亨利・喬治主義⑦式的，政治則是克魯泡特金⑧式的合作社，科學與科技的存在則像安息日那樣，是爲了人類而創造，而不是（比如現在以及更嚴重如美麗新世界中的）讓人類適應跟被科技奴役。宗教會是在有意識與理智的方式下人類追求的終極目的，跟內在的道或上帝聖言、超凡的上帝或婆羅門合爲一體。至於主要的生活哲學則是追求高效益主義，這主義中「快樂最大化」原則被改排到第二，排第一的變成是「終極目的」原則。在生命中碰到每個情境必須問與答的第一個問題就是：「我現在這個想法或作爲，對於我與大多數人的『終極目的』，會有怎樣的貢獻或干預？」

於原始人當中長大的野蠻人（在假想的本書新版本裡）將不會被運到烏托邦，直到他有機會先第一手了解那個新社區爲止，其成員爲自由合作、將生命奉獻給追求正常理智的個人。如此修改的話，《美麗新世界》就會具備藝術品味以及哲學（假如我能使用一個這麼偉大的詞跟一本小說連在一起）的完備性，這是目前版本明顯缺乏的東西。

但《美麗新世界》是本關於未來的書，不論它的藝術品味或哲學品質爲何，一本關於未來的書只有在內容有可能成眞時才能讓我們感興趣。以我們目前身處的歷史時間，依據這十五年來的變化，本書對於未來的預測還有多少成眞的可能性呢？而在這段痛苦的期間所發生的事，有哪些與一九三一年的預測相符或有誤呢？⑨

其中一個巨大、明顯的預測錯誤一眼就看得出來：《美麗新世界》完全沒提到核分裂。沒提到其實蠻奇怪的，畢竟原子能的可能性在本書寫作的數年前已經是熱門話題。我的老朋友羅伯特・尼可拉斯（Robert Nichols）甚至針對這主題寫過一齣成功的戲劇⑩，我記得我在二〇年代晚期出版的一本小說裡也隨口提過它，所以正如我提到的，福特紀元第七世紀的火箭和直升機不是由分裂的原子核驅動，感覺上的確非常奇怪。這個疏忽不能被原諒，不過起碼能輕易做出解釋：《美麗新世界》的主題不在於科學進展，而是科學的發展如何影響人類個體，物理學、化學與工程學的勝利被心照不宣地視爲理所當然。唯一有詳細描述的科學進展是生物學、生理學與心理學未來研究跟人類應用有關的部分，因爲唯有透過生命科學的手段才能大幅改變生命。物質科學經過大幅運用，就可以摧毀生命或使生命複雜跟不舒服到極點；但除非它們被生物學家與心理學家運用，否則根本不能修改生命本身的自然型態與表現。原子能量的釋放標記了人類歷史的一大革命，卻不是最終（除非我們將自己炸得粉碎、因而結束人類歷史）且最徹底的革新。

這種眞正革命性的革新將不會在外在世界實現，而是在人類的靈魂與血肉裡達到。當年薩德侯爵⑪既然身處一段革命時期，自然會採取這種革新理論來合理化他奇特的瘋狂。羅伯斯比爾⑫則做到了最膚淺的革新，也就是政治革命；巴貝夫⑬就稍微深入一點，試圖搞經濟革命。薩德侯爵視自己爲眞正革命性革新的使徒，超越單純的政治與經濟：這是每個男人、女人與小孩的革命，他們的身體從今以後成了眾人的共通性愛財產，腦袋也除去所有天生的端莊思想，還有傳統文明費力培養的一切禁忌。當然，薩德主義（性虐癖）不見得完全符合眞正革命性的革新；薩德是個瘋子，他的革命多少是有意識地想促成普遍的混亂與毀滅。統治美麗新世界的人們也許不理智（以理智這個詞的絕對定義而言），可是他們並非瘋子，目標也不是無政府狀態，而是追求社會穩定，他們正是爲了達到穩定，才會透過科學辦法達成終極的、個人的、眞正革命性的革新。

不過同一時間裡，我們正處於或許可稱爲倒數第二革命的第一階段。下個階段也許是原子戰爭，我們甚至不用想像就能預言到這個發展，但我們可以期待我們或許有足夠的智慧停止內鬥，或起碼能像我們十八世紀的祖先一樣。「三十年戰爭」⑭這個難以想像的恐怖戰爭確實讓當時的人們得到了教訓，因此有一百多年的時間，歐洲的政治家與將領們有意識地壓抑欲望，不把軍事資源發展到毀滅性的地步，也不再追求完全殲滅敵人。這些人當然是渴求利益與榮耀的侵略者，但他們同時也是保守派，決心不計代價地讓他們掌握的世界保持完整。但近三十年來已經沒有保守派的存在了，僅有右翼與左翼兩種國家主義極端分子。最後一位保守派政治家是第五代蘭斯多恩侯爵⑮；當他投稿《泰晤士報》，闡述第一次世界大戰應該要像十八世紀多數戰爭那樣以和解收場時，那份身爲前保守派的報紙編輯卻拒絕刊出。國家主義極端分子得逞了，而我們非常清楚其後果爲何——布爾什維克主義、法西斯主義、通貨膨脹、經濟蕭條、希特勒、二次世界大戰、歐洲的廢墟，只差沒發生全球饑荒。

那麼，假設我們能像我們的祖先在馬德堡那樣從廣島學到一樣多的教訓⑯，我們或許便能預想未來的一段時期，不見得已經和平，但有著有限制和不完全毀滅性的戰爭。我們或許能假設那段時期的原子能會被用於工業，而結果相當明顯會是一連串經濟跟社會的改變，程度是史無前例地快速和完整。所有現存的人類生命模式會被打斷，新的模式得被湊合出來，好符合原子能的非人類事實。原子科學家會有如穿上現代衣裳的普洛克路斯忒斯⑰，準備一張鐵床給全人類躺下；假如人類的身高不符——好吧，那麼人類就倒楣了，勢必得做點拉長身子和截肢——這和應用科學眞正實施以來一直在做的拉長截短是一樣的，只不過這回會比過去更劇烈。而且，這些劇痛無比的手術會由高度集權的極權政府主導；這是無可避免的，畢竟不久後的將來很可能就像不久前的過去，而不久前的過去已經出現急劇的科技改變，發生在一個大規模生產的經濟體系跟無產階級占多數的人口當中，這些改變總會引發經濟與社會混亂。爲了應付混亂，權力便必須集中，政府的控制力得增加。很有可能在運用核能之前，全球政府便已經多多少少進入了極權主義，而在核能運用之後，幾乎就都確定成爲完全的極權主義了。唯有大規模的分權化民眾運動跟自救才能阻止當前走向中央集權的趨勢，但目前爲止還沒有跡象顯示會發生這種運動。

當然，新的極權主義沒必要和舊的極權主義類似。使用棍棒、行刑射擊隊、人爲飢荒、大規模監禁跟大規模驅逐的統治手法不僅不人道（今天已經沒人想做這種事了），也已經證實缺乏效率——而在先進科技的年代裡，效率不彰等同違背聖靈的罪孽。一個眞正有效率的極權主義國家會由一群全能的政治主管老大跟底下的管理人大軍控制自願的奴隸人口，因爲這些奴隸熱愛被奴役的自己。在今日的極權國家，要讓人們愛上當奴隸，就要指派他們到宣傳部工作、當報紙編輯跟學校教師，但是他們的手法仍然很粗糙、不科學。老耶穌會教士會吹噓說，如果讓他們教育孩子，他們就能替孩子長大後的宗教觀點負責——這實際上相當一廂情願，何況現代的教授、老師在制約學生的反應時，效率恐怕還比不上教育伏爾泰的神父⑱。宣傳手段最大的勝利並非做到什麼，而是讓人不去做什麼。宣傳眞理很偉大，但從實務觀點看來，對眞理保持沉默反而更好。絕口不提某些議題，效果就像在大眾跟政治大老厭惡的事實或論點之間放下邱吉爾先生所謂的「鐵幕」，如此一來，極權主義宣傳者便能影響公眾輿論，效果更勝那些最有說服力的譴責、最引人入勝的邏輯抗辯。而光是保持沉默還不夠，假如要消除極權主義下的迫害、清算和其他社會摩擦等不良影響，宣傳行爲的正面功效就必須跟反面一樣大。未來最重要的「曼哈頓計畫」⑲將會是探究政治家和參與科學家口中所說的「快樂問題」——也就是說，如何讓人們愛上被極權奴役。少了經濟安全感，便不可能愛上被奴役；爲了簡潔起見，我假定全能的主管與手下的管理者會成功解決永久安全的問題，但是安全感通常很快就會被視爲理所當然，僅僅達成表面性、外在的革命。除非透過人類心智與身軀徹底、個人性的革新，否則無法建立起對被奴役的愛。爲達到這種革命和其他改變，我們需要以下的發現與發明：首先是一個大幅改進的心理暗示技術——透過幼兒的制約訓練，稍後則靠東莨菪鹼⑳之類的藥物協助；其次是一個發展成熟的人類分級科學，使政府管理者能指派任何人到社會與經濟階級體系裡的適當位置。（把圓棍子插進方洞裡，通常會讓他們對社會體系產生危險思想，也會把他們的不滿感染給其他人。）第三，一種酒精與其他麻醉毒品的替代品，一種服用時立即效果無害得多、亢奮效果也勝過杜松子酒或海洛因（畢竟不管現實世界有多像烏托邦，人們仍會感覺到需要放個假擺脫它）。至於第四，一個萬無一失的優生學系統，設計標準化誕生的人類，以便幫助管理者控制他們（不過這會是長期計畫了，得花好幾代的極權主義控制方能成功）。在《美麗新世界》裡，這種把誕生人類標準化的做法很神奇，但或許不是不可能。就科技與理想而言，我們離瓶裝嬰兒和波康諾夫斯基處理過程製造的半白癡還很遠，但是到了福特紀元六百年，誰曉得那些事會不會眞的實現？另一方面，這個更快樂、更穩定的世界其他特質，如索麻、睡眠學習跟科學分級系統的對應類似物——則可能離我們不會超過三、四代遠。就連《美麗新世界》的性雜交也感覺不會太遙遠；某些美國城市的離婚的人數和結婚人數已經相等。毫無疑問，婚姻證書再過幾年就會像養狗證書一樣販賣，有效期限十二個月，而且沒有法律禁止換狗或一次養超過一隻狗。正如政治與經濟自由消失，性自由即會補償性地增加，獨裁者也會大力鼓勵這種自由（除非他需要砲灰跟家庭去殖民無人居住或征服來的領地）。性自由加上做白日夢的自由，透過藥物、電影與收音機的影響，便能幫助獨裁者的子民甘願當他們注定要做的奴隸。

考慮到所有變化，烏托邦跟我們之間的距離，其實比十五年前任何人的想像都要近得多。當時我推想它會發生在未來六百年後，如今這種恐怖似乎有可能在一個世紀內出現——前提當然是我們能阻止自己在這段期間就把自己炸得粉碎。確實，除非我們選擇分權，並且把科學用來發展個人自由，而非把科學用在如何讓人類接受統治。不這麼做的話，我們便只會剩下兩種選擇：一是存在數個軍事化的極權主義國，扎根於原子彈的恐怖以及原子彈對文明的毀滅後果（或是不朽的軍事主義，假如戰爭是有限制規模的）；另一個則是跨越國界的單一極權主義國，因應急速發展的整體科技、特別是原子能革新造成的社會動盪而被創造出來，並出於效率與穩定的需求而發展成福祉專制的烏托邦。挑一種想要的吧。

阿道斯・赫胥黎
一九四六年

譯註：

①本書為赫胥黎於1931年創作，1932年出版，此篇序為赫胥黎於1946年本書出新版時增寫，主要是在與讀者討論小說的內容，適合讀過本書後再行閱讀，故編輯將此篇序改放於書末。

②苦行兄弟會：Penitentes，新墨西哥州北方、科羅拉多州南方的西裔信徒羅馬天主教派，信眾會鞭打自己。

③皮浪懷疑主義：Pyrrhonism，因古希臘懷疑論者哲學家皮浪（Pyrrho, 360-270 B.C.）而名。

④赫胥黎的自稱，他形容自己是個「自得的皮浪懷疑主義美學家」。

⑤寫此新版序時，正逢第二世界大戰結束，歐洲與日本的一些城市均遭到戰爭毀滅式的打擊。

⑥出自英國天文學家、建築師克里斯多佛・雷恩爵士（Sir Christopher Wren, 1632-1723）在倫敦聖保羅大教堂的墓誌銘。一六六六年倫敦大火後，雷恩重建了聖保羅大教堂在內的五十一座教堂。

⑦亨利・喬治主義：Georgism，由經濟學家與社會改革者亨利・喬治（Henry George, 1839-1897）提出，認為人們創造的東西由他們擁有，但取自自然的東西（尤其是土地）則由眾人共有，而體系內課徵土地增值稅便已足夠。

⑧克魯泡特金：Peter Kropotkin（1842-1921），俄國革命家、無產階級重要代表人物，無政府共產主義創始人。

⑨痛苦的期間是指從本書創作到赫胥黎寫新版序的這段時間內，世界上發生了諸如經濟蕭條、二次世界大戰等痛苦事件。

⑩戲劇名為 Wings Over Europe（1928）。

⑪薩德侯爵：Marquis de Sade（1740-1814），法國貴族，著有一系列色情與哲學書籍。他在法國大革命時支持過一種社會主義烏托邦。

⑫羅伯斯比爾：Maximilien de Robespierre（1758-1794），雅各賓派領袖與獨裁者，在法國大革命期間行恐怖統治。

⑬巴貝夫：Gracchus Babeuf（1760-1797），法國大革命時期政治活動者與記者。

⑭三十年戰爭（1618-1648），是由神聖羅馬帝國的內戰演變而成的全歐參與的一次大規模國際戰爭，這場戰爭造成了歐洲數百萬人口死亡。

⑮蘭斯多恩侯爵：即 Henry Petty-Fitzmaurice（1845-1927），出任過英國戰爭部大臣和外交部大臣。下文的信於一九一七年十一月在《每日電訊報》刊出，並且飽受抨擊。

⑯馬德堡，三十年戰爭中被屠殺焚毀的城市；廣島，二次大戰中被原子彈攻擊的城市。

⑰普洛克路斯忒斯：Procrustes，希臘神話的一位強盜，是海神波賽頓之子，他會根據一張鐵床將人們的身高拉長或截短，這被後世引申成強迫事物調整到相同（人為）標準的作為。

⑱伏爾泰（Voltaire, 1694-1778）在巴黎耶穌會受過教育，但他以捍衛信仰自由聞名，且經常抨擊天主教會教條跟法國教育制度。

⑲曼哈頓計畫：美國二戰時研究原子彈的計畫，此處是延伸為國家研究最大的計畫。

⑳東莨菪鹼：scopolamine，一種蕈毒鹼拮抗劑，是種副交感神經遮斷藥。

國家圖書館出版品預行編目資料

美麗新世界 / 阿道斯 . 赫胥黎著；王寶翔譯 .
—— 初版 . ——臺中市：好讀 , 2014.06
面：　　公分，——（典藏經典；60）

譯自：Brave new world

ISBN 978-986-178-319-2（平裝）

873.57　　　　　　　　103003840

好讀出版

典藏經典 60

填寫線上讀者回函
獲得更多好讀資訊

美麗新世界

原　　著／阿道斯 · 赫胥黎
翻　　譯／王寶翔
總 編 輯／鄧茵茵
文字編輯／莊銘桓
美術編輯／尤淑瑜
行銷企畫／劉恩綺
發行所／好讀出版有限公司
　　　　台中市 407 西屯區工業 30 路 1 號
　　　　台中市 407 西屯區大有街 13 號（編輯部）
TEL:04-23157795 FAX:04-23144188 http://howdo.morningstar.com.tw
（如對本書編輯或內容有意見，請來電或上網告訴我們）
法律顧問　陳思成律師

讀者服務專線／ TEL：02-23672044 / 04-23595819#230
讀者傳真專線／ FAX：02-23635741 / 04-23595493
讀者專用信箱／ E-mail：service@morningstar.com.tw
網路書店／ http : //www.morningstar.com.tw
郵政劃撥／ 15060393（知己圖書股份有限公司）
印刷／上好印刷股份有限公司
如有破損或裝訂錯誤，請寄回知己圖書更換

初版／西元 2014 年 6 月 15 日
初版六刷／西元 2021 年 10 月 5 日
定價／ 280 元
如有破損或裝訂錯誤，請寄回台中市 407 工業區 30 路 1 號更換（好讀倉儲部收）

Published by How-Do Publishing Co., Ltd.
2021 Printed in Taiwan

ISBN 978-986-178-319-2